比较文学的理论认知与应用研究

王淑华　著

吉林出版集团股份有限公司

前　　言

比较文学是兴起于 19 世纪末 20 世纪初的一门新兴学科，是文学研究的一个分支。它以世界文学的眼光，运用比较的方法，对各种文学关系进行跨文化的研究，寻求人类文学共通规律。正是这种多元文化的交互渗透，融合促进了跨文化研究的发展，推动了比较文学这一学科的建立民族特色，它主要的研究领域有文类学、主题学、形象学、媒介学和比较诗学等。

影响研究和平行研究是它的两个基本方法，前者侧重研究各民族文学中存在的事实联系，后者则对没有事实联系的文学现象进行研究。目前有法国学派、美国学派和前苏联学派三大学派。中国早在五四时期就引入了比较文学的相关理论，但真正获得发展是在 20 世纪 80 年代初。

比较文学是一门有着极大发展前景的新兴学科，近年来，随着全球化进程的发展，它又把异质文化的沟通与对话等新课题纳入自己的研究领域。

全书一共分为六章，第一章主要阐述了比较文学的科学认识等内容；第二章主要阐述了比较文学的历史渊源与发展现状等内容；第三章主要阐述了比较文学研究方法论等内容；第四章主要阐述了比较文学的理论概要等内容；第五章主要阐述了文学与其他文化理论间性关系研究等内容；第六章主要阐述了比较文学的现实文化价值等内容。

为了确保研究内容的丰富性和多样性，作者在创作过程中参考了大量理论与研究文献，在此向涉及的专家学者们表示衷心的感谢。

最后，限于笔者水平有不足，加之时间仓促，本书难免存在疏漏，在此，恳请同行专家和读者朋友批评指正！

作　者

目　　录

第一章　比较文学的科学认识

第一节　比较文学的定义

一、比较文学定义的概念

在比较文学这一场域中，比较文学研究者拥有的文化资本对于他们争夺比较文学的合法性定义的阐释权和场域中有价值的支配性资源具有举足轻重的作用。由于法国文化与文学较之美国文化与文学不仅具有更为悠久的历史传统而且取得的成就也更为辉煌，因而,法国学派较之美国学派拥有更为丰厚的历史文化资本。法国学派与美国学派历史文化资本的不平等分布生成了两个学派最初相遇时前者的制约地位与后者的弱势地位。然而，二次世界大战以后，美国一跃成为世界上的政治、经济、军事超级强国。在此背景下，美国学派不再甘于被制约的地位，利用一切手段与法国学派展开竞争以改变自己在场域中的这种劣势地位。具体而言，美国学派主要采取了命名活动这一策略来与法国学派竞争，以谋求夺取对场域的支配性价值、评价标准的结构空间。

首先，美国学派将比较文学研究的范围从两国文学关系的事实性联系的研究扩大到毫无历史关系的语言现象或类型的平等对比中。

1958 年 9 月，一些美国学者对法国学派的比较文学"定义"进行了尖锐的质疑与猛烈的批判。法国学派将比较文学的研究对象局限为两国文学之间实存的事实性联系与比较文学的根本精神是背道而驰的。由于对比较文学研究对象的限定，比较文学实际上已沦为历史性学科的附属学科。而在进行这种所谓的"国际文学关系史"的研究时，法国学派更是流露出了一种强烈的法国中心意识与民族优越感，造成了使比较文学成为文化功劳簿这样一种奇怪现象，产生了为自己国家摆功的强烈愿望——竭力证明本国施与他国多方面均受影响，或者用更加微妙的办法，论证本国对一个外国大师的吸取和"理解"胜过其他任何国家。法国比较文学是以进一步扩展法国文学研究为起点的。过去，它主要研究法国文学在国外的影响和外国文学对法国文学的贡献，现在仍然如此。法国学派这种注重"国际文学关系史"的影响研究具有极大的危险性。因为，把"比较文学"局限于研究文学之间的"贸易交往"这一愿望，使比较文学变得仅仅注意研究外部情况，研究二流作家，研究翻译、游记和"媒介物"。一言以蔽之，它使"比较文学"成了只不过是研究国外渊源和作家声誉的附属学科而已。而事实上，比较也不能仅仅局限在历史上的事实联系中，正如最近语言学家的经验向文学研究者表明的那样，比较的价值既然存在于事实联系的影响研究中，也存在于毫无历史关系的语言现象或类型的平等对比中。在坚决否定了法国学派所谓比较文学只能研究两国文学关系的事实性联系的观点的同时，韦勒克等美国学者将并不存在实际交流和影响的国别文学之间的相互关系也纳入了比较文学的研究范围。更进一步，他们将比较文学的研究范围还拓展到了文学与其他学科之间的相互关系。比较文学是超越一国范围之外的文学研究，并且研究文学和其他知识领域及信仰领域之间的关系。包括艺术（如绘画、雕刻、建筑、音乐）、哲学、历史、社会科学（如政治、经济、社会学）、自然科学、宗教等等，简言之，比较文学是一国文学与另一国或多国文学的比较，是文学与人类其他表现领域的比较。

其次，美国学派批评了实证研究，大力倡导美学与文学批评方法。

法国学派依据孔德的实证主义哲学，将比较文学定性为文学史的分支，与此相联系，在研究方法上，他们推崇实证主义方法，而极力反对美学分析。这种单一的批评方法在 20 世纪二三十年代新批评崛起的背景下已经不能适应比较文学发展的要求。有鉴于此，美国学派的学者顺应时代潮流的需要，依据新批评注重文学性的理论对抗与质疑法国学派注重渊源与影响、原因与结果的实证主义方法。韦勒克对法国学派的实证主义研究方法在比较文学场域的有效性抱有强烈的质疑态度。在《近来欧洲文学研究中对实证主义的反抗》一文中，韦勒克就以"实证主义"来命名 19 世纪下半叶占统治地位的文学研究方法。法国学派认为，在国别文学之间影响与接受的二元关系中，只要找到了影响的渊源无疑也就找到了后者文学产生的原因。（法国学派）这类研究中假设存在的中性事实好像有一条线与前面的事实相联系的观点是经不起推敲的，后来的艺术品没有前者可能无法形成，但却不能说明产生它的原因是前者。文学中这类研究的整个概念是外缘的，往往被狭隘的民族主义侵蚀，造成计算文化财富的多寡、在精神领域计算借贷的弊端。法国学派认为，建基于文献学与考据学之上的事实考证方法对比较文学具有重要的意义。而美国学派认为，这种意义是值得怀疑的，因为，研究起因显然绝不可能解决文学艺术作品这一对象的描述、分析和评价等问题。起因与结果是不能同日而语的：那些外在原因所产生的具体结果——即文学艺术作品——往往是无法预料的。在美国学派看来，比较文学研究必须是文学研究，文学史和文学研究只有一个对象，就是文学。比较文学既可研究哲学、历史、艺术，也可研究文学演变史和批评史，不过主要的是以文学为中心，凡是与文学有关的各个方面，都可列入讨论范围，可是与文学无关的科目则不应作为研究对象。与注重实证的影响研究方法相比，注重文学性与美学价值的平行研究方法有它不可替代的优势。影响研究如果主要限于找出和证明某种影响的存在，却忽略更重要的艺术理解和评价的问题，那么对于阐明文学作品的实质所做的贡献，就可能不及比较互相并没有影响或重点在于指出这种影响的各种作家、作品、文体、倾向性、文学传统等等的研究。由此，美国学派在将比较文学由法国学派的注重对文学外部的研究引入到了对文学内部意义和结构的分析的同时，也使它的研究方法由注重事实材料的考证转向对文学价值的判断与美学的分析。

从 20 世纪 50 年代到 70 年代，美国学派与法国学派围绕着符号权力展开了一场制约与反制约的斗争。而对比较文学的重新界定则是场中原来处于被制约地位的美国学派与占制约地位的法国学派争夺符号权力的一种重要策略。借助于这种策略，他们变革了法国学派对比较文学的传统阐释，赋予了比较文学以新的内涵和外延，显示了比较文；与时俱进的时代性特质。然而，正像所有的文学场域一样，比较文学场域也有之的基本的规则，比如说比较文学是文学研究和跨越两国文学的研究等就是比较文学的基本规则；比较文学场域中的一些规则可以被变革甚至颠覆，但比较文学的基本规则不能被颠覆，一旦这种基本规则被颠覆了，比较文学也就不是比较文学了。正是有鉴于此，美国学派在对比较文学进行重新界定时承认了这一基本规则，美国学派的学者虽然质疑法国学派的国际关系史研究，但那是针对法国学派将这种跨国界的影响研究当成比较文学研究的唯一研究对象而言的。事实上，并没有放弃对比较文学是跨国界文学研究的基本规则的遵循，只是在遵循这种规则时赋予了它更为丰富的内涵与外延，并通过这种规则的变革去积极谋夺符号权力。由此，美国学派与法国学派的权力竞争在这里表现出了复杂性。

就美国学派而言，它要利用既有的比较文学规则才能进入比较文学场域，并通过对这种规则一定程度的认同来证明自己在比较文学场域的合法性地位。只有在场域中的合法性地位得以建立，它对比较文学重新界定的活动才能真正展开。就法国学派而言，为了维护自己的制约性权力，它对于与其理念一致的观点和权力运作方式自然会加以认同。而在制约性权力受到对方持久和坚决的挑战与冲击而丧失时，他们也不得不部分地接受了美国学派对比较文学的界定。真正的比较文学应该是将历史方法与批评精神结合起来，将案卷研究与"文本阐释"结合起来，将社会学家的审慎与美学家的大胆结合起来，从而最终赋予我们的学科以一种有价值的课题和一些恰当的方法。虽然从整体上来看，法国学派尚未像美国学派那样高度重视文学批评和美学鉴赏在比较文学研究中的作用，然而，艾金伯勒等法国学者对实证研究中的文学批评和美学鉴赏的注意，已经显示了在对方重新命名活动的强力冲击下法国学派的比较文学理论向美国学派理论的靠拢。

二、比较文学的定义之争

比较文学，自从它诞生以来，人们为它做过多次界定，但是至今没有一个为大家都公认的定义。造成这种情况的原因是多方面的。首先，是由于比较文学本身还是一门发展中的学科，它的研究对象和研究范围正在不断地扩展，不断地变化。一种学科的定义是用来反映它现有的发展状况的，而比较文学是一门迅速发展的学科，它的发展当然不受定义的限制，当人们为它下了一个定义之后，学科本身的发展往往突破定义所规定的内涵，从而否定了这一定义。所以有的学者认为比较文学还未成熟，还没有到为它下定义的时候。

其次，比较文学的研究范围极其广泛，而比较文学研究者的思想观点、研究角度和研究范围又各不相同，他们对于比较文学的看法也就不同。20世纪以来，各家就这一问题发表了不同的意见，进行了热烈的争论。坚持传统习惯、侧重研究民族文学之间互相影响的学者，强调以事实联系作为研究对象，不赞成对无事实联系的文学现象作比较研究；主张在各国文学之间任何具有可比性的问题上都可以进行比较研究的学者，则反对前者的保守性，提出内涵较为宽泛的定义，甚至主张把范围扩大到文学与其他学科的比较研究；而另一些学者对这种意见的前一方面持赞同态度，对后一方面持保留态度。

再次，对于比较文学定义的理解之所以如此不同，与这一名称在各国文字中的不同含义以及这一名称本身的意义含混有关。最早使用"比较文学"一词的是法国人。1825年，诺埃尔和他的同事拉普拉斯，从法语、英语、意大利语和拉丁语的文学中选出一部分作品，编成《比较文学教程》出版，首次运用了"比较文学"这一名称。1827年，维耶曼在巴黎大学开设讲座时，也使用了"比较文学"一语。19世纪中期后，法国出版了一批比较文学著作，使这一术语在法国学术界普遍流传，后来又流传到英国和德国。英国最早使用这一术语的人，是大批评家马修·阿诺德（1822—1888）。

在这些名称中，各种西文的"文学"一词本来包含着广泛的意义，它既指一般的文学作品，也包括文学史、文学批评和文学理论。在"比较文学"，一语中，

"文学"一词的含义实际上只是文学研究的意思。这对于西方学者来讲，不会引起什么误会。在俄文中，"比较文学"直接用了"文艺学"一词，意义更为明确。但是，对于中国人来说，"文学"一词专指文学作品而言，即诗歌、散文、剧本等文学创作。1931 年傅东华从英文转译法国学者洛里哀的专著《比较文学史》时，首次将这一术语直译为"比较文学"。这一译名未能将文学研究、文艺学的含义传达出来，因而很容易使人产生误会，把它理解成一种语言艺术创作。

对于西方学者来讲，麻烦的是"比较文学"中的"比较"一词。因为它在不同的语种中有不同的语法形态，以致产生不同的理解。在法语和意语中，用的是过去分词"Littérature comparative"和"comparaison"，在这里当形容词用，强调的是比较动作的结果。德语用的是现在分词 Vergleichende，英语用的是形容词 Comparative，这都是强调比较的动作。名称中词性的不同，反映了研究方法的不同，也会引起对这一学科的不同理解。

但是，最根本的麻烦是"比较"一词本身就成问题，因为它不能反映这一学科的本质特征。比较是所有的批评和科学都使用的方法，它无论如何也不能充分地叙述文学研究的特殊进程。比较文学并非比较。比较文学实际只是一种被误称了的科学方法。所以"比较文学"名称的本身就是名实不相符的，它很容易被人误解为用比较方法进行的文学研究。由此还引起一些人根本否定比较文学的价值，认为它只是一种研究方法，并非一门独立的学科。有人又把凡是采取比较方法进行文学研究的成果都叫作比较文学，把比较文学的范围弄得宽泛无边，否定了它的特殊的研究对象，实际上也就等于否定了它存在的必要。

比较文学的名称虽然不恰当，但是目前国际上仍在继续使用，因为约定俗成，这一名称在人们的头脑中已经形成一种认识，另造新词，反而会引起更大的混乱。况且，这一名称用词简练，内涵较大，比之有些人为它新造的种种名称（文学的比较研究、比较文艺学、历史比较文艺学等），用起来更为方便，因此并没有被淘汰。

比较文学史上的定义之争曾经相当激烈，甚至由此而分成不同学派。这种争论并不是毫无意义的。但是从目前的情况看，随着持不同意见的学者们互相吸收，争论的阶段已经过去，学者们认为：学术界不能对于学科的定义取得一致的意见，也许是因为时机未到，因此重要的不是急于下定义，而是研究的成效。当前比较文学需要更多的是伟大的榜样，而不是抽象的方法论公式。

不过，对于初学者来说，当他接触这一学科的时候，还是应该对它的性质、研究对象、研究范围，以及研究方法等有所了解。作为一本教材，我们对此更是无法回避。再说，对学科发展来说，这也是一个应该解决的问题。在我国，由于人们对学科性质和研究对象的认识模糊不清，在研究工作中，出现过简单化的比附，甚至"拉郎配"式地任意乱比的现象。长此以往，比较文学将失去其存在的价值。因此，加强比较文学本身的理论建设，包括对比较文学定义的探讨，对这一学科的健康发展仍是非常必要的。

对于比较文学的定义，各国学者提出过种种看法，我们不妨先介绍他们的观点，并加以分析比较，在这个基础上再形成我们自己的见解。

法国是比较文学的故乡，法国学者奠定了这一学科的基础，最早提出关于比较文学定义的看法。在法国学者的意见中，卡雷的提法具有代表性。他在为其学生基亚的专著《比较文学》第一版所做的序言中，提出了一个著名的定义："比较文学是文学史的一支：它研究国际间的精神关系，研究拜伦和普希金、歌德和卡莱尔、司各特和维尼之间的事实联系，研究不同文学的作家之间的作品、灵感甚至生平方面的事实联系。"[①]

这一定义明确地说明了法国学者对比较文学这一学科的主要特征的看法：它的归属是"文学史的一支"；它的研究对象与范围，是不同国家和民族的作家与作品之间的相互关系；它的研究方法是强调"事实联系"的实证主义方法。

这一定义的主要功绩在于它确定了比较文学的特殊研究领域，从而也就确定了比较文学作为一门独立学科的基础。基亚在上面提到的那本《比较文学》中明确指出，比较文学是研究各国文学之间的相互关系的，它的正确定义应该是国际文学关系史。过去的文学研究局限于国别的范围，比较文学开拓了一个新的领域，因而也就从文学史研究中分离出来，赢得了独立的地位。尽管卡雷所说的"文学关系"范围相当狭窄，后来受到了人们的批评，但是他终究指明了比较文学的基本方向。另外，当卡雷在确定比较文学的对象是研究文学关系时，同时也说明了比较文学并不是简单的对比较方法的运用。他在序言中明确指出，"比较文学不是文学的比较"，这就澄清了比较文学与比较方法的关系。

我们可以在许多法国学者的论述中找到类似的提法。法国比较文学界公认的权威巴尔登斯伯格在介绍第一期《比较文学杂志》时，实际上也是赞成这种观点的。他说他不喜欢不包含"产生依赖关系"的"真正的相互接触"的比较。比较文学的目的实质上是研究不同文学相互间的关系，而且规定只许研究两个国家文学间的相互关系，超过两国即越出了比较文学的界限。

---

① [法]基亚.比较文学[M].巴黎:法国大学出版社，1951：5.

这一定义也反映了当时比较文学研究的实际情况。学者们主要是采用实证主义的方法，研究两国之间作家与作家、作家与作品、作品与作品等方面的事实联系，更多的是做考据工作。其研究的成果，当然只能是从属于文学史，成为它的一个分支，即国际文学关系史。另外，他们只研究互相影响的具体史实，排斥对作品进行价值评价，排斥对作品之间的美学关系的探讨。关于这一切，真正的"比较文学"的特质，正如一切历史科学的特质一样，是把尽可能多的来源不同的事实采纳在一起，以便充分地把每一个事实加以解释，是扩大认识的基础，以便找到尽可能多的种种结果的原因。总之，"比较"这两个字应该摆脱了全部美学的含义，而取得一个科学的含义的。他为两国之间文学作品的相互关系设计了一个"经过路线"。这条路线包括起点（作家、著作、思想），即"放送者"；到达点（另一国的某一作家、某一作品或某一页，某一思想或某一情感），即所谓"接受者"；还有沟通二者的媒介（个人或集团，原文的翻译或模仿），即所谓传递者。整个比较文学研究的目的，是在于刻画出这条经过路线，有时考虑经过路线本身，有时考虑经过路线是如何发生的。

第二次世界大战后，它显然已经落后于比较文学发展的实际，比较文学是超越一国范围之外的文学研究，并且研究文学和其他知识及信仰领域之间的关系，例如艺术（如绘画、雕刻、建筑、音乐）、哲学、历史、社会科学（如政治、经济、社会学）、自然科学、宗教等等。总而言之，比较文学是一国文学与另一国文学或多国文学的比较，是文学与人类其他表现领域的比较。

比较文学的归属不再是文学史的一支，而是一种文学研究，既然是文学研究，在逻辑上自然就涵盖了属于文学研究领域的三个重要方面，即文学史、文学批评和文学理论。在美国学者们看来，这三个方面是互相依存、不可缺少的。因此，比较文学不应仅仅局限于文学史范围，比较文学只有在挣脱人为的桎梏，成为文学的研究之后才能够繁荣起来。

对比较文学研究对象和研究范围的提法与卡雷的提法也是不同的。他对此作了极为宽泛的规定，既包括对跨国界的有"事实联系"的文学关系的研究，也包括无事实联系的跨国界的文学研究，还包括对文学与其他学科的比较研究。这也许是两个定义中最重要的区别，代表了许多美国学者的意见。他们在打破国界的局限的基础上，要求进一步打破事实联系与不同学科这两个界限。尤其是在反对"事实联系"界限这一点上，他们的态度相当激烈。韦勒克说，如果把比较文学限于研究两种文学之间的相互联系，无异于把它缩小成研究文学的"外贸"，这种狭隘意义上的比较学者只能研究来源和影响、原因和结果，他们"甚至不可能完

比较文学的理论认知与应用研究

整地研究一部作品，因为没有一部作品可以完全归结为外国影响，或视为只对外国产生影响的一个辐射中心。这种狭隘的研究使比较文学只能提供外国的来源与作家声誉的材料。如果文学研究降格为一种材料的堆砌，那就丧失了它的尊严，因为这样文学艺术品的美学价值就不再受到重视了。其结果是比较文学也不可能成为一种真正的文学研究。

关于文学与其他学科领域之间的关系的比较问题极为重视，是两国学者的根本分歧所在。对此，他还做了进一步的说明，他认为比较文学是把各片较小的地区性文学连贯起来的一个环节，是把人类创造活动本质上有关而表面上分开的各个领域联结起来的桥梁，使人们能更好、更全面地把文学作为一个整体来理解，而不是看成某部分或彼此孤立的几部分文学。要做到这一点，最好的方法就是不仅把几种文学互相联系起来，而且把文学与人类知识和活动的其他领域联系起来，特别是艺术和思想领域；也就是说，不仅从地理的方面，而且从不同领域的方面扩大文学研究的范围。当然，这种跨学科的研究，不应该是无界限的，对此，雷马克也有所界定。文学和文学以外的一个领域的比较，只有成系统性的时候，只有在把文学以外的领域作为确实独立连贯的学科来加以研究的时候，才能算是"比较文学"。

并不是所有美国学者都同意雷马克的见解，也不是所有法国学者都反对这种见解。例如，韦斯坦因就认为雷马克的定义过分散漫，容易失去研究的可靠性而变成无稽之谈。他以为把研究领域扩展到那么大的程度，无异于耗散掉需要巩固现有领域的力量。因为作为比较学者，我们现有的领域不是不够，而是太大了。所以他只赞成对文学和艺术之间的关系进行探讨，而排除文学和其他学科的比较研究。在法国学者中，不是所有的人都不同意雷马克的意见，如卡雷的接替人、巴黎大学的比较文学教授艾田伯就基本上接受雷马克、韦勒克等人的看法，因而被称为"造反者"。

雷马克的定义中没有对研究方法作明确的交代，但是他既已把比较文学归属于文学研究，其意自然不能单指实证的方法。雷马克在提出自己定义的时候，对法国学者把文学批评排斥在比较文学之外的做法表示不满，主张用大规模综合比较和审美批评的方法。我们必须综合，除非我们宁愿让文学研究永远支离破碎。在文学学术研究中，理论、批评和历史相互协作，共同完成中心任务：即描述、解释和评价一件或一组艺术品。比较文学，至少在正统的理论家们那里，一直回避这种协作，并且只把"事实联系"、来源和影响、媒介和作家的声誉作为唯一的课题。现在它必须设法重新回到当代文学学术研究和批评的主流中去。

　　因此，要求比较文学摆脱从 19 世纪因袭来的机械的、唯事实主义的观念，注意比较文学研究的文学性，实行一种真正的文学批评。这种批评意味着对价值与质量的重视，对艺术品本身及其历史性的理解的重视。

　　韦勒克与雷马克对比较文学的看法得到我国多数学者的赞同，因为他们的看法比较符合比较文学发展的现状，也有利于拓展这一学科的领域，促进它的发展。但是雷马克提出的定义中也有不够完善，不够确切，需要加以修改和补充的地方。

　　美国学者一再强调的比较文学是跨越"国界"的论点，并不是很精确的。比较文学原是为了突破民族文学的界限而兴起的，它的着眼点是对不同民族的文学进行比较研究，而"国界"主要是一个政治的地理的概念，一个国家的居民，可以是同一民族的，也可以是由多民族组成的。在多民族的国家内，各民族文学之间除了它们统一的方面之外，也存在着差异，有时这种差异的程度及其意义，并不亚于两国文学之间的区别。因此国别文学与民族文学并不是同一概念。比较文学的研究对象，确切地讲，应该是跨越民族的界限，而不是国家的界限。同时，对于语言艺术的文学来讲，语言成为民族文学的首要特征，因此在大多数的情况下，跨越民族界限往往与跨越语言界限相联系。

　　所谓跨越民族的界限，应该包含两方面意思。第一，把比较文学与民族文学的研究加以区别。民族文学研究中也经常运用比较的方法。譬如李白与杜甫的比较，华兹华斯与柯尔里奇的比较，《红字》与《白鲸》的比较，《罗摩衍那》与《摩诃婆罗多》的比较，等等，这些只能算是民族文学的研究，而不是比较文学，因为它们的研究对象都局限在同一民族文学的范围之内，并没有超越民族的界限。另外，我们之所以这样强调"跨民族"的重要，实质是为了强调不同文化之间的比较。同一民族作家的创作，属于同一文化传统，对它们进行比较研究后所得的结论，只能说明本文化传统范围之内的一些规律性的东西，不一定具有普遍意义，只有从不同文化传统的比较中发现的规律，才具有普遍意义。所以，"跨民族"比较的根本意义在于"跨文化"比较；跨民族、跨语言与跨文化，三者之间有着内在的联系。第二，既然这种研究是跨越民族界限的，那么，一个多民族国家之内的各民族文学之间的比较研究，应该顺理成章地划在比较文学的范围之内。这样，加拿大文学中英语文学与法语文学的比较研究，我国的藏族文学与蒙族文学之间的比较研究，就自然纳入了比较文学的范围。

　　跨学科研究是否必须同时跨越民族界限。文学与艺术之间的比较研究不必一定要跨越民族的界限，莫扎特和意大利文学的关系固然是比较文学研究的范畴，而莫扎特和德国文学的关系也是比较文学研究的范畴。我们同意这一看法，但由

比较文学的理论认知与应用研究

于韦斯坦因不承认文学和除艺术之外的学科的比较研究，他的论述只限文学与艺术的范围而未涉及文学与其他学科的关系，我们想强调说明：这一原则在文学和所有其他学科的比较研究中同样是适用的。

历史—比较文艺学是文学史的一个分支，它研究国际联系与国际关系，研究世界各国文艺现象的相同点与不同点。文学事实相同一方面可能出于社会和各民族文化发展相同，另一方面则可能出于各民族之间的文化接触与文学接触；相应地区分为：文学过程的类型学的类似和"文学联系和影响"，通常两者相互作用，但不应将它们混为一谈。

把比较文学看作文学史的一个分支。但是从"研究国际联系与国际关系"，扩展到"研究世界各国文艺现象的相同点与不同点"。在这一问题上他与美国学者的观点相仿。另外，各民族的文学现象中出现相同现象的原因，抱有独到的解释。两个互相联系但不能混为一谈的原因：一是文化交流和互相影响，二是由于人类社会历史发展的统一性。"由于各民族在同一历史时期发展个别文学时具有相同的社会关系，因而产生历史—类型学的类似"。针对着后一方面的现象，"历史类型学"这样一个新的观点。在 1967 年国际比较文学学会第五届年会（贝尔格莱德会议）上，他特别强调了在未必存在模仿或自觉的影响的场合研究类比（analogy）和类型学上的汇流现象（typological convergency）的重要意义。

人类的社会历史发展的共同过程具有一致性和规律性的思想，是历史比较研究各民族文学的基本前提。而这一共同过程决定着作为意识形态的上层建筑的文学或者艺术的合乎规律的发展。正像由生产力和生产关系的类似状况决定的封建时代的社会政治关系，在欧洲最西部（尽管它有某些地域性的区别）与比如在中亚细亚（封建土地所有制，手工业作坊等方面的发展）就显露出类型学的类似特征，同样，在意识形态领域——艺术，其中包括作为对现实的形象认识的文学，在不同民族的社会发展的同一阶段上，会出现大量的类似。同时，正像在社会生活的其他方面一样，它们不可避免地会带来重要的、更具个别性的差异，这些差异由历史过程的地域性特点和由这些特点造成的民族的、历史的独特性所引起。对这些特点的比较研究之所以重要，是因为可以确定在社会制约中文学发展的共同规律，同时确定作为比较对象的各种文学的民族特性。他以西方文学中出现类似的文学思潮与流派（文艺复兴、古典主义、浪漫主义、批判现实主义、自然主义、现代主义）顺序更替的现象为例，说明这是由这些民族社会发展的类似条件所决定的。在此基础上，国与国之间的文学相互影响，也不是一个偶然的现象，任何思想的（其中包括文学的）影响是有规律性和受社会制约的，它取决于民族的社会的文学发展的内在规律。为使影响成为可能，就必须存在这种思想输入的要求，必须有一定社会、一定文学中多少已经定型的发展的类似倾向。因此，历史类型的类似和文学的相互影响是辩证地相互联系的，并且在文学发展的过程中，应该被看成是同一个历史现象的两个方面。用历史唯物主义观点来解释国际文学中的异同现象和文学交流，在运用马克思主义指导比较文学研究的道路上迈出了重要的一步。如果单纯地从为比较文学下定义的角度来看，他的结论似乎并没有在法美两国学者的意见之外提出什么新的见解，然而从根本的观点和方法上讲，他都与别人不同。他强调从人类历史和文化发展的普遍规律的高度来认识不同民族文学之间的相互关系，几乎赋予比较文学以历史哲学的意义。因此，把比较文学称为"历史—比较文艺学"，并不是没有原因的。

第二节　比较文学的研究对象和基本特征

比较文学的看法虽然不同，但是，它们之间仍有许多共同点，这些共同点正是我们认识比较文学这一学科时不可忽视的地方。

第一，比较文学的研究对象是跨民族、跨语言、跨文化界限和跨学科界限的各种文学关系。关于比较文学研究必须跨越各种界限的问题，前文已经谈得不少，这里不再重复。对于"各种文学关系"的提法，我们需要作些说明。根据前面对各种比较文学定义的分析，我们可以知道，属于比较文学研究范围的，包括三个不同的方面。首先是实际存在于两个或多个民族文学之间的相互关系和相互影响。其次，在两个或几个民族的文学中，有些文学现象，虽然不存在实际的联系，但它们的相异和相同，都有某种可比性，因而具有研究价值；它们之间虽然不存在"事实联系"，但是却存在着内在的价值联系。最后，是文学与其他学科之间的关系，包括它们之间互相影响、互相阐发等关系。这三个方面，就是三种不同的文学关系。如果人们已经习惯把第一种关系称为"事实联系"的话，那么，我们可以把第二种关系称为"价值关系"，把第三种关系称为（文学与其他学科之间存在的）"交叉关系"。比较文学就是要发掘和研究这三种文学关系，从中引出一些有意义的结论。在比较文学研究中，人们一提文学关系，往往只想到"事实联系"，但实践已经超出了这个界限，我们在这里用了"各种文学关系"的提法，就是为了适应比较文学研究的新发展，扩大对文学关系的理解。

第二，比较文学的性质是文学研究的一支，是一门独立的学科，而不单纯是一种研究方法。

比较文学的理论认知与应用研究

比较，作为一种方法，在各种研究中都可使用，并非比较文学所独创，也非比较文学所专有；比较，作为人类认识事物的一种方法，更是得到了普遍的使用，不是文学研究所专有。正因为如此，有的学者就否定比较文学存在的必要，认为比较文学仅仅是一种研究方法而不是一个独立的学科，著名的意大利美学理论家克罗齐就持这种观点。

对这一问题，我们应该从两个方面来认识，一方面我们不能把比较方法的运用看成是比较文学区别于其他学科的一种独特性，正像许多学者一再指出的，文学比较不等于比较文学；另一方面，我们也要看到"比较"在比较文学中所占的特殊地位以及它所具有的特殊意义。

比较文学并不仅仅因为它运用了比较方法才成为一门独立学科的，而是因为它具有特定的研究领域，即跨越民族的语言的文化的和学科界限的各种文学联系。任何一门学科都因其特定的研究领域而具备独立存在的价值，单纯的方法是不能成为一种学科的。但是，不可否认，比较文学之所以叫作"比较文学"，仍然因为"比较"与这一学科有着不可分割的联系，我们不必因为有人抓住"比较"二字来否定比较文学，就回避这种联系。应该明确的是，"比较文学"中的所谓"比较"，并不是一般方法论意义上的比较，而有着特殊的意义。它是一种观念，一种强烈的自觉意识，一种研究工作中的基本立场；它是指超越各种界限，在不同的参照系中考察文学现象。所以，这种比较必须与跨民族界限，跨语言界限，跨学科界限等含义联系在一起，离开了这些意义上的比较，就不再是比较文学的"比较"了。另外，即使是对比较方法的运用，它与其他学科也不一样。如果说在其他学科中比较方法是可用的研究方法之一，或者是研究工作的某一阶段才使用的方法之一，那么对于比较文学来讲，它却是贯穿始终，须臾不可缺少的。没有比较的观念，没有了比较的方法，比较文学也就终止了，取而代之的是其他文学研究领域的开始。

第三，比较文学具有开放性、宏观性的特征。

开放性是比较文学的最根本的特征。换句话说，它是一个巨大的、不断运动的开放体系。世界各国学者对比较文学研究对象的范围有不同认识，但他们都认为比较文学必须是跨越一定界限的文学研究，也就是在比较文学的开放性这一点上，他们的认识是一致的。

这里所说的开放性包含着下面三层意思。

其一，它不受时间、空间以及作家、作品本身地位高低、价值大小的限制，同民族文学相比，它在上述三方面具有更大的自由。在空间上，不受国家、民族界限的局限，已经是比较文学的最显著的特色。德国文学可以和英国文学比较，也可以和法国文学比较；荷马史诗可以和印度史诗比较，也可以和北欧史诗比较。在时间上，它比民族文学包含更大的时间跨度，民族文学研究中的比较一般多是在同一时代和时代相近的作家间进行的，例如巴尔扎克和福楼拜，宋玉和屈原之间的比较之类，而比较文学则可以把时代相距较远的作家和作品加以比较。例如，我们可以把 16 世纪的莎士比亚和比他早约三百年的关汉卿作比较，也可以把 17 世纪的英国玄学派诗人约翰·邓恩和 20 世纪的法国诗人保尔·瓦雷里作比较。比较文学还特别重视那些经常被民族文学忽视的当代作家。此外，民族文学研究中较多注意文学大师和经典作品之间的比较，而比较文学则没有这样的限制。它既可以是狄更斯和巴尔扎克这样知名度类似的作家之间的比较，也可以是狄更斯和都德这样两个在地位上并不相称的作家之间的比较；它既可以是鲁迅的《狂人日记》和尼采的《查拉图斯特拉如是说》这样的两部经典作品之间的比较，又可以是鲁迅的《长明灯》和迦尔洵的《红花》这样一些不太重要的作品之间的比较。概言之，作家、作品不论其本身在文学史上的地位大小，价值如何，都受到一视同仁的待遇，都是比较研究的对象，只要它们之间存在可比性，只要这种比较研究能够得出有意义的结论。

其二，比较文学的开放性还在于：它比传统的文学研究具有更宽泛的内容。传统的文学研究把自己的注意力放在作家和作品两极上，这种情况，中外皆然。特别在欧洲文学中，由于浪漫主义思潮的影响，到 19 世纪，作家的地位极大地提高，文学研究的重心从作品转到作家身上，到处盛行"传记式批评"（biographical Approach），形成一种作家崇拜。到 20 世纪，欧洲出现了反浪漫主义的现代主义潮流，批评便从对作家的崇拜，转向了对作品本文的崇拜，这便是在各种形式主义理论指导下的"文本研究"（Textual Approach）。中国古典研究中大量的审美鉴赏式批评和印象式批评，以及近现代的中国文评，重心也是在作家作品两极上。比较文学则要通过影响和接受的研究引入读者大众（包括听众、演员、批评家等）以及客观世界这样的另外两极。于是，传统研究中的作家、作品两极运动就变成了作家、作品、读者、世界这样一个四极相互运动的宏大模式。当然，比较文学对于这四极中的任何一极都同样重视，但由于过去文学研究界对作为接受者的读者大众的漠视，现在有必要更多地强调对这一极的重视。

其三，在研究方法上，比较文学不仅具有兼容并包的特点，即以比较分析法为主，兼及系统归纳、审美评论、历史考据、哲学反思、图表统计、社会调查、文本细读、传记互证等诸法，而且具有迅速接纳新思想、新方法的敏锐和自觉，

比较文学的理论认知与应用研究

不仅人文科学和社会科学中的新方法会被立即衡量考评，就是自然科学中的新方法也会很快引起重视。比较文学将在比较各家各派研究方法的基础上取其精华，去其糟粕，为己所用。在新思想、新方法不断涌现，人类知识结构不断更新的当代，比较文学的这一特点无疑具有相当大的优越性。

除开放性之外，比较文学的另一个特征是它的宏观角度。传统的文学研究多集中在一个民族的范围内，而且多数研究接触的往往是作家、作品的某些方面，甚至是更微末的领域，例如词、句的分析，笔法、意象、掌故的摭拾阐发，作家生平轶事的考订等。这样的研究视野狭窄，其结论往往缺乏普遍价值。比较文学则不然，它从民族文学的范围跳出来，从国际的角度俯视各种文学现象，即便对微小的领域，例如某一意象、某种技巧，也能给以宏观的比较剖析。钱锺书对"通感"这一长期以来并没有引起中国批评家注意的描写手法的研究，是一个极好的范例。钱锺书拈出十一个诗人用"闹"这一有声的字来形容无声事物的例子，说明诗人通过这样的描写手法（即把无声的姿态说成好像有声音的波动），"仿佛在视觉里获得了听觉的感受"，他指出这种"感觉挪移"（即通感，synaesthesia）的情形，在西方的诗文里并不少见，例如 17 世纪英国玄学派诗人约翰·邓恩在一首题为《香味》（Perfume）的诗中就有这样的句子："一阵响亮的香味迎着你父亲的鼻子叫唤"，这是由听觉向嗅觉的转移；荷马《伊利亚特》中有"像知了坐在森林中的一棵树上，倾泻下百合花也似的声音"的句子，这是由视觉向听觉的转移。当然这里提到的例子仅是他那篇文章中的一小部分。正是通过这种宏观的比较，才能更令人信服地阐明"通感"，作为一种描写手法所具有的艺术魅力。在跨学科研究中，比较文学则给人以"更上一层楼"之感，它从文学内抽出身来，从一个新的高度俯察文学和哲学、宗教、历史、艺术、心理学、语言学、自然科学等领域的关系。这样一种宽广的视野和博大的胸怀是传统文学研究无论如何也无法企及的。这种宏观的角度对文学规律本质，即所谓诗心、文心的探索无疑是至关重要的。

为了更好地认识比较文学的特征，我们还需要把比较文学和与其相关的几个概念作一些对比。因为只有在区别的基础上，才能从不同的方面对它作进一步的界定。这几个概念是民族（国别）文学、世界文学和总体文学。

国别文学是指按国家这样的政治概念相区别的文学，例如，中国文学、英国文学、法国文学、美国文学等。民族文学则指按民族区分的文学，两者是不同的。有些国家是由多民族组成的，这些民族虽然在政治上组成了一个国家，但却仍然保持着自己独特的民族性，并且有自己民族的语言。因此，这样的国家就可能包含若干个不同民族的文学。例如,我国就有汉族文学、朝鲜族文学、蒙古族文学、藏族文学等。显而易见,将二者混同,会引起某些概念上的混淆。正如我们在纠正雷马克定义中的不精确时指出的,比较文学研究所超越的,在本质上,是民族的界限,而不是国别的界限,因此,在谈论比较文学的时候,与其相关的应是民族文学的概念。

不言而喻,民族文学的研究是比较文学研究的前提和基础。一个人要从事比较文学的研究,就必须熟悉两种或两种以上的民族文学,例如,要从事法德文学的比较研究,就需要既熟悉法国文学又熟悉德国文学,换句话说,一个比较学者必须是两方面的专家。一般情况下,大多数比较学者是这种意义上的"世界文学"不屑或不愿顾及的。由此可见,"比较文学"与"世界文学"的第二种含义也是有区别的。

目前,我国高等院校设有"世界文学"专业,它所指的内容类似这里听说的第二个含义。不过,作为一种专业和一门课程,它不可避免地作超出国家民族界限的、纵向或横向的比较,以求做出历史概括和美学评价。这样的课程就与比较文学有了交叉关系。

还有不少批评家把"世界文学"看作各国文学的总和,不管这些文学是否具有世界地位和不朽性。这是对这一术语的第三种理解。我们很容易看出,在这个意义上,它与比较文学相近,但它仍与比较文学有本质的区别,那就是它并不强调从比较的角度去作研究。

"总体文学"(Littérature en général)的原意是指文学的问题、原则、源流、运动,是诗学或美学的总称,实际是文学理论的别称。在这个意义上,它显然与"比较文学"有区别,因为比较文学虽然十分重视文学理论,但它的范围却远远大于文学理论的研究。况且,总体文学并没有规定一种比较的研究方法,而比较文学不仅把文学作为一个整体来研究,而且始终强调自觉的比较意识,因此,二者不可能混同。

在把"比较文学"与上述三个有关的术语做了进一步的区别之后,我们可以尝试给"比较文学"下一个定义了。什么是比较文学呢?比较文学是一种开放式的文学研究,它具有宏观的视野和国际的角度,以跨民族、跨语言、跨文化、跨学科界限的各种文学关系为研究对象,在理论和方法上,具有比较的自觉意识和兼容并包的特色。

总而言之,比较文学是一种跨民族、跨语言、跨文化、跨学科的文学研究。

第三节　比较文学的目的和功能

各国的比较学者对比较文学的定义有种种不同的看法，然而对于比较文学的目的与功能却有许多共同的认识，在这一方面，他们找到了共同的语言。或许，正是基于这种对比较文学的重要性的共同的感受，他们才关心这一学科的发展，热衷于参加有关的争论。

比较文学的功能是多方面的。从近处讲，比较文学可以帮助我们更好地认识文学的本质和文学发展的动因。我们不妨先从文学作品谈起。当你研究作品的创作与形成过程时就会发现，有些作品的题材、人物、情节、表现手法等，并非独创，其中有着外来的渊源或外来的影响。这时，为了考察作品的价值以及作家的创造性劳动，就不得不去追溯影响的来源，还要进一步研究这些外来的影响中，有哪些被保存下来?有哪些被抛弃?外来的材料如何被吸收、被同化?作家有哪些创新?等等。为了全面评价一部作品的价值，你也不得不去考察它在国外的流传与声誉，它对别国的作家和文学发生过什么影响，甚至还要和外国的同类作品进行比较，考察它在世界文学史上的地位等。这样的研究当然要跨出民族文学的界限，把两个，甚至是几个民族的文学，放到了自己的研究视野之中，研究它们之间的相互联系、相互影响的事实。这就是一种跨界限的研究，也就是进入了比较文学的领域。本来比较文学就是从这里起家的。当 19 世纪七八十年代比较文学刚刚出现的时候，它是以研究各民族文学之间的相互联系相互影响的关系为己任的，而且正是由于它在这方面所取得的成果而在学术界站住了脚跟的。迄今为止，这类研究在比较文学的研究成果中仍然占有较大的比例。

当然，文学作品的研究并不限于影响的研究，有时，为了更好地挖掘作品的意义和价值，必须拿它与某部他国他民族的文学作品相比较，因为没有比较就没有鉴别，事物只有在比较之中，才能显示出它的特性与价值。因此，即使两部或几部作品之间并不存在"事实联系"，为了某种研究的需要，也必须把它们同具有可比性的作品联系起来进行比较研究。从这个意义上讲，没有比较文学，就找不到求取科学结论的参照系;没有比较就无法有根有据地确定一部作品的特点和价值。

在比较文学的视野里，世界是一个相互联系的整体，世界上各个民族各个国家的文学之间并不是割裂的无缘的，而是相互联系相互影响的，而且正是这种相互之间的交流和影响，推动着文学向前发展。如果从美学品格上讲，那么，即使是那些相互之间并不存在着你影响我或我影响你的事实的文学现象之间，仍然存在着某些可比的东西。这些都是比较文学的研究对象，因此当文学研究深入进行的时候，往往都要涉足比较文学，借助于比较文学来求取新的突破。前面曾经提到的近年来我国出现的文学研究各个分支的学者纷纷向比较文学靠拢的现象，就是说明比较文学的这种功能的有力的例证。

随着时代的发展，人们的文学观念也在发生变化。现在，人们普遍认为，文学并不单纯是作家的创作，而是一串由互相联系的各个环节形成的链。文学作品固然是作家创造性劳动的结果，但是作家的创造并不是他个人头脑的随意的产物。在他的艺术创造过程中起作用的，除了他个人的因素之外，还有客观世界、民族文化传统和外来文化的影响等。如果从接受美学的角度来看问题，还应该把作家的创作与作品的传播、读者的接受联系起来，从传播与接受的角度来分析和评价文学作品。因此，对于文学的研究，应该是多方面的，有系统的，如生活与创作，作家与作品，传统与演化，历史渊源（民族的和外来的）与发展变化，以致作品的流传，读者的接受，等等。如果一部作品流传到了国外，那么还要研究它的传播过程，它在国外的反映，它对别国文学的影响，国外读者的接受情况及其反馈等。于是，为了全面理解和考察一部作品，必须进行这样一个有系统的、多方面的研究过程。它仿佛是一个文学研究的"系统工程"。

面对这样的"系统工程"，传统的文学研究方法已经不够用了，单纯的封闭式的文学范围内的研究也不能完全解决问题，因为这里必然涉及文学以外的其他各种学科。19 世纪的文学批评，着重在历史的传记的考察，采取线形的研究方法。20 世纪上半期盛行的"新批评"，割断文学作品的各种外部联系，把它当作一种封闭性的自在体，进行所谓内部文学性的分析研究。这些研究都有它的道理，也取得了不少成果。但是，对于上述一系列互相关联的问题的解决，它们就显得无能为力，因而必须另辟蹊径了。譬如，为了认识哲学对文学的浸染、宗教对文学的影响、音乐美术与文学之间的互相阐发，等等，我们不能不在文学与其他学科之间寻找它们的联系，又如为了理解分析当代西方现代主义文学，就不得不借助于现代心理学、现代语言学等学科。在这时，我们的文学研究需要跨出文学的范围，研究文学与其他学科之间的种种关系。换句话说，比较文学的跨学科研究在这里成了解决问题的必选的途径。

由此可见，比较文学的兴起是文学研究发展的需要，它的跨越性特征使它能够生发出无穷的潜力，以适应时代的需要，为文学研究的新发展开拓道路。比较文学本身也是在这样道路上不断地发展进步的。起先，它以"国际文学关系史"

的身份跻身于文学研究的领域。随着世界形势发展的需要和学科发展的需要，比较文学的跨越性特性得到了施展的余地，其能量不断得到释放，它便跨越出一重又一重藩篱，从跨民族到跨文化体系，再到跨学科，研究领域不断扩大，研究对象不断增加，这门学科的重要性也就越来越被人们所认识。

比较文学的意义还在于它能帮助我们更好地探讨文学规律。这也许是比较文学之所以对于青年们具有巨大吸引力的重要原因。攻读文学的学生为摆脱民族和语言的束缚，以便使文学研究接近文学的本质，也越来越转向比较文学。这里我们有必要再来谈谈比较文学与总体文学的关系。如前所述，所谓总体文学，指的是各国文学的一般规律，实际上就是文学理论。比较文学超出了民族文学的界限，研究在多个民族文学中起作用的文学一般规律。所以，它虽然不等于总体文学，却也不是与总体文学不相关的。因为，在比较文学研究中，随着课题的深化，其结果必然要涉足总体文学的领域。"比较"的实质就在于它能打破各种界限，把文学视为一个整体，从这样的角度来研究文学现象，探讨其中的规律，而这同样是总体文学所追求的途径和目标。然而，人的认识能力和认识水平受到种种限制，文学理论的发展史也说明，人们只能在自己所处的文化背景和种种条件之下，根据自己的认识范围和认识水平来进行研究，求取结论。时代的差异，国情的差异，意识形态的不同，造成了各国的、各个时期的文学理论，不论在观念、方法上，还是在术语上，都有很大的区别。当人们放眼世界，试图探求人类文学的共同规律的时候，就会发现这些差异，自然要求通过比较研究来寻求共识，因为比较文学可以把人们的眼光从狭小的界限扩大到各个领域，从尽可能广阔的视野中来考察文学现象，在不同的参照系中进行比较，也就是说，它使我们站得更高，看得更广些，因而能得到更全面的也就是更科学的结论。

比较文学不是事实的罗列，不是简单的比附，不是单纯的异同现象的发掘，而是对于文学规律进行探索的一个途径。它开拓了研究的新领域，提高了我们的分析能力，因而也大大有益于我们去科学地认识文学现象，探索其中的规律性的东西。就这个意义上讲，总体文学的进步也有赖于比较文学的发展。

毋庸讳言，在当今世界上，西方的文学理论占有优势的地位。这是历史形成的结果。16世纪以来，随着西方殖民主义势力的向外扩张，西方的思想观念和文化成果也传播到世界各地。它以雄厚的政治、经济的实力为后盾，很快在国际上取得优势地位。许多殖民地半殖民地国家，主要是东方国家原有的传统文化受到不同程度的压制和破坏。文艺理论的状况也不例外。我国的情况就是如此。我国文学源远流长，在理论上也有自己的一套范畴、观念和研究方法。五四以后，接受了西方的东西，传统的东西受到排挤，以致到现在，人们熟悉西方的理论却对民族传统感到陌生。当前，殖民主义体系虽然已经瓦解，而这种文化形势上的不正常情况，却不是短时间内可以扭转的。

　　然而，这种状况是不利于文学理论的发展的。并不是说西方的理论不好，问题在于西方的文学理论适用于西方文学而不一定能适用于东方文学。也就是说，它既然产生于西方文学与文化的土壤之上，就不可避免地带有地域局限性，因而不一定具有普遍意义。东西方国家之间，由于长期以来形成的历史文化传统的不同，文学的观念、情趣、方法以至术语，都存在着巨大的差别，因此，生硬地套用西方的理论来对待中国的或其他东方国家的文学，经常使人感到格格不入，甚至得出偏颇的错误的看法。譬如，曾经有一种"中国无悲剧"的看法。持这样观点的人甚至把像《窦娥冤》、《赵氏孤儿》一类具有"感天动地"力量的大悲剧，都划出悲剧的领域之外。他们之所以提出这一看法，就是因为他们把西方的悲剧概念作为标尺，以此来衡量中国的作品，而忽视了中国悲剧的民族特征。我们不能不问，为什么西方的概念就是标准?为什么不合这个标准就要被否定?其实，西方的文学理论是在总结西方文学成果的基础上得出来的，并不考虑东方文学的实际。所以，西方的文学理论所涵括的范围是有限的，它不一定能说明全世界一切文学现象。这样的理论的正确性和科学性也就有待进一步验证。如今，当人们放眼世界，试图探索人类文学的共同规律的时候，就深感有突破它的局限的必要。近年来兴起的比较诗学，就是为了从文学理论的比较研究着手，克服原有理论的区域性局限，探讨全球性的文学规律，从而为文学理论的前进开辟了途径。这不能不说是比较文学的一大功绩。

　　仅仅从文学研究的范围来看待比较文学的意义和价值，是远远不够的，如果我们能超出这个范围，把它放在整个世界文学的格局和世界文学发展的长河之中，就会看到它所具有的更加深远的意义。

　　比较文学本是在文化交流的基础上发展起来的，在这方面它具有特殊的意义。我们知道，文化交流的目的，一是促进民族文学，一是促进世界文学。为了通过文化交流更好地向他人学习，就必须对外来的东西进行鉴别。从中知道学习什么，扬弃什么。在这项工作中，比较文学将大有用武之地。研究比较文学，最主要的目的就是给我们的借鉴活动找出一些可遵循的规律，达到事半功倍的目的。我们常说，有比较才能有鉴别。通过不同文学的比较，可以从理论上提高我们对外国文学的认识；不同文学之间相同之处何在?不同之处又何在?产生这些同与异的关键何在?从技巧到内容，都可以进行对比，从对比中吸取对我们有用的东西，从而

比较文学的理论认知与应用研究

丰富和发展我们的社会主义的新文学。

当前，对于处在社会主义建设新时期的中国来说，这种工作尤其重要。在长期的封闭与隔绝之后，我国向世界敞开了大门，于是，各种思潮与文学现象大量地向我们涌来，对我们原有的理论与创作都是一种很大的冲击。在这样的冲击面前，我们既要大胆地敢于开放，吸收一切有益的东西，又要保持清醒的头脑，坚持社会主义的方向。为了达到这样的目标，我们不能不以世界文学为背景，以他种文学为参照系，重新估价自己，重新认识自己，坚持和发扬原有的正确的东西，学习人家的有益的东西，拒绝那些对我们有害的东西。然而要做到这些，就离不开比较文学。

在这样一个文化交流空前频繁的时代，一方面是我们要向外国学习，另一方面我国文学也在走向世界，为世界文学做出贡献。比较文学正是我国文学走向世界的重要途径。我国辉煌的古代文学和别具特色的当代文学，应该成为世界文学宝库中的灿烂瑰宝而为世界人民所共享；我国历史悠久、内容丰富的传统文学理论应该成为世界正在寻求的文学理论综合架构的重要组成部分。要做到这一切，就必须通过比较文学来与世界沟通，在比较中研究我国文学与他国文学的殊异和类同，揭示我们民族文学的特征，阐明民族文学的特性和价值。由此可见，作为一门国际性的学科，比较文学在中国文学与周围世界之间，架起了一座桥梁，它有助于中国走向世界，也有助于世界接受中国文学，理解中国文学。

如果再从文学发展的远景来看待比较文学，那么我们将发现它是我们从今天走向未来的必由之路。回顾人类几千年的文学史便可以知道，早期的文学活动，不论是西方的还是东方的，主要都局限在国别文学与民族文学的范围之内，因为那时世界市场尚未形成，交通工具和通信工具也不够发达，人们的活动，包括文化交流，都受到种种限制。在这样的情况下，人们不可能形成全球眼光，文学活动也没有超越民族界限的可能性与必要性。近代以来，随着西方资本主义的发展，世界市场的形成，以及交通工具、通信工具的空前发达，国际政治经济文化的交流日益频繁，人们的眼光由国家民族扩大到地区，再扩大到全球，文学的发展也打破了民族的界限和局部的交流，逐步向着世界文学的方向前进。资产阶级，由于开拓了世界市场，使一切国家的生产和消费都成为世界性的了。在过去那种地方的和民族的自给自足和闭关保守状态，被各民族的各方面的互相往来和各方面的互相依赖所代替了。物质的生产是如此，精神的生产也是如此。各民族的精神产品成了公共的财产。民族的片面性和局限性日益成为不可能，于是由许多种民族的和地方的文学形成了一种世界的文学。

到了 20 世纪，特别是第二次世界大战之后，各国之间的联系更加紧密，整个地球已经连成一个整体，被人们看作"地球村"，世界经济也已走向国际化整体化。在这样的情况下，尽管人类仍然区分为各个民族，分别居住在不同的国家之中，但是他们比以往任何时候都更深切地感到相互之间的密切关系。闭关自守的状况早已打破，各国人民的命运在许多方面休戚与共，世界正以其错综复杂的又是整体的面貌呈现在人们面前。如前所述，人们的思维方式也发生了很大的变化，全球意识和综合性思考，成为当代人思维方式的重要特征。许多边缘学科、交叉学科应运而生。文学的发展也出现了全新的情况：任何一种民族文学都已卷入世界的潮流之中而不可能孤立地存在；民族文学之间、各种文学流派之间互相碰撞又互相影响，形成多元共存的格局；文学研究的原先的状况已不相适应，人们需要打破旧有的观念，在更广阔的领域里研究具有普遍意义的问题。

历史向我们预示：从民族文学走向世界文学，已是大势所趋。时代需要一种打破传统界限、具有广阔视野的文学研究。在这样的时代，比较文学正以其开放性和综合性的特性而发挥其所长，变得空前活跃起来。由此可见，比较文学的兴起和发展，是时代的需要，历史的必然。这种发展是合乎规律的，顺乎世界潮流的，沛然不能抗御。从这个意义来认识比较文学，我们可以说，比较文学是从民族文学走向世界文学的通途和桥梁，是一种立足当代，面向未来，立足民族，面向世界的新型的文学研究。

民族文学是在某个民族土壤上产生的具有自己独特的历史传统和民族特色的文学。它受制于本民族的文化背景，由民族的政治、社会、心理、语言等条件所决定，同时也反映了本民族的审美心理和美学品格。

"世界文学"的概念虽然可以有多种解释，然而，在歌德和马克思的心目中，"世界文学"是他们对文学未来的一种预言。他们认为，到那时，早先那种割裂的状况必将消除，各民族文学将成为人类的共同的精神财富，它们统一起来，构成一个伟大的绚丽多彩的综合体。从民族文学到世界文学，这是人类文学史的伟大进步。

在世界文学的时代，民族文学是否存在?或者说民族文学的差异是否存在?学者们的看法并不一致，他们对歌德、马克思的观点也有不同的解释。不过，在我们看来，世界文学与民族文学并不互相对立，也不互相代替。世界文学就像一支全球性的交响乐，民族文学就是其中的各种不同的乐器。各民族的文学发挥其特色和功能，构成一个丰富多彩的和谐的世界文学整体。所以，世界文学时代到来，并不是民族文学的消亡，恰恰相反，它是以民族文学的繁荣为基础的。那时，各

比较文学的理论认知与应用研究

民族文学之间互相隔离的状况已经消除，各民族文学互相影响，互相吸收，互相促进，共同为世界文学的繁荣兴旺做出自己的贡献。它们之间会存在统一性，但不会合成一体。很难设想会出现一种抽象的架空的世界文学。就像离开了各种乐器就不存在什么交响乐一样，离开了民族文学也就不存在世界文学。

文学的民族特性是在长期的历史过程中形成的，而且以一定的文化背景为依托的，因而，具有相当的稳定性。各民族文学又由于其不同的传统、不同的生存条件和不同的文化背景而形成各自的独特性和相互之间的差异性。民族文学的价值正是以其独有的民族特色，亦即它们之间的差异性为前提的。正是这种差异的存在，各民族文学之间才有互相借鉴、互相学习的可能，才使世界文学呈现出一派五彩缤纷的局面。消除了这种差异性，也就是消除了民族文学的独特性，其结果就等于消除了民族文学，那时，世界文学更无从谈起。

前面提到，当今世界正处于文化上多元共存的时代，文学的发展也是如此。比起马克思和歌德的时代，历史已经向着世界文学的方向大大地前进了一步，但是离真正的世界文学时代还是相当遥远的。从民族文学到世界文学，将是一个相当长的历史过程，来自不同传统不同文化背景的民族文学多元共存的局面将长期存在。况且，如前所述，即使到了世界文学时代，民族文学的差异也不可能完全消除。这就产生了一个值得注意的问题：不同文化背景下产生的民族文学的并存和相遇，不可避免地会发生碰撞和冲突。

众所周知，民族文学的情况相当复杂，它们有不同的文化背景，分属于不同的文化体系，而不同文化体系的人们之间，在思维方式、价值观念、行为准则、审美心理等方面，都有很大的差异。不同文化背景下产生的文学之间可以互相借鉴、互相吸收，但是它们之间的差异不可能消除，它们之间的矛盾也必然产生。另外，我们还不能忽视当今世界上不同意识形态和不同社会制度的矛盾冲突远未结束，这一现状往往使现阶段的文化冲突更带有必然性和复杂性。由此看来，世界文学虽然是一个理想的诱人的远景，然而，从民族文学走向世界文学的道路却充满着矛盾，将是一个长期的复杂的探索过程。

文化差异和文化冲突问题已经成为当今世界的一个热门话题，有的学者甚至把世界上发生的一切问题都归结为文化冲突，预言这种冲突将给人类带来灾难性的后果。早在第一次世界大战期间，德国人斯宾格勒在他的《西方的没落》一书中，发表过这类悲观主义的论调。后来，著名的史学家汤因比在他的《文明经受着考验》等著作中，专门研究过所谓"文明间的冲突"等问题。直到最近（1993年），美国政治学家亨廷顿发表长文《文明的冲突》，用这种观点来解释冷战后的世界局势，忧心忡忡地谈论文化冲突的未来。这些都是西方学者有感于当代世界出现的种种难题而做出的悲观主义的预言。我们的观点与他们不同。我们相信人类对于自己的命运完全握有主动权，悲观主义的结论并不是历史的必然。

但是，文化差异和文化冲突的存在以及这种冲突可能产生的后果，确实值得注意。如何避免灾难性的冲突而使异质文化的关系向着积极的方向发展，也是值得关心和值得探讨的重要课题。历史证明，一切强制的做法（文化侵略、吞并统一等）都是无效的，只有平等互惠的文化交流，才是正确处理这种冲突的最佳途径。通过交流，通过对话，把文化冲突引向沟通与理解，引向互补互惠，从而，发扬它们之间的合作关系，避免和尽量减少消极的甚至是悲剧性灾难性的后果。正是在这一方面，比较文学大有其用武之地。

比较文学致力于不同文化的文学之间相互理解，提倡相互之间怀有真诚的尊重和宽容，所以，它讲究平等的态度，主张通过平等对话的方式来探讨共同关心的问题，以求共识。这完全符合当今时代的需要，因而才使它成为新时代的一门显学。

再说，为了进行平等对话，就必须有能够相互沟通的话语，也就是双方为达到某种共识而必须遵守的规则。这是历史上未曾进行过的，因此也是十分艰难的工作，而这正是比较文学之所长。各民族文学的代表围绕着共同感兴趣的问题进行多视角多层次的反复的讨论，在这过程中自然会形成共同的话语。因为，在讨论的过程中，大家都必须以世界文学为背景，以它种文学为参照系，在比较之中重新认识自己，对自己的文学体系进行整理，同时又要深入研究对方文学的特点，以便设法调整对话方式，使对方易于了解和接受。在这过程中，大家都努力发扬自己优秀的东西，借鉴与吸收他人的对自己有用的东西。这一切不能离开比较文学的途径。

新的时代呼唤着比较文学这样一门学科，赋予它以历史的使命，比较文学也将在完成这个历史使命过程中不断地前进。

第二章 比较文学的历史渊源与发展现状

第一节 比较文学产生的历史条件和学理依据

一、学科产生的历史条件

1984 年，美国比较文学研究者乌尔利希·韦斯坦因（Ulrich Weisstein）发表了一篇题为《我们从何处来?我们是谁?我们向何处去?》的论文，追溯了比较文学近一百年的发展历程，认为比较文学自学科建立以来一直在不断自我反省学科的位置和发展，自我反省的精神一直贯穿比较文学发展的全部过程。

文章的题目借自法国画家高更（Paul Gauguin）的一幅同名画。可见人们在思考自身位置和发展时往往要追溯自己的过去。追源溯流的要求不只是比较文学特有的倾向，而是内在于人的本性中的具有普遍性的追问。因此我们要反思比较文学的学科定位和发展，最好从这一学科产生的历史条件说起。

有学者把法国学者维尔曼 1829 年在巴黎大学开设《十八世纪法国作家对外国文学和欧洲思想的影响》的讲座作为比较文学这门学科诞生的标志。但第一个使用"比较文学"这一词的却不是维尔曼，而是法国两个中学教师诺埃尔和拉普拉斯 1817 年为小学生编写的文学读本《比较文学教程》（Tutoriel sur la littérature comparée），由于这本书没有探讨比较文学的理论和方法，只是收集了一些古代文学、法国文学和英国文学的作品选段，所以对学科的建立并没有产生什么实际的影响。我们认为，无论是维尔曼的讲座还是那两位法国教师的《比较文学教程》的出现，都还不能作为比较文学学科诞生的标志，而只能视为学科产生的先兆。像所有学科的产生都必须具备一些基本的标志一样，比较文学作为一个学科的建立也同样必须具有一些基本的标志，比如，第一本比较文学理论著作的出版，第一份比较文学刊物的创办，更重要的是，大学中第一个比较文学教授职位的设立。而这些都发生在十九世纪后半期。因此，我们可以比较稳妥地断定,比较文学作为一门学科产生于十九世纪后期的欧洲。

尽管比较方法的自觉运用要等到十九世纪才开始盛行，正如 1886 年发表了比较文学历史上第一部以"比较文学"命名的理论著作的英国学者波斯奈特所言，"有意识的比较思维"是十九世纪的重要贡献，但是，任何一门学科的形成都可以在人类思维的历史上找到其产生和发展的历史渊源和学理基础。比较的方法作为人类思维的基础其运用可以一直追溯到遥远的古代，正如波斯奈特所同时指出的用比较法来获得知识或者交流知识，在某种意义上说和思维本身的历史一样悠久，因为尽管一切思维和推理是单个主体主观地进行的，但是一种思想、一种理论要想获得证明，要想被人接受和流传，必须借助于与其他思想和理论的比较。在此意义上，波斯奈特将比较称之为支撑人类思维的原始的脚手架。也正是在此意义上，有西方学者把比较文学作为一门正式学科产生之前的历史，即它的"史前史"，一直追溯到古希腊罗马时期，比如，贺拉斯曾叮嘱罗马作家要"日日夜夜把玩希腊的范例"，并把罗马诗人维吉尔与希腊诗人荷马、罗马喜剧作家普劳图斯（Plautus）与希腊喜剧作家阿里斯托芬相比；罗马时代的希腊传记作家普鲁塔克（Plutarch）在其《希腊罗马名人传》中采用了将一希腊人和——罗马人——如马其顿国王亚力山大和罗马名将凯撒，希腊演说家狄摩西尼（Demosthenes）和罗马演说家西塞罗两两比较的结构框架；罗马修辞学家昆提利安（Quintilian）在其《演说术原理》中曾非常细致地比较了西塞罗和狄摩西尼的异同。

然而，只有当人类文化发展到一定程度时，潜含的比较因素才会萌发，零星的比较才有可能发展成为具有系统理论和独特方法论的学科。

比较文学是一门将研究对象由一个民族的文学扩展到两个或两个以上民族文学的学科，因此其诞生必须满足两个基本条件：其一，民族文学的建立及充分发展；其二，跨文化视域的形成。到十九世纪后半期，这两个条件都已基本具备。首先是经文艺复兴、古典主义到浪漫主义，欧洲各民族文学均已建立并获得充分的发展；其次是到十九世纪，欧洲文学研究者的视域已经开始试图跨越民族文学的界限，开始将欧洲范围内的文学及其发展作为一个整体来研究。这两个基本条件具备后，比较文学学科的产生便成为历史的必然。

中世纪的欧洲是一个统一的拉丁化世界，到文艺复兴时期民族意识才开始觉醒。随着民族意识的觉醒，产生了弘扬民族语言和民族文学的要求。比如，但丁的《论俗语》就极力为意大利民族语言的合理性进行辩说和论证，他认为，所谓"俗语"即是与作为文学语言的拉丁语相对而言的"小孩在刚一开始分辨语词时就从他们周围的人学到的习用语言"；但丁认为二者之中"俗语"更高贵，因为它是"人类最初使用的"语言，是"自然"而非人为的。文艺复兴时期的作家都有较强的民族意识，他们在从古代文学中汲取营养的同时，大都开始使用自己的民族语言进行创作，为欧洲各民族文学的诞生和发展做出了开创性的贡献。民族文学的诞生和发展是比较文学学科产生的必要前提之一。然而，也正因为比较文学是在民族文学充分发展的前提下产生的，如果对本民族文学与外民族文学的关系处理不当，反而会造成对比较文学发展的障碍，因为对本民族文学过于强烈的自我意识和认同往往会导致"自我中心"的倾向：在将本民族文学与外民族文学进行比较时，往往贬抑外民族文学而抬高自己民族的文学。这是后来在比较文学研究中根深蒂固的"欧洲中心主义"倾向的内在根源之一。在某种意义上说，比较文学的这一隐患是内在地隐含于其产生的历史条件和理论基础之中的。然而，不论有何隐患，民族文学意识的觉醒及其充分发展作为比较文学学科建立的一个基本条件，为学科建立奠定了必不可少的基础。

文艺复兴不仅使各民族文学得以确立，而且作为第一次全欧性的思想运动，它也使已经确立起来的各民族文学之间开始得到越来越广泛的交流。十八世纪的启蒙运动作为文艺复兴的进一步延续和深入，使这种交流汇通的倾向进一步加强。法国启蒙思想家的思想及其著作不胫而走，风靡欧洲，使启蒙运动成为第一次真正深入的全欧性的思想运动。更重要的是，随着欧洲范围内文化交流的加强，随着启蒙思想家们视域的不断扩大，他们已不再停留于在欧洲文化体系内部寻求理论支持，同时还将目光投射进了非欧洲文化体系的遥远的东方，特别是中国，以致在当时的欧洲一度形成了模仿中国趣味的时尚和潮流。许多启蒙思想家对中国文化的内在精神都做了深入的研究和探讨，比如伏尔泰对中国的儒学就满怀向往和赞美之情，中国的儒家学说甚至成为他启蒙思想一个重要的理论来源。尽管真正跨文化视域的形成绝非易事，直到二十世纪快要结束时跨越东西两大异质文化的界限在欧洲仍步履维艰，但从十八世纪开始在这一大陆上所显露出来的这种倾向为比较文学学科的建立创造了另一个必要条件，这是众所周知的事实。

民族文学的确立和充分发展使比较文学有了赖以建立和发展的内在根基，跨民族和跨文化交流所导致的研究视域的扩大使比较文学的建立和发展有了广泛的基础和保障，这两个因素的结合使长期以来即隐含着的比较的方法得以系统化，使一直处于蕴涵和萌芽状态的比较文学在十九世纪终于发展成为一门有自己独特理论和方法论的学科。也就是维尔曼在巴黎大学开设比较文学性质讲座的同时，歌德提出了"世界文学"这一对比较文学的产生至关重要的概念。1827 年，歌德在与爱克曼的谈话中敏锐地预感到"世界文学的时代已快来临"，并且呼吁每个人都应该出力促使它早日来临。尽管歌德这里所提出的世界文学的概念还非常含糊，他也还只是天才般地预感到了文学在世界范围内共同发展的"可能性"，但这一概念的出现本身即表明了世界文学发展的大趋势，可能性中隐含着必然性。二十年后，1847 年，马克思和恩格斯——这两位同样天才的学者——更进一步从人类物质生产的世界性必然导致人类精神生产的世界性这一前提出发，对歌德世界文学概念中蕴涵的"必然性"进行了有力的论证："资产阶级，由于开拓了世界市场，使一切国家的生产和消费都成为世界性的了。……旧的、靠国产品来满足的需要，被新的、要靠极其遥远的国家和地带的产品来满足的需要所代替了。过去那种地方的和民族的自给自足和闭关自守状态，被各民族的各方面的互相往来和各方面的互相依赖所代替了。物质的生产是如此，精神的生产也是如此。各民族的精神产品成了公共的财产。民族的片面性和局限性日益成为不可能，于是由许多种民族的和地方的文学形成了一种世界的文学"。①

尽管这里"文学"一词的含义与我们今天所讲的文学还有比较大的差别，尽管这里世界文学的概念仍然很模糊，但从这种论证过程本身我们完全可以看出，到十九世纪，跨民族跨文化的文学交流与文化交流已是大势所趋，成为一种世界性的潮流，以跨民族和跨文化文学研究为其宗旨的比较文学学科的诞生已经成为历史的必然。

尽管我们所说的两大条件都已具备，但比较文学学科的产生还需要十九世纪这个特殊时代的激发。十九世纪是西方思想成熟和收获的世纪，自古希腊开始两千多年的发展到这时开始结出丰硕的果实。对文学而言更是如此，十九世纪是一个大师辈出，名作纷呈的时代。有两个重要的方面对比较文学学科的产生有直接的关系，它们构成比较文学学科建立的直接历史动因：第一，全欧范围内掀起的浪漫主义文学运动以及对浪漫主义文学的研究。浪漫主义文学运动促使各国文学之间的相互交流和相互影响进一步加强，对浪漫主义文学运动的研究促使学者的视野越出本民族文学之外而将各民族文学视为一个相互影响的有机整体，促使早就潜含的"比较意识"开始觉醒；第二，更广大的背景是，社会科学与自然科学中的比较意识也开始觉醒，并且取得了可喜的成就，出现了一些以"比较"命名的著作和学科，比如生理学方面有"比较解剖学""比较生理学"，神话学方面有"比较神话学"，语言学方面的比较研究更是取得重大进展。浪漫主义文学运动及其研究使比较文学成为必要，自然科学和社会科学中所进行的比较研究证明了比较文学的可能，就在这种条件下，比较文学学科在十九世纪末欧洲的建立就顺理成章，水到渠成了。这一切积聚了大量的材料，使得应用比较方法成为可能而且

---

① [德]爱克曼.歌德谈话录[M].朱光潜译.华东师范大学出版社，2015：113.

同时成为必要。十八世纪至十九世纪初期掀起的浪漫主义潮流，因其国际性特征的缘由，形成了即便是在研究一国文学之际，也不能无视它同外国文学关系的风气。这样，便催发了比较文学这门新兴学科的萌生。

二、学科产生的学理依据

在简要分析了比较文学学科产生的历史条件之后，再进一步探讨其产生的内在学理依据。任何存在物都无法独自存在，任何事物都处于与别的事物所形成的各种各样的关系之中。一种心智的产物是罕有孤立的。不论作者有意无意，像一幅画，一座塑像，一个奏鸣曲一样，一部书也是归入一个系列之中的，它 有着前驱者，它也会有后继者。比较文学要处理的是两个或两个以上民族文学之间的相互关系，不管是事实上存在的相互影响和相互交流的关系还是纯理论上的同异关系，这种关系都涉及两个基本要素，我们可以将其命名为要素 A 和要素 B：当研究对象只限于单个的要素 A 或要素 B 时，我们难以判断二者之间究竟有什么关系，而一旦将二者放在一起，也就是说对二者进行"比较"时，便产生了或同或异或相互影响的关系。从逻辑的角度而言，当我们说 A 是 B 时，我们是在进行一种比较，这时的着眼点是二者之间相同的方面；而当我们说 A 不是 B 时，我们同样是在进行一种比较，只不过着眼点不是同而是异。甚至真与假的逻辑判断也是一种比较，只不过这时用以比较的标准是某个不证自明的"真"。从某种意义上说，人类的一切知识，一切经验，都是靠这种比较的方式获得的，连最丰富多变的想象，也离不开这种比较，因为想象同样必须借助某种已经经验过的东西作为其生发的基点。比较文学最引人注目的方法特征即为比较，比较文学中的比较与人类思维中早已存在的比较的方法在具体操作上并没有根本的差异，然而，比较文学又并非单纯的比较，有时也并非一般意义上的比较，比较文学中的比较具有某种特异的东西，这种特异性在于：进行比较文学研究，需要处理两个或两个以上民族文学之间的关系，这时作为研究主体的"我"无法超然于研究对象之外，而往往先在地认同于两个要素之中的一个，这样我们要处理就不仅仅是两个研究对象之间的关系，还包括研究主体与研究对象之间的关系。使问题变得复杂的是，研究对象之间的关系往往会为研究主体与研究对象之间的关系所覆盖。由于比较文学研究中要素 A 与要素 B 之间的关系往往可以转化为"自我"与"他者"之间的关系，下面拟就二者之间的关系作为分析的框架，探讨比较文学学科产生在学理上的依据。

　　自我与他者之间的关系非常复杂，认识自我与认识他者常常纠结在一起，难以区分。他者是个很奇特的东西。一方面，所谓"他"者就是"非我"，一个异己，是自我的对立面。但另一方面，如果没有一个他者、一个异己的存在，自我也就无法构成。因此，他者既是与自己无关的一个存在，又是与自我密不可分的另一个自我。对于他者的想象和构造，始终或隐或显地依赖于对自我的认识，对他者的认识是以对自我的认识为前提和出发点的，人们在考虑问题时总是从自己的角度和自身的经验出发，这一点并不难理解，也无可厚非。

　　人在认识自身之外的他性事物时很容易找到自身的经验作为立足点，然而，人在认识自我的历程中却经历着许多的艰辛。认识自我与认识外部世界一样是个非常古老的课题。在古希腊神话中，天下最难理解的莫过于斯芬克斯之谜，而那谜底不是别的，正是我们自己。自古以来，人最想了解又最难以理解的就是自己。人作为思维主体，可以把周围世界，甚至自己的身体器官当成客体来认识，但自我认识却需要思维主体把自身当成客体，而他用来描述和说明认识客体的手段即思维本身却有待于描述和说明。这就使人陷入一种认识的循环之中，使认识自我这一古老的课题，成为一直困惑着迷惑着人类的难题。莎士比亚悲剧中的李尔王在极度愤怒和痛苦时喊道："谁能告诉我：我是谁?"这声呼喊既道出了人认识自我的需要，也暗示出认识自我的艰难。

　　如何认识自己?一般来说，有两种主要方法，或者说两种主要视点：内在视点与外在视点。所谓内在视点就是不依靠外物，从自我内部认识自我。曾子所提出的"吾日三省吾身"（《论语·学而》）的自省的方式就是一种从自我的内在角度出发认识自我的方式。这种严格的自我审察的方式好处是可以排除外物的干扰，在清澈纯净的自我意识的审照下洞悉自身的一切微妙与缺陷。然而，正如一个人的视力不可避免地会存在盲点一样，这种内在审察的方式也必然存在着一些缺陷，由于受到自身经验的限制，对自身经验之外的东西往往难以进行准确的判断。人们早已觉察到这种从自身经验出发认识自身的方式所可能存在的局限-比如《老子》就说过："自见者不明"（《老子》二十五章）。由于认识到了从一个体系内部出发去认识这一体系的局限性，于是人们希望通过另一种方式即外在视点的方式来认识自我。啊!我多么希望有什么神明能赐我们一种才能，可使我们能以别人的眼光来审查自我!完全将自己转化为他人，用别人的眼光来审察自我几乎是不可能的，但借助一个外在的参照物来反观自我则是可以实现的，因为外在参照物可以充当一面镜子，以此为标准，可以反照出自己的特点，特别是自身的缺失。这一方法乃建立在下面这一认识前提之上："审己"与"知人"之间存在着某种必然的联系。

因此，反过来推理，通过一个外在的视点、外在的参照物必然可以实现对自我的审察。实际上，一旦有了这种外在的视点作为参照，对自我的认识往往会出现新的转机，往往会发现一个新的自我。

河伯见到北海之前的欣然自喜与见到北海之后的望洋而叹之间鲜明的对比形象地说明了北海这一外在参照物对于河伯准确认识自我的重要作用。"北海"这类新鲜广阔、河伯在"河"的范围内未曾经历过的外在参照物是克服"河伯心态"的良药。王昌龄的一首《闺怨》诗同样形象地描述了这种心态在遇到外在参照物时所遭逢的巨大心理变化："闺中少妇不知愁，春日凝妆上翠楼。忽见陌头杨柳色，悔叫夫婿觅封侯"。

封闭在闺阁之中不知愁怨的少妇一旦走出闺阁，一旦遇上"陌头杨柳"这种与闺阁生活完全异质的外在参照物，原来一整套自足的生活信念立即便土崩瓦解，对生活立即会产生一种全新的理解。

从某种意义上说，比较正是提供"北海"和"陌头杨柳"这种外在参照物的有效途径。比较文学的目的之一正是通过引进他民族文学作为外在参照物，使其成为一面可以镜鉴本民族文学得失的"文化之镜"。比较文学学科之所以能够在十九世纪末建立，正是因为随着人类文化的发展。人们越来越认识到了这种外在视点、外在参照物对认识自身的重要作用。这是比较文学学科得以产生并获得蓬勃发展的内在理论根据。

在 1983 年中美双边比较文学讨论会的闭幕式上，美国普林斯顿大学比较文学系教授孟而康（Earl Miner）充满深情地说："这次参加会议像《西游记》所写的一样，我们东游带回了经典"，并且援引"灯塔下面是黑暗"这句谚语说，只研究自己国家的文学是远远不够的，需要另一座灯塔来照亮自己，而"中国的灯塔"则可能给美国的研究带来光明。努力寻找新的"北海"，寻找新的"灯塔"乃比较文学这一学科不懈的追求。

第二节　国外比较文学的发展

比较文学创建于 19 世纪末的欧洲，它的发展大致可以分作两段。它作为一门正式的学科建立之前，即它的史前史，其时间可以追溯到古代。作为一门独立的学科，它的历史以下述三个标志为开端：第一逐渐形成基本的理论和方法；第二建立学术团体。创办学科杂志；第三进入高等学校的课堂。它的史前史和学科史之间的一个十分重要的、实质性的区别在于：在史前阶段，研究者的比较意识是自发的，其比较多半是零散的、肤浅的，或者说，他们只注意到了不同民族文学及其作家作品间的类似、差异和相互关系，并无理论上和方法上的自觉。然而，在学科建立之后，研究者对这些类似的差异和相互关系的研究，就不再是盲目的、自发的，而是在一定理论指导下的、目的明确的、系统的研究了。当然，把它的历史分作两段只是为了论述的方便，事实上，它的发展是一个渐进的过程。

一、史前史

比较文学的史前史可以溯源到古罗马时代。当时著名的文艺理论家贺拉斯（公元前65—公元前8）等在接受了亚里士多德文学模仿自然的理论的同时，强调罗马作家要模仿古希腊人。许多罗马作家也确实这样在各个方面师法希腊作家。最典型的例子是大诗人维吉尔（公元前70—公元前19）对荷马的模仿。正因为许多作家模仿希腊人，一些学者在论述和评论中就会不期然而然地将罗马作家和他们模拟的原型联系起来，作一些简单的类比。生活在罗马时代的希腊传记作家普卢塔克（约46—120）写过一本著名的《希腊罗马名人传》，搜集了50位希腊、罗马名人的生平传记，除4位独立成章外，其余46位均两两对照，排成23对。如传说中的雅典王忒修斯和罗马王慕洛斯，马其顿王亚历山大和罗马名将恺撒，希腊演说家狄摩西尼和罗马演说家西塞罗，雅典政治改革家梭伦和罗马统帅、政治家苏拉等，都是相互对照的。虽然普卢塔克的用心是进行道德说教，劝善警世，但全书的比较的框架是分明的，也是独特的。罗马作家塔西陀（约55—120）的《演说家的对话》通过对希腊罗马演说家的对照来探讨演说术所以衰落的原因。

后来的罗马作家莫克罗毕乌斯在《神农节》中，则用相当的篇幅讨论了维吉尔对荷马等希腊诗人的模仿。

中世纪的欧洲处在基督教的全面控制下。各民族不仅有共同的信仰，而且使用同一种文字，即拉丁文。在这种情况下，各民族文化交流频繁，它们之间的同一性大于差异性。文人学者一般把欧洲看作一个统一的拉丁化世界，但也有学者意识到民族文化之间的差异。意大利诗人但丁（1265—1321）在《论俗语》中，按照方言的不同把欧洲文学分成北、南、东三个部分，并把南部的意大利俗语文学、普罗旺斯俗语文学、西班牙俗语文学加以对照。

文艺复兴时期，人文主义的思想家和艺术家们从民间和地下发掘出的古代遗址中，搜集古希腊罗马的手抄本和艺术品，并将古代文化与中古文化作了对比，发现了古代文化的灿烂光辉，提出复兴古代文化的号召，但他们提倡的"复兴"

并不是对古希腊罗马文化的简单模仿，而是在人文主义思想指导下，吸收民族文化和民间文化的精神，对古典文化加以继承和发扬。因此，这场遍及全欧的文艺复兴运动，标志着各民族文化的相互借鉴和启发。许多作家都是在对中世纪文学和古典文学比较的基础上继承古代传统的。意大利学者斯卡里格（1540—1609）曾在《诗学》一书中，用整整一章的篇幅对维吉尔和荷马、维吉尔和其他希腊诗人、奥维德和一些希腊作家作了对比。斯卡里格的目的是要说明罗马文学比希腊文学优越。其他民族（如英、法、德等）的作家也都具有较强的民族意识和发展的观念，他们不仅大都用民族语言（即但丁所谓的"俗语"）来创作，而且格外重视民族的精神、民族的传统。他们从古代和民间文学吸取营养，为发展具有民族特色的文学做出了贡献。民族意识的不断增强使他们产生了自尊自贵的民族自豪感，因此在将本民族文学与外民族文学作比较时，往往贬抑外民族的文学，抬高自己民族的文学。与此同时，文化不断随社会的发展而发展的观念也逐渐增强，今人胜于古人的思想在整个文化领域里逐渐占据了主导地位。17世纪法国展开的那场"古今之争"，正是这一观念产生的必然结果。当时以批评家兼诗人夏尔·贝洛（1628—1703）为首的激进派，认为今人在自然科学领域里已经超过了古人，在人文科学的各个领域里也不比古人逊色。拿文学来说，17世纪古典主义的文学就远远胜过了古希腊罗马文学，因此，必须反对厚古薄今的观点。以布瓦洛（1636—1711）为首的保守派则持相反的观点。他们认为古希腊罗马文学是后人无法超越的最高典范，是文学的光辉顶点，今人只有心悦诚服地学习古人，以古代文学为楷模，才能创造出新的文学。论战双方为说明自己的观点，就需要借助比较的方法，将今人和古人作一番比较。例如，贝洛于1687年在法国学士院宣读的诗《路易十四时代》就把路易十四时代和罗马奥古斯都的"黄金时代"作了比较。在随后完成的《古今之比》中，他将当时的作家与古代作家作了比较。布瓦洛为了说明古人之不可企及，也总是拿荷马、维吉尔等古典大师与当时的作家对比。这场影响巨大的"古今之争"一直延续到18世纪。

　　18世纪的启蒙运动像文艺复兴一样，也是一场遍及欧洲各国的思想文化运动。它继承了文艺复兴反封建、反教会的人文主义思想，提倡信仰和精神的自由，主张以理性的尺度来衡量、检验一切，他们相信人类不断进步的观点，号召人们以乐观的战斗精神为建立一个自由、平等、博爱的"理性王国"而努力。在这场轰轰烈烈的思想解放运动中，欧洲各民族之间的文化联系进一步加强。法国17世纪古典主义文学以它的卓越成就引起了欧洲一些国家的重视，许多作家竞相模仿路易十四时代的法国作家，造成了向法国学习的热潮。他们运用古典主义原则来创立各自的民族文学，使古典主义文学统治欧洲文坛达两百年之久。同时，法国启蒙思想也风靡欧洲。孟德斯鸠、伏尔泰、狄德罗、卢梭等启蒙思想家的作品一经问世，便不胫而走，立刻被译成各种文字，为各国人民传颂，成为他们反封建、争自由的有力武器。此外，英国对欧洲大陆的影响也进一步扩大，莎士比亚的剧作开始被翻译介绍到法、德、意、俄诸国，长久地占据了异国的舞台。英国小说家理查逊受到狄德罗的高度赞赏，他的书信体小说《克拉丽莎》（1747—1748）对卢梭的《新爱洛依斯》（1761）有巨大影响，并通过他影响了歌德。《少年维特的烦恼》在体裁和结构上留下了模仿这种书信体小说的明显痕迹。当然，英国对欧洲大陆的影响不仅在文学方面，它的政治制度和社会思想通过先后赴英访问的启蒙思想家传遍了欧洲各国。启蒙思想家们不仅在欧洲的范围内为自己的理论寻求支持，而且也对东方的哲学和文化发生了兴趣，这一时期中国、印度、阿拉伯的文化传人了欧洲，开始形成了东西方文化的交汇。

在这样的背景下，比较文学的理论和方法逐渐萌芽。有些学者提出的看法，对下一个世纪比较文学发展成一门学科产生了积极的影响，有必要作一些简略的评述。

伏尔泰（1694—1778）不仅是最杰出的启蒙思想家和作家，也是比较文学理论和实践的远祖之一。他在《论史诗》和其他著作中，首先提出用比较的方法来研究欧洲各民族史诗的意见。他还讨论了荷马、维吉尔、塔索、弥尔顿等重要的史诗诗人，希望通过对这些不同时代、不同民族、不同风格的诗人的比较研究，探寻"共同的法则"，发展共同的鉴赏趣味，同时又维持并增强不同民族的独特的个性，难道没有为所有民族共同接受的关于鉴赏趣味的准则吗？毫无疑问，这样的准则是有很多的。自从文艺复兴以来（当时古代作家被公认为创作的典范），荷马、德谟斯梯尼、维吉尔、西塞罗等在某种程度上已将所有的欧洲人联合起来置于他们的支配之下，并为所有各民族创造了一个统一的文艺共和国。但是在这个共同的领域中，各个国家引进了各自特殊的欣赏趣味。

伏尔泰以"在同一太阳的照射下成熟起来"，但从培养它们的国土上"接受了不同的趣味、色调和形式"的花朵，来比拟希腊、罗马传统所创造的传统的。意大利学者斯卡里格（1540—1609）曾在《诗学》一书中，用整整一章的篇幅对维吉尔和荷马、维吉尔和其他希腊诗人、奥维德和一些希腊作家作了对比。斯卡里格的目的是要说明罗马文学比希腊文学优越。其他民族（如英、法、德等）的作家也都具有较强的民族意识和发展的观念，他们不仅大都用民族语言（即但丁所谓的"俗语"）来创作，而且格外重视民族的精神、民族的传统。他们从古代和民间文学吸取营养，为发展具有民族特色的文学做出了贡献。民族意识的不断增强使他们产生了自尊自贵的民族自豪感，因此在将本民族文学与外民族文学作比较时，往往贬抑外民族的文学，抬高自己民族的文学。与此同时，文化不断随社会的发展而发展的观念也逐渐增强，今人胜于古人的思想在整个文化领域里逐渐占据了主导地位。17 世纪法国展开的那场"古今之争"，正是这一观念产生的必然结果。当时以批评家兼诗人夏尔·贝洛（1628—1703）为首的激进派，认为今人在自然科学领域里已经超过了古人，在人文科学的各个领域里也不比古人逊色。拿文学来说，17 世纪古典主义的文学就远远胜过了古希腊罗马文学，因此，必须反对厚古薄今的观点。以布瓦洛（1636—1711）为首的保守派则持相反的观点。他们认为古希腊罗马文学是后人无法超越的最高典范，是文学的光辉顶点，今人只有心悦诚服地学习古人，以古代文学为楷模，才能创造出新的文学。论战双方为说明自己的观点，就需要借助比较的方法，将今人和古人作一番比较。例如，贝洛于 1687 年在法国学士院宣读的诗《路易十四时代》就把路易十四时代和罗马奥古斯都的"黄金时代"作了比较。在随后完成的《古今之比》中，他将当时的作家与古代作家作了比较。布瓦洛为了说明古人之不可企及，也总是拿荷马、维吉尔等古典大师与当时的作家对比。这场影响巨大的"古今之争"一直延续到 18 世纪。

18 世纪的启蒙运动像文艺复兴一样，也是一场遍及欧洲各国的思想文化运动。它继承了文艺复兴反封建、反教会的人文主义思想，提倡信仰和精神的自由，主张以理性的尺度来衡量、检验一切，他们相信人类不断进步的观点，号召人们以乐观的战斗精神为建立一个自由、平等、博爱的"理性王国"而努力。在这场轰轰烈烈的思想解放运动中，欧洲各民族之间的文化联系进一步加强。法国 17 世纪古典主义文学以它的卓越成就引起了欧洲一些国家的重视，许多作家竞相模仿路易十四时代的法国作家，造成了向法国学习的热潮。他们运用古典主义原则来创立各自的民族文学，使古典主义文学统治欧洲文坛达两百年之久。同时，法国启蒙思想也风靡欧洲。孟德斯鸠、伏尔泰、狄德罗、卢梭等启蒙思想家的作品一经问世，便不胫而走，立刻被译成各种文字，为各国人民传颂，成为他们反封建、争自由的有力武器。此外，英国对欧洲大陆的影响也进一步扩大，莎士比亚的剧作开始被翻译介绍到法、德、意、俄诸国，长久地占据了异国的舞台。英国小说家理查逊受到狄德罗的高度赞赏，他的书信体小说《克拉丽莎》（1747—1748）对卢梭的《新爱洛依斯》有巨大影响，并通过他影响了歌德。《少年维特的烦恼》在体裁和结构上留下了模仿这种书信体小说的明显痕迹。当然，英国对欧洲大陆的影响不仅在文学方面，它的政治制度和社会思想通过先后赴英访问的启蒙思想家传遍了欧洲各国。启蒙思想家们不仅在欧洲的范围内为自己的理论寻求支持，而且也对东方的哲学和文化发生了兴趣，这一时期中国、印度、阿拉伯的文化传入了欧洲，开始形成了东西方文化的交汇。

在这样的背景下，比较文学的理论和方法逐渐萌芽。有些学者提出的看法，对下一个世纪比较文学发展成一门学科产生了积极的影响，有必要作一些简略的评述。

伏尔泰（1694—1778）不仅是最杰出的启蒙思想家和作家，也是比较文学理论和实践的远祖之一。他在《论史诗》（1727）和其他著作中，首先提出用比较的方法来研究欧洲各民族史诗的意见。他还讨论了荷马、维吉尔、塔索、弥尔顿等重要的史诗诗人，希望通过对这些不同时代、不同民族、不同风格的诗人的比较研究，探寻"共同的法则"，发展共同的鉴赏趣味，同时又维持并增强不同民族的独特的个性。

伏尔泰以"在同一太阳的照射下成熟起来"，但从培养它们的国土上"接受了不同的趣味、色调和形式"的花朵，来比拟希腊、罗马传统所创造的"统一的文艺共和国"中各具特色的民族文学，这显然是从某种理论的角度暗示了造成各民族文学异同的原因，对比较文学理论的产生具有一定的意义。

由于他只尊奉古罗马文学和法国古典主义文学，因此把其余的文学都看作原始文学。他认为一切原始文学都是相似的。他把《伊利亚特》和《旧约·约伯记》相比；把古希腊戏剧和意大利梅塔斯塔齐奥的歌剧相比，目的是说明荷马史诗、《圣经》等所代表的只是一种二流文学，没有拉丁文学和当时的法国文学旨趣高雅。

伏尔泰还对东方文学感兴趣。中国的元杂剧《赵氏孤儿》传入欧洲后，他将此剧和欧洲同类剧本作了对比，认为中国杂剧更富于美好的"理性"，有许多"合理近情"的原则，并按照自己的启蒙思想和理性原则，将其改编为《中国孤儿》，在欧洲文学界引起了强烈的反响。

可见，伏尔泰尽管有许多偏激和不公正的观点，但这些观点都是经过比较得出的，他不愧为比较文学的始祖之一。

对比较文学的诞生做出贡献的另一位学者是德国的莱辛（1729—1781）。他的《汉堡剧评》是用比较的方法讨论欧洲戏剧的一部杰作。在这部著作中，他比较了亚里士多德和法国古典主义的理论，指出《诗学》的实质是它体现的现实主义成分，而古典主义者歪曲了亚里士多德的学说，他们本末倒置，把《诗学》中非

比较文学的理论认知与应用研究

本质的东西说成是本质的东西。莱辛认为德国戏剧家应该师法的对象不是伏尔泰、高乃依和拉辛，而是莎士比亚，只有向这位伟大的英国剧作家学习，把他的现实主义戏剧思想发扬光大，德国才能建立起自己的民族戏剧。这个结论是从对莎士比亚和法国古典主义戏剧家的比较中获得的："莎士比亚作品的各部分，甚至连最细微的地方，都是按照历史剧的宏大篇幅剪裁的，这跟具有法国趣味的悲剧相比，犹如一幅广阔的壁画和一幅绘在戒指上的小品画"。①

莱辛还具体比较了《哈姆莱特》中的鬼魂和《塞密拉密斯》中的鬼魂。《塞密拉密斯》是伏尔泰创作的一部五幕悲剧，其情节与《哈姆莱特》有许多相似之处。莱辛指出，伏尔泰在这出戏中让尼努斯的鬼魂从坟墓中走出来是法国悲剧中一个新的、大胆的尝试，但这一尝试是不成功的，因为它没有产生动人的艺术效果，反倒让人觉得荒唐可笑。

莱辛详细剖析了马菲对这出戏所采用的希腊神话题材的处理，说明他彻底改造了整个故事，对许多细节做了改动。欧里庇得斯曾以此为题材写过悲剧《克瑞斯丰忒斯》，亚里士多德和西塞罗等许多古代作家都提到过欧氏的这个戏，但这个戏现已失传。据莱辛说，马菲彻底摆脱了欧里庇得斯的格局，把一切谋杀复仇的戏的重点集中在墨洛珀母性的柔情上。伏尔泰则完全因袭了马菲的创造。马菲虚构什么，他便模仿什么。所以莱辛说他不过是马菲的"翻译者和模仿者"，只在个别地方有所创新。

莱辛通过对马菲、伏尔泰、欧里庇得斯的同一题材比较处理，指明了一出戏的来龙去脉，成为后来比较文学中影响研究探索渊源的最早范例，而且在比较中指明了什么是因袭模仿，什么是推陈出新，这对影响研究中关于"独创性"问题的探讨也不无意义。

更为可贵的是，莱辛不仅作了平行研究和影响研究方面的尝试，还探索了文学和艺术的关系这类跨学科的问题。他通过诗与画得比较指出了诗与造型艺术各自的特殊规律，即二者在模仿的对象和模仿方式上的根本区别，为比较文学中研究文学与其他学科的关系树立了榜样。

18 世纪后半期，欧洲学者对文学进行比较研究的意识有了进一步的加强，这方面的一个关键人物是德国的赫尔德（1744—1803）。赫尔德认为文学史应该是一个整体，应该由不同的民族文学构成，应该能够说明不同地区、不同时代、不同作家的不同风格，应该能够反映文学的起源、发展、变化和衰亡。这种观念在某

---

① [德]莱辛.汉堡剧评[M]. 张黎译.上海:上海译文出版社，1981:375.

种程度上孕育了歌德关于"世界文学"的设想，包含了现代比较文学的萌芽。赫尔德不仅在理论上有所建树，而且实践了自己的部分理论。他编的《民歌集》一书，搜集了德、法、英、意、西、希腊、丹麦、冰岛、瑞典、波兰等许多民族的民歌，是第一本较为丰富的"世界文学"选集。

民族文学在现代算不了很大的一回事，世界文学的时代已快来临了。现在每个人都应该出力促使它早日来临。

歌德在这里表达了各民族文学互相接近、交流的愿望，憧憬有朝一日各民族文学会结合为一个统一的、互相联系的整体。"世界文学"的这种观念对早期比较文学的萌芽具有启示作用。

进一步发展了赫尔德和歌德思想的是施莱格尔兄弟和斯达尔夫人。奥·威·施莱格尔（1767—1845）早期在柏林开设的几次讲座，从总体上描述了整个西欧的文学史，他把西欧文学分成古典的和浪漫的两个部分。在《论戏剧艺术和文学》一书中，他进一步说明了二者的区别。古典的文学和艺术是机械的、造型的、有限的、简单的、封闭的、文类分明的。而浪漫的文学艺术却是有机的、如画的、无限的、复杂的、不断发展的、文类混杂的。依据这样的原则，他比较了古希腊罗马的文学、中世纪文学、文艺复兴、以及17、18世纪西欧各国的文学。他把古希腊文学、文艺复兴时期的文学看作浪漫的文学，而把古罗马文学、17世纪欧洲各国文学看作古典的文学。尽管他力图公正地、不抱偏见地对待这两种文学，但对浪漫的文学的偏爱和欣赏却始终溢于言表。他热烈赞颂荷马、但丁、莎士比亚、塞万提斯和卡尔德隆，而对以维吉尔、奥维德、贺拉斯等为代表的拉丁文学，以高乃依、拉辛等为代表的法国古典主义文学则十分冷漠，甚至对歌德，他的态度都说不上十分热烈，只能说是赞赏中带着保留。至于对席勒，他的态度基本上是贬，而不是褒。他的弟弟弗·施莱格尔（1772—1829）不仅以比较的方法研究自希腊诗歌以来的西欧文学，而且研究了梵语文学。他的《论印度人的语言和智慧》是一本比较语言学的巨著。

有两种不同的文学存在着，一种来自南方，一种源出北方；前者以荷马为鼻祖，后者以莪相为渊源。希腊人、意大利人、西班牙人和路易十四时代的法兰西人属于我称之为南方文学这一类型。英国作品、德国作品、丹麦和瑞典某些作品应该列入由苏格兰行吟诗人、冰岛寓言和斯堪的纳维亚诗歌肇始的北方文学。……北方人喜爱的形象和南方人乐于追忆的形象间存在着差别。气候当然是产生这些差别的主要原因之一。

斯达尔夫人通过对莪相和荷马诗歌为代表的北、南文学的比较，不仅指出北方文学饱含激情的忧郁与海滨、风啸、灌木、荒原以及多雾的气候有关，而南方文学的充满欢快的明媚却与"清新的空气、丛密的树林、清澈的溪流"以及明朗的气候相关。北方文学与这一地区的各民族对哲学的关注和对自由的向往紧密相关，而南方文学则与该地区各民族对艺术的热爱和安居乐业的向往紧密相关。斯达尔夫人的这些观点对泰纳后来提出环境、种族、时代三要素决定文学发展的著名理论具有启示作用。

施莱格尔兄弟和斯达尔夫人都以自己深刻的文学观和比较的方法推动了比较文学的建立。

到 19 世纪中叶以后，比较文学作为一个学科产生的时机已经成熟。

二、学科史

从历史上看，西方从中世纪开始，由于各民族共同信仰基督教和使用拉丁文，已经萌生了世界主义（Cosmopolitanism）的意识，随后的文艺复兴运动和启蒙运动又都带有全欧的性质，各民族之间的文化交流在不断扩大，对文学进行比较研究的意识也在逐渐增强。从社会经济角度来看，这种思想无疑是资本主义社会经济发展的必然产物。马克思和恩格斯在《共产党宣言》中透辟地指出了世界市场的形成和世界文学的关系，论证了世界主义意识和资本主义经济发展的因果关系。当然，他们所谓的"世界文学"实质上指的是包括各民族文学在内的广义的世界文化。显而易见，世界主义意识的增长以及各民族精神产品的世界化的思想，对比较文学发展成一个学科是十分重要的前提条件。

随着浪漫主义运动席卷全欧，各民族文学既表现了独特的民族精神，也出现了相互融会和交流的更大的趋势。但丁、莎士比亚、拜伦、雪莱、歌德、席勒、雨果等人的作品被译成各种文字在欧洲大陆流传；施莱格尔兄弟和斯达尔夫人等文学批评家用比较的眼光和方法探讨文学的精神也逐渐产生了较大的影响；文学史家们力图对各国文学作大规模的比较和综合。

在浪漫主义运动的热潮中，学者们研究民间文学的兴趣高涨，他们希望在中世纪文学中探寻各民族自己的根源，为达到这一目的，自然就需把各民族的民间文学加以对比。最早系统地采用比较的方法研究神话、史诗、童话、传说、传奇，并取得了杰出成就的学者是德国的格林兄弟：他们着重研究德国的《尼卜龙根之歌》。并且始终把它置于和英国的《贝奥武甫》、法国的"武功歌"、冰岛的"埃达"以及北欧、条顿和斯拉夫诸民族的民谣、民间故事的对比中。他们提出了"自然的诗歌"和"艺术的诗歌"的区别，认为一切人民群众的集体创作都是"自然的"文学形态，而文人的个人创作则是"艺术的"作品。史诗和各种民间文学无疑都是属于前者。他们对民间文学的搜集整理、分类对比，导致了后来民间文学中采用比较法编订故事类型以及所谓"题材史"的研究，对比较文学的产生具有重要的意义。

19 世纪中叶之后，自然科学不断取得突破性的进展，新的理论先后出现。达尔文的进化论，以及因果论和实证主义思潮对自然科学和社会科学研究的各方面产生了巨大的影响。这一切积聚了大量的材料，使得应用比较的方法成为可能而且同时成为必要。自然科学中以"比较"命名的新著作不断涌现。如《比较解剖学》《比较生理学》《比较胚胎形成学》等，甚至人文科学中也出现了类似的著作，如《比较语言学》《哲学系统比较史》等。文学研究也逐渐受到这种风气的影响，开始注意不同民族作家、作品之间的关系，文学上的影响、渊源、事实联系等。在这样的背景下，比较文学作为一个学科形成的条件已经具备。

1886 年英国学者波斯奈特的专著《比较文学》问世；1887 年德国学者科赫创办第一份《比较文学杂志》；1897 年法国学者戴克斯特在里昂大学创办第一个比较文学讲座；1900 年在巴黎召开的国际性文学会议上把"各国文学的比较历史"正式列入议题，并进行了讨论；同年贝茨编订了《比较文学书目》。

科赫除编了《比较文学杂志》外，还编了《比较文学史研究》。这两份杂志的刊行不仅是德国比较文学史上的一个转折点，也是欧洲比较文学学科史上的一个开端。科赫在前言中明确地表示，杂志的宗旨一是对德国比较文学的批评和历史作简明的论述，二是使德国比较文学专门化。他还为《比较文学史研究》规定了下述内容：

（1）翻译的艺术；

（2）文学形式和主题的历史，以及跨越民族界限的文学影响研究；

（3）思想史；

（4）政治史与文学史之间的关系；

（5）文学与造型艺术，文学与哲学之间的关系；

（6）民俗学研究。科赫确实忠实地执行了自己的编辑方针。在这两份杂志中，有讨论文学影响的文章，如但丁对德国的影响、莱辛对匈牙利的影响等；有对欧洲诸国、印度、非洲、中国等神话、童话、民俗的主题的比较研究；偶尔也有关于文学与艺术关系的研究。可见，无论从编辑思想，还是从编辑实践方面来说，科赫的这两份杂志都堪称首创，对比较文学的确立有着不可忽视的意义。

法国最早的比较文学学者是布吕纳季耶（1849—1906），他将达尔文的进化论引入文学研究，力图运用这种理论来解释国际间的文学联系，主张跨民族的文学研究。他的努力为比较文学学科的产生做出了贡献，法国比较文学诞生期的两位最重要的学者戴克斯特和贝茨，都是他的学生。

戴克斯特（1865—1900）是法国研究文学之间关系的一位著名学者，也是比较文学的元老之一。他在主持里昂大学的讲座期间，主要讲述文艺复兴以来德国文学对法国文学的影响；1897 年到 1898 年之间，他还应邀到巴黎大学作了一系列有关文学关系的演讲。由于他的开创性的功绩，1910 年，巴黎大学建立了比较文学的第二个讲座。他在这一时期写成的专文《卢梭和文学世界主义的起源》也是这一学科最早的一部重要论著。

1900 年夏，来自意大利、瑞典、荷兰、英国、卢森堡、瑞士、希腊、美国的学者们齐集巴黎，举行国际性的讨论会。这次大会首次把"各国文学的比较历史"列入议题，作为第六组的讨论题目。大会的主持者是法国著名学者巴里和布吕纳季耶。巴里在开幕词中给比较文学规定了两项任务：一是研究不同文学之间的关系；二是研究不同民俗之间的关系。他认为比较文学"是一门新兴学科，涉及了民俗、神话等方面的比较，强调对人类思想史的研究，超越了文学本身的范畴"。布吕纳季耶以《欧洲文学》为题发表了演说，他把意、西、法、英、德诸国文学加以排比，坚持用进化论的观点来解释文学类型的发展演变，对后来的比较学者影响颇大。这次会议还提出了建立国际比较文学协会的呼吁。这一年还有一个重要事件，那就是贝茨编订的《比较文学书目》。贝茨（1861—1903）的父母是德国人。他出生于美国，成长在瑞士，后来进斯特拉斯堡和耶拿的大学学法律，又先后在纽约和苏黎世学习、工作，他熟悉德、法、英三种语言，是一个真正的欧洲公民。他的这部书目附有戴克斯特所写的序言，为后来巴尔登斯伯格和弗里德里希编订更大规模的《比较文学书目》奠定了基础。

在这一时期内，意大利著名批评家桑克蒂斯（1817—1883）于 1871 年在那不勒斯主持了第一个比较文学讲座；被称为俄国"比较文学之父"的维谢洛夫斯基（1838—1906）在圣彼得堡创立了总体文学讲座，从事比较文学研究；1871 年查理·谢克福德（1815—1895）在康奈尔大学创办了美国"总体文学与比较文学"讲座；1887 年到 1889 年盖莱（1855—1932）在密执安大学开办了"比较的文学批评"讲习班，1890 年马希教授在哈佛大学开办了比较文学讲座。

综上所述，我们可以说，比较文学作为一个学科形成于 19 世纪 70 年代到 20 世纪初。从地域上看，它的形成和进一步发展的中心在法国。对比较文学的早期和中期产生决定性影响的是一批法国学者的理论，也就是比较文学史上所谓的"法国学派"的理论。

　　法国学派的第一位代表人物是巴尔登斯伯格（1871—1958）。巴尔登斯伯格出生于法国的阿尔萨斯—洛林地区，后来在瑞士的德语区求学，并一度旅居德国。1901 年他接替去世的戴克斯特担任了里昂大学比较文学讲座的教席，并先后去欧洲诸国讲学。1910 年以后，他主持巴黎大学的比较文学讲座。1921 年他和巴黎大学的另一位比较文学教授阿扎尔共同创办了《比较文学杂志》，同时主持出版了一套有关比较文学的丛书。从此以后，《比较文学杂志》不断刊登法国和欧洲其他国家比较文学者的论文，成为法国学派重要的理论工具。1930 年，他在阿扎尔和梵·第根的协助下，创建了巴黎大学的现代文学和比较文学研究院，使巴黎大学在此后的数十年间成了国际比较文学研究的中心。

　　巴尔登斯伯格一生在比较文学方面的著述不少，但多数是关于法国文学所受外来影响的论述。其中重要的有：《歌德在法国》（1904）、《文学史研究》（三卷集1907、1910、1939）、《1787—1815 年间法国流亡贵族中的思想动向》（1925）、《巴尔扎克作品中的外国倾向》（1927）。在《比较文学的名与实》（《比较文学杂志》第 1 期）一文中，他曾对比较文学的理论作过扼要的阐述。他认为布吕纳季耶以进化论的观点来解释文学发展的观点已经过时，那种机械地寻找不同文学类型之间因果关系的做法是站不住脚的；他也不赞成搞主题研究，认为这种研究大都支离破碎，缺乏可靠性和明晰性；他还认为泰纳的环境决定论对比较文学的研究是十分有害的；他倾向于用比较的方法研究文学艺术形态和发生演变的过程，他把这种研究称之为"艺术形态学"和"发生学"。此外他还提出比较文学应该重视二三流作家作品的观点。他的这些见解曾在 20 世纪初的二三十年间对法国的比较文学产生重大的影响。1935 年到 1945 年，巴尔登斯伯格在美国讲学，对美国比较文学的建立起了很大的促进作用。

　　巴尔登斯伯格还对比较文学的书目做出了巨大的贡献。1904 年，他把贝茨的书目扩编出版，使书目增至六千余条。1950 年，在他编订的书目基础上，弗里德利希以与他合作的名义出版了一本详细完备的《比较文学书目》。今天看来，这本书目尽管存在着编排不甚合理、检索不易等缺点，但仍是比较学者不可缺少的一本工具书。

　　第一个系统地、全面地阐述法国学派观点的学者是梵·第根（1871—1948）。他是法国学派的宗师，他的名字永远与他那本《比较文学论》（1931）联系在一起（1937 年，上海商务印书馆曾印行过戴望舒的中译本）。这本书分为三个部分：比较文学的形成与发展；比较文学的方法与成绩；总体文学（戴译"一般文学"）

的原则与任务。对比较文学的历史、方法和成果作了系统的探讨。

梵·第根首先对比较文学作了界定,他认为比较文学应该像一切历史科学一样,把尽可能多的、来源不同的事实采纳在一起,以便对每一个事实做出充分的解释。这就为法国学派认为比较文学是文学史的一支定了基调。他不赞成把"比较"和审美的研究联系在一起,他所谓的"比较",实质上就是要摆脱全部美学的含义。他认为比较文学的目的就是要研究作家所受的外来影响与各国文学作品之间的相互关系,这就在理论上为影响研究探讨各种文学间的"事实联系",排斥美国学派后来提出的没有直接关系的类同研究奠定了基础。同时他把"精细和准确的考证"规定为比较文学的研究方法。梵·第根把欧洲各种文学之间的关系划作三类:希腊和拉丁文学之间的关系;中世纪文学和古代文学的关系;近代各国文学的关系。他认为最后一类关系最广泛、最复杂,所谓比较文学,就是要着重研究这一类文学关系。他还对"总体文学"作了界定。他认为,研究两国文学关系的是"比较文学",而研究两国以上文学关系的是"总体文学"。

今天看来,梵·第根的观点不能说没有偏颇之处,有些观点甚至显得荒谬(例如关于"总体文学"的定义),但作为法国学派理论的总结,仍有其历史价值。从这个意义上说,他不仅是法国学派的泰斗,也是比较文学史上一个杰出的理论家。

继承并发展了梵·第根的理论,确立法国学派体系的是卡雷和基亚。卡雷(1887—1958)是巴尔登斯伯格的学生,20世纪30年代中期,巴尔登斯伯格赴美以后,他接替巴氏主持巴黎大学的讲座,并领导现代文学和比较文学研究院的工作,同时编辑《比较文学杂志》。

美国学派的崛起是比较文学史上的大事。法美两个学派在50年代进行的一场论战,大大发展并更新了比较文学的观念,开拓了比较文学的领域。

美国自19世纪末哈佛大学的第一个比较文学讲座建立以来,哥伦比亚大学于1899年建立了第一个比较文学系,哈佛大学也于1904年建立以来,比较文学系。肖菲尔德出任主任,著名的新人文主义者巴比特(1865—1933,旧译白璧德)和他一起共事。1903年哥伦比亚大学比较文学系主任伍德贝利创办了第一份比较文学杂志《比较文学学报》,可惜由于财力不足,只办了四期即告停刊。1910年肖菲尔德创办了一套"哈佛比较文学研究丛书",著名哲学家、文学家桑塔亚那的《三位哲理诗人:卢克莱修、但丁、歌德》是这套丛书的第一本。其后,加州大学和得州大学也创立了比较文学系,但只办了四五年就停止了。直到20世纪40年代,美国的比较文学一直徘徊不前。1942年,由于哥伦比亚大学教授英文和比较文学的克里斯蒂的努力,全国英语教师协会成立了一个"比较文学委员会"。同年,他还创办了一份《比较文学通讯》。与此同时，定居在美国的瑞士学者弗里德利希从1936年起执教于北卡罗莱纳大学比较文学系。弗里德利希提出了在美国大学中改革比较文学教学的详细计划，在他的推动下，"现代语言协会"成立了7个比较文学小组：散文、民间文学、亚瑟王文学、文艺复兴、英法文学关系、英德文学关系、法德文学关系。1949年，《比较文学》杂志在俄勒冈大学创刊，次年巴尔登斯伯格和弗里德利希合编的《比较文学书目》由北卡罗莱纳大学出版社出版；1952年，《比较文学和总体文学年鉴》问世；1960年，"美国比较文学协会"成立。这些事件标志着第二次世界大战后美国比较文学研究的突飞猛进。

　　然而，美国学派形成的真正标志是它在理论上的成熟。耶鲁大学和印第安纳大学是孕育美国学派的摇篮，因为这一学派的代表人物韦勒克、马隆、列文、雷马克、韦斯坦因等人主要集中在这两所学校。

　　韦勒克（1903—1995）祖籍捷克，出生于维也纳，从小受过良好的教育，熟悉英、德、法、意、拉丁、希腊等多种语言，对文学和文学理论有广博的知识和独到的见解，与美国的新批评派、布拉格学派、以及以里维斯为首的英国"细察"派学者有广泛的接触和联系。他一贯反对19世纪后期文学研究中的实证主义和唯科学主义倾向，强调对文学艺术作品本身的研究。

　　1949年出版的他与沃伦合著的《文学理论》，清楚地显示了他偏重研究文学艺术作品本身的倾向。1953年，他发表《比较文学的概念》（载《比较文学与总体文学年鉴》第二卷）一文，对法国学派提出批评，从此揭开了两个学派的论战。1954年，国际比较文学学会正式成立并召开第一届学术讨论会。1958年9月在美国北卡罗莱纳大学所在地教堂山举行第二届学术讨论会。在这次大会上，韦勒克宣读了一篇题为《比较文学的危机》的论文，以严密的逻辑和雄辩的说理，全面驳斥法国学派的理论，阐述美国学派的观点。这篇论文不仅被认为是一年前那篇短文的继续，也被看作美国学派的宣言。

　　在这篇震动比较文学界的文章中，他首先肯定了比较文学反对孤立地研究国别文学是其一大功绩，但是他指出，法国学者强调研究来源、影响等，已把比较文学变成了文学研究的"外贸"，这样做就不能完整地研究艺术品，因为艺术品绝不仅仅是来源和影响的总和，它们是一个整体。他还认为，法国学者所搞的因果关系的研究没有多大价值，因为这类研究除了说明某个作家知道或阅读过另外一个外国作家的作品外，什么都不能说明。此外，比较文学的兴起本是为反对19世纪的狭隘的民族主义、孤立主义的，但由于研究方法的局限，以及"爱国主义"的思想动机，许多研究者力图证明本国对别国文学的影响，特别是法国学者，他们十分热衷于说明法国文化的优越，说明法国文学对别国文学的贡献，即便是研究外国文学对法国文学的影响，其着眼点也在说明法国人比别的民族能够更全面、更准确地理解并吸收外国作家的精神。这样做的结果，自然是使以反对民族主义为宗旨的比较文学反而陷入了民族主义与文化扩张主义的泥淖。韦勒克认为，法国学派把比较文学仅仅局限于文学史的研究，把文学史、文学批评、文学理论三者人为地分离是错误的，即便是最简单的文学史问题，也需要作出判断、思考、比较、分析、区别、选择，而这些活动无不是批评活动。文学批评活动离开理论的指导是无法进行的。事实证明，三者之间紧密相关、互相依存。韦勒克在这次大会上的挑战不仅动摇了法国学派长期以来在比较文学中的霸主地位，也引起了世界比较学者对这一学科存在危机的关注。

另一位著名的美国学者列文从 20 世纪 40 年代执掌哈佛大学比较文学系之后就锐意改革，为比较文学确立了跨系科研究的目标。在 50 年代进行的法美两个学派的论争中，他始终站在韦勒克一边，批评法国学者从实证主义出发的影响研究，指出其"兴趣不在文学本身，而是在文学的外缘"。他还严厉批驳那种出于狭隘的民族主义，把本国文学看作是向外辐射影响的中心的思想。他像韦勒克一样，主张比较文学要从国际的高度来研究文学，并提倡在较高的层次上增进国际间的合作。

列文对比较文学的重大贡献是他对"主题学"的界定和在这一领域所进行的实践。列文认为过去的所谓"主题学"研究，即德国学者搞的"题材史"以及民俗学者对民间故事按照母题进行分类的研究，由于重点在探讨某些题材、主题的来源和流变，在本质上仍近于法国学派的影响研究．而真正的主题学研究应该和思想史的研究紧密结合起来，应该通过题材、主题的流变来探讨主题与作家的创作的关系、人们思想观念的变化以及时代的特征。

印第安纳大学的雷马克的《比较文学的定义和功用》是一篇颇能代表美国学派观点的论文。他在这篇文章中不仅指出法国学派"影响研究"的局限性，还提出了平行研究和跨学科研究的观点。另外一位著名的比较学者奥尔德里奇也把"没有任何关联的作品的平行类同比较"作为"平行研究"的基本任务。此外，韦勒克和雷马克等人也批驳了梵·第根关于"总体文学"的观点，认为这位法国先驱的见解是没有道理的。

美国学派的观点大大地扩展了比较文学的领域，更新了比较文学的观念，使比较文学的研究进入了一个新阶段。

苏联的比较文学研究曾有过自己的一些传统，自从 19 世纪 70 年代圣彼得堡的总体文学讲座创立以来,经历了不同阶段的发展变化。在 20 世纪初的头 30 年,它获得了相对自由的发展;从 30 年代到 50 年代中期的 20 余年间,曾被认为是"资产阶级伪科学"而一度中断;1956 年后,苏联迎来了比较文学的"复兴"。

对苏联比较文学研究做出重要贡献的是维谢洛夫斯基和他的学生日尔蒙斯基。

维谢洛夫斯基（1838—1906）在《比较诗学》中提出,即便在时空上毫无关系的文学现象也会由于相似的社会条件、内在规律的制约而产生某些类同,因此,文学工作者的任务就是要用历史—比较的方法来探索不同文学之间的类同,并进而研究文学作为总体的规律。

日尔蒙斯基（1891—1971）继承并发展了维谢洛夫斯基的思想,明确地提出了文学发展阶段的理论。他认为,在不同民族的社会发展的同一阶段上,文学艺术作为一种意识形态会表现出大量的类似,这种类似正是不同文学之间产生相互影响的基础,而在没有直接的相互影响和接触的情况下,则表现为历史类型的类似。这种从人类社会历史发展的一致性和规律性出发来比较研究各民族的文学的观点,成为苏联比较文学的基本思想,对比较文学学科理论的建设也有一定的意义。

教堂山会议是比较文学发展史的一个转折点。在这次会议上,传统的比较文学观点受到批评,从而引起了国际上历时十余年的辩论。在这次辩论中,各派学者不仅陈述了自己的观点,而且检讨和修正了自己的观点。于是,出现了各派学者互相吸收、取长补短的局面。这场辩论导致比较文学在理论上更趋成熟,也促进了这一学科的健康发展。

自从受到美国学者的抨击之后,不少法国学者开始认真思考自己在立论和实践两方面的偏颇。他们在发扬传统中正确的东西的同时,注意吸收美国学者提出的一些有益的见解,对自己原先那些不严密、不完全正确的观点加以修改和补充。1963 年,艾田伯（1909—2002）发表《比较不是理由》,以一种高瞻远瞩的气度回顾了比较文学的发展历史和各家的争论,提出"比较文学是人文主义"的观点。他主张把各民族文学看作全人类共同的精神财富,看作相互依赖的整体;人们应该以世界文学的总体观点来看待各民族文学及其相互关系,把比较文学看作能促进人们相互理解、有利于人类团结进步的事业。

谈到比较文学的发展,我们还应该看到它在地域上已经突破了西欧和美国的界限,向东欧甚至亚洲、非洲、拉丁美洲广大地区发展,真正获得了世界性。

1947 年,西班牙第一届比较文学座谈会在马德里召开,由著名比较学者纪延等人主持，1976 年西班牙比较文学学会成立。

在东欧，匈牙利是开展比较文学很早的国家，早在 1877 年，匈牙利学者就创办了一份比较文学杂志：《总体文学比较学报》。这份杂志虽然办了不足一年，但因它用多种语言出版，刊登的基本上是真正的比较研究的文章，因而给匈牙利留下了丰厚的传统。今天，布达佩斯的比较文学研究所更加活泼，它曾多次组织各种规模的比较文学讨论会。1960 年后，它成功地组织了斯拉夫文学比较研究的国际会议，引起了国际比较文学界的关注。

1967 年，贝尔格莱德举行了国际比较文学学会第五届大会。

在东方，许多国家也开始了这一学科的建设。

1961 年，希拉尔教授在开罗的阿拉伯国立大学作了有关比较文学的讲演，并出版《比较文学与阿拉伯文学》的讲演集。尽管他严格遵循法国学派的观点，不承认弥尔顿和 11 世纪阿拉伯盲诗人阿布尔—阿拉尔—马阿利之类的平行比较为比较文学，但他的努力毕竟揭开了阿拉伯世界比较文学的序幕。

在此期间，以色列的特拉维夫大学成立诗学与比较文学系，并创办了比较文学的杂志。

从历史上说，印度曾有过一些比较文学的传统。1908 年，泰戈尔主讲过"比较文学"，其观点颇类似歌德的"世界文学"。加尔各答的雅达普尔大学于 1956 年建立比较文学系，1961 年，该大学创办《雅达普尔比较文学杂志》。1969 年新德里大学强调用比较文学的方法研究印地语、孟加拉语和泰米尔语的文学。近十余年来，又有不少大学相继建立英语和比较文学系，并出版了一批有一定质量的论文和专著。

1957 年，锡兰大学的陆德依克教授出版了《锡兰文学中的东西问题》。1968 年，菲律宾创立比较文学协会。

日本的比较文学发展略早一些，规模也大一些。1945 年以后，日本先后出版了三份比较文学杂志：东京大学的《比较文学研究》(1954)、日本比较文学学会的《比较文学》(1958)、早稻田大学的《比较文学年志》(1965)。日本比较文学学会成立于 1948 年。目前，有更多的大学在进行这一学科的教学与科研，出版了一些专著。

第三节　中国比较文学发展

如果对中国的比较文学作一番实事求是的考察，我们可以说，比较文学作为一个学科在中国的建立是 20 世纪七八十年代的事。大陆学者致力建立这一学科是从 70 年代末 80 年代初开始的。中国台湾和香港地区明确开展这一学科的建设略早于内地。不过，正如西方的情形一样，中国的比较文学在形成学科之前，也有过一段漫长的历史可以考索。倘若我们把中国比较文学的历史分作史前史和学科史两段的话，则其史前史又大致可分三个阶段，加上学科成立之后的一段，共有四个阶段。

一、史前史

在探索中国比较文学学科建立之前的历史时，有几条原则必须明确。第一，虽然比较文学离不开"比较"，但仅仅有比较并不等于"比较文学"，这是比较文学作为一门学科的基本要求决定的。按照比较文学的定义，只有跨越民族、语言、学科等界限的比较研究才是比较文学。因此，《诗经》中二雅和二南之类的比较不能看作比较文学的渊源。因为这类所谓的"比较"没有超越语言和民族的界限，不是"比较文学"意义上的比较。第二，比较文学是一种文学研究，并不是文化交流史，因此对外民族文化和文学的介绍不等于比较文学，因为它不是对不同民族文学的比较研究，这是不言而喻的。这样，像《大唐西域记》之类的著述尽管记载了今属印度、巴基斯坦、尼泊尔、孟加拉国、斯里兰卡和中亚等地 100 多个城邦的山川形胜，物产民俗，却因为在方法上不具有比较研究的因素，同样不能算作比较文学的渊源。我们探索中国比较文学的产生和发展不可能脱离中外民族文化交流的历史，但不能把研究和介绍混为一谈。第三，比较文学的萌生和成长离不开中外不同民族之间文化交流这样一个大背景。历史的事实告诉我们，往往在中外文化交流达到高潮时，才产生比较研究的需要和兴趣。从中外关系史看，中外交流大约有过四次高潮。比较文学是以促进世界不同文化的交融、增进各族人民的理解为己任的，因此，它不能不与各民族文化和文学的交流相同步，相始终。从这个意义上讲，对中国比较文学作历史的探讨，无论是对其作渊源的钩稽，还是对其作学科史的描述，都须紧紧围绕上述四次大的中外交流来进行。

（一）中国比较文学的渊源

中国比较文学的第一阶段，即它的萌生阶段是在佛教传入中土之后的西晋时期。当时佛教界产生的一种称为"格义"的研究法，是中国比较文学的渊源。

佛教传入之初，佛经的翻译处在十分不成熟的时期，译者往往不能通晓汉梵两种文字，不能熟悉中外两种文化，因此译文往往生硬、艰涩，难于理解，加上许多音译的新名词，给佛理的解释和传播造成了很大的困难。为了克服困难，向人们宣扬教义，佛教徒们做了多方面的努力。一是译者在翻译过程中为理解的圆通和译文的晓畅，借古代典籍如庄老诸子来附会佛理；二是僧徒之间为研习佛理，宣讲经典，也往往要借汉学来比附佛学。

与此同时，还有支敏度（又作支愍度）等人创立的一种称为"心无义"的方法，按照陈寅恪的考证，所谓"心无义"者，也是"取外书之义，以释内典之文"，与"格义""性质近似，同源殊流"。

自魏晋至唐宋即中外文化开始较大规模交流的时期内，比较文学中探讨不同文学之间的渊源、影响、媒介乃至平行类比、互相阐发的各种类型的研究都有了萌生的痕迹，然而这些痕迹毕竟是零散的、微弱的、不易觉察的。即以"格义"而论，我们所能找到的，也只有非常简略的材料，说明僧徒间曾经不断采用过这样的方法。至于较为具体的内容和实例，除《高僧传》等著述中偶有一鳞半爪的叙述外，则几付阙如。但是以比较学者的眼光来看，这些痕迹尽管微弱，却又很有意义，因为正是从这些微不足道的痕迹，才滋生成长出比较文学今天的繁花和硕果。

（二）中国比较文学的进一步发展——鸦片战争至五四前夜

中国比较文学在第二个阶段获得了进一步的发展。其特点有三：一是在翻译西学极为繁荣的情况下，关于翻译理论的讨论，继承第一阶段的传统，有了较大的发展。二是在中学西学孰优孰劣的讨论热潮中，文学研究中平行研究的文章增加。一般来说，这一阶段的文学问题与社会、政治问题紧密相关，而研究者由于政治上的偏激，在文学观点上也往往形成极端的见解。三是比较研究的范围较前扩大，出现了像王国维、梁启超等博古通今、融会中西的学者，以及一些颇有见地的论文。

以1840年鸦片战争为开端的中国近代史，把我们这个数千年的封建帝国带进了半殖民地半封建社会。面对着帝国主义列强的侵略魔爪，封建统治者割地赔款，任人宰割，中华民族到了生死存亡的危急关头，社会的各个阶层都在思考如何拯救中国这样一个重大问题。伴随着一些政治上的变革，在经济文化的各个方面出现了一个向西方学习的热潮。中国的比较文学从此进入了第二个发展阶段。

王国维（1877—1927）是中国近代文化史上博洽古今、融贯中西的大学问家。陈寅恪曾将他的学术内容和研究方法概括为三点，一为考古学和上古史方面的著述，方法是"取地下之实物与纸上之遗文互相释证"；二为关于辽金元史及边疆地理方面的著作，方法是"取异族之故事与吾国之旧籍互相补证；三为文学理论、文学批评方面的著述和小说戏曲方面的考证，方法是取外来之观念，与固有之材料互相参证。这里的第三种方法正是我们所说的"阐发研究"。他对《红楼梦》的评论由于立论高超和采用"阐发法"达到了相当高的境界。

把《红楼梦》作为一出"彻头彻尾的悲剧"，放在与歌德的《浮士德》同等地位来考察，王国维以前殆无一人。他认为这两部作品都是近代文学中的第一流著作，二者的相同点在于都是描写人生苦痛及其解脱之道的悲剧，而二者不同却在于：浮士德的苦痛是天才的苦痛，贾宝玉的苦痛却是普通人的苦痛。为了说明这一层，他还引证叔本华关于悲剧的理论。叔本华认为悲剧有三类，第一类是由邪恶的人和势力造成的悲剧；第二类是由命运造成的悲剧；第三类是一般人在日常环境中由于各种关系的牵制而形成的悲剧，这种悲剧由于没有恶势力和命运作祟，反而愈加惨痛。按照叔本华的悲剧观，《红楼梦》正属于这第三类悲剧，因此是"悲剧中之悲剧"。

王国维对文学和艺术的价值有极深切的了解，他推重文学艺术表现人生、对人的精神产生的慰藉与淳化作用。难怪有论者认为他独具慧眼，其见解之卓越，较之现代的新文学家，有过之而无不及，难怪还有人说他是"五四以后中国资产阶级学术和文学理论的祖师。可见他在中国学术界的影响有多么大。不过我们还想补充一句，他之所以能取得这样的成绩，如果没有对西方哲学和文学的广泛涉猎和深入研究，以及采用比较研究的方法，那是不可想象的。

鲁迅（1881—1936）是中国比较文学萌芽时期的一个重要人物。他于 1902年东渡日本留学，广泛地阅读了西方的哲学、政治、社会、文学方面的书籍，接受了西方资产阶级民主思想。他弃医从文，力图唤醒国民，拯救国家。他于1907年发表的《摩罗诗力说》是中国比较文学史上一篇重要文章。这篇文章说明鲁迅已具有明确的比较意识，更可贵的，是他的这种比较意识与他对中国出路与中国文学发展道路的探索紧紧地结合在一起，或者说，正是这种探索的需要才产生了他的比较意识，因此贯穿着爱国主义精神和强烈的战斗精神。

这就是说，要在比较之中认识自己民族的优秀，要在比较之中寻找自己的道路，以发扬民族精神。基于这样的认识，鲁迅对欧洲的几十位作家，特别是对19世纪初期欧洲各国的浪漫主义作家，即所谓"摩罗派"诗人，进行了比较研究，赞扬这些立意在反抗，指归在行动的诗人和他们刚健不挠，抱诚守真，不取媚于群，从随顺旧俗，发为雄声，以起其国人之新生，而大其国于天下的业绩。鲁迅还比较了中国诗人和外国的摩罗诗派，他一方面肯定了屈原能放言无惮，为前人所不敢言的精神；另一方面又指出他的作品中多芳菲凄恻之言，而反抗挑战，则终其而未能见，于是才不得不"别求新声于异邦"。他之所以这样大声疾呼地歌颂"摩罗"诗派，目的就在于充分发挥文学的作用. 呼唤反封建的"精神界之战士"的出现。

我们无法判断鲁迅在撰写这篇文章之前，是否已经接触过比较文学这一学科，但从这里我们可以看出，他对比较研究的意义和力量已有深刻的认识，他的研究也涉及比较文学的一些基本类型。1912 年，他在日本见到了洛里哀《比较文学史》的日译本，立即就写信告诉好友许寿裳。后来，他在译介外国文学，研究中外文学关系，探讨翻译理论等各个方面的努力，都对中国比较文学的发展做出了卓越的贡献。

（三）中国比较文学趋向成熟期——五四前至 1949 年

从"五四"运动前夜到 1949 年的 30 余年间，中国的比较文学进入第三个阶段，这一阶段是它趋向成熟的时期。从总体上看，这一时期中国的比较文学有如下特点："五四"前后，随着国内政治、经济形势的变化，从鸦片战争以后开始的中学西学孰优孰劣的讨论发展为一场关于东西方文化的深入、持久的论战。如何看待西方文化，中国传统文学是否接受了外来文化的影响以及如何接受了这种影响，中华民族应该建立什么样的文化，如何建立这种文化，诸如此类的实质性问题，引起了全国各界的关注。这场关于文化问题的论战不能不对中国社会生活的各个方面产生巨大的影响，中国比较文学的成熟也必然与这一思想运动息息相关。这是第一点。这一时期的文学研究者百分之八九十都曾游学欧美和东洋，有的人曾经接受过法国比较文学的熏陶，甚至接受过法国著名比较学者的训练。这些从海外归来的莘莘学子不仅对西方有深切的了解和感受，而且也有较为深厚的旧学功底，他们学识渊博，又接受了西方文化思潮的洗礼，对他人和自己的优劣短长都能有一个较为客观和透彻的认识。他们或占据高校的讲席，或主持杂志，自然而然要将中国文学和西方文学拿来比较，要将中国文学放到世界文学的大格局中去研究。他们已经完全具备了比较学者的自觉和能力，如果不是由于国内政局的动荡和连年的烽火，他们一定会在当时把中国比较文学的学科建立起来。这是第二点。从比较研究的规模、内容和方法等方面看，较前一阶段已有了长足的进步，出现了许多以明确的比较为题的论文和专著，而且在质量上达到了相当高的水平，取得了十分卓越的成绩。

"五四"前后展开的东西方文化论战，其规模之大，时间之长，在中国文化史上是空前的。从 1915 年《新青年》和《东方杂志》就东西文化问题展开讨论起到 1927 年止，论战持续了十二年之久，有数百人先后参与论战，发表的文章近千篇，专著数十种。这场论战内容异常丰富，涉及问题十分广泛，但其核心却是对本土文化与外来文化的关系的讨论，是对东西两种完全不同的文化体系的优劣异同的分析、比较、评判、论证，围绕着这一核心还牵涉到如何解决文化的继承与革新，如何看待封建文化与经济、政治的关系，如何认识物质文明与精神文明的关系等一系列问题。同时，论战的过程逐步深入。在论战的早期，双方主要从表面上罗列、对比东西文化的异同。到中期，则深入比较东西两种文化在本质上的差异和相似，探讨其可否调和之类的问题。到后期，争论则转入对封建文化、资本主义文化、社会主义文化这三种不同形态的文化关系等至关重大问题的讨论。因此这场论战对中国近现代文化的发展有着不可低估的重大意义。

这场规模宏大的文化论战首先要解决的问题是本土文化和外来文化的关系问题，即一个民族的文化是在封闭状态下演化呢，还是必然要不断受到外来文化的影响。中国的传统文化是完全"独创"的吗?争论得出的结论是，中国的传统文化固然自成系统，是一种独立的、具有特色的文化形态，但从历史上看，它却是在不断吸收外来营养的情况下发展起来的。闻一多（1899—1946）在《文学的历史动向》一文中，从世界不同文化相互交流、影响、汇合的历史趋势立论，以生动的语言论述了中国、印度、以色列、希腊四个古老文化的历史动向，说它们"在悠久的年代里，起先是沿着各自的路线，分途发展，不相闻问，然后，慢慢地随着文化势力的扩张，一个个的胳臂碰上了胳臂，于是吃惊，点头，招手，交谈，日子久了，也就交换了观念、思想与习惯"，最后终于互相吸收、融洽，形成一个世界文化。这一论述不仅与歌德、马克思、恩格斯关于世界文学的观念相仿佛，而且在理论上揭示了世界文学发展的客观规律，为不同文化和不同文学的比较研究提供了依据。

在平行研究方面，这一阶段比前一阶段也有十分明显的进步。我们已经说过，前一阶段虽然也有属于平行研究的例子，但那时的平行研究大都十分零碎，往往是在一篇文章中夹有一段或数段中西类比的文字，而且多数难免生硬比附的浅薄。但这一阶段的平行研究就不似先前那样零碎、肤浅，而是比较全面，比较深入。论者不仅比较同异，而且还能进一步分析产生这些同异的原因，从而得出很有意义的结论。例如朱光潜的《中西诗在情趣上的比较》和尧子的《读<西厢记>与 Romeo and Juliet 之一——中西戏剧基本观念之不同》便是突出的例子。前者不仅探讨了中西诗在表现人伦、自然等方面的同异，还能进一步发掘造成这些同异的原因。在谈到何以西方诗的题材以恋爱为中心，而中国诗则以朋友交情、君臣恩谊与爱情并重，何以中国诗人在自然中只能见出自然，而西方诗人在自然中却能见出一种神秘的力量等问题时，作者从哲学、宗教和民族性等方面寻求解释，就使文章比较厚实而不单薄，深沉而不浮泛。后者则从《西厢记》和《罗密欧与朱丽叶》两出戏的对照中，引出了中西戏剧观的差异，深入分析了西方以悲剧为主，中国则喜剧多于悲剧的根本原因，是西方戏剧以娱神为目的，而中国戏剧以娱人为目的。这样的比较显然就不仅是为比较而比较了。

此外，袁圣时比较了中西小说的异同，指出中西小说虽然都以"宿命"思想为哲学根基，然西人委命于环境、遗传、造物之播弄等各种因素，而国人则委命于神佛，故西方小说有理想，而中国小说缺乏理想。就艺术方面来说，中国小说以对话见长，西方小说以写景见长，中国小说以人物描写见长，西方小说以心理刻画见长。此文虽比较了中西小说在思想、艺术方面的同异短长，但却未能作深入剖析。

还有一些对中西作家和作品作平行类比的文章，虽然有不少新颖的见解，但大都难免主观比附，客观分析不足，兹不俱论。

除了影响研究与平行研究的论著外，这一阶段还出现了跨学科研究的文章，其内容集中在文学和艺术、文学与宗教两方面。讨论文学和艺术关系的文章有丰子恺的《绘画与文学》和《音乐与文学的握手》，朱锦江的《论中国诗书画的交融》，宗白华的《中国诗画所表现的空间意识》，郑振铎的《插图之话》，钱锺书的《中国诗与中国画》等。讨论文学与宗教关系的则有：周作人的《圣书和中国文学》，老舍的《灵的文学和佛教》，滕固的《中世人的苦闷与游仙的文学》等。这些文章能跳出文学本身的范围，把文学放到与其他知识领域的关系中来探讨，已属难能可贵，更何况其中有的还写得相当出色。例如，《论中国诗书画的交融》一文虽然不长，但却从派别、取材、技巧、风格四个方面把三种不同艺术的交流融合及其原因讲得很清楚。诗、书、画是中华民族精神的寄托，认识它们的关系将能更好地理解民族的心理和性格。这一点，连日本学者都有明确的认识。《中国诗与中国画》从比较中国诗画这两种姊妹艺术的共同性和特殊性入手，不仅指出它们都有南北两派之分，而且指出了中国传统批评在评论诗与画时的标准分歧：论画则推南宗，论诗则重北派，作者认为这是一个需要在理论上做出解释的事实。《圣书与中国文学》从精神和形式两方面来讨论《圣经》对中国新文学的影响，文章指出我国文艺思想的变迁可以从圣书看出，新文学所接受的人道主义思想实质上也是源于基督教精神的。《圣经》的中译本虽然不完美，但对促成中国文学的语体化和标点符号的增加却很有帮助。

　　这一阶段还有一本重要的著作必须提及，那就是钱锺书的《谈艺录》。昔人谈艺之作甚多，历代诗话、词话，甚至野史笔记中所在多有。明人徐祯卿即以所著《谈艺录》名世。但钱锺书的这本书与昔人相比却有很大的不同，其中最重要的一点是，昔人谈艺往往从印象出发，就诗说诗，即便能举一反三，也很难超脱时代的局限。因此多为赏析之作。钱锺书的这本书虽然也自称为"赏析之作"，但因其所考所论，能"采'二西'之书，以供三隅之反"，因此自成一格。况钱锺书博览群书，学贯中西，凡所采用，均中西学界方家之作，因此所论问题，虽多不大，却能做到微言大义，于广博中见出精深。

　　综上所述，我们不难看出，中国比较文学在从五四前后到新中国成立之国前的二三十年间，获得了多么大的进展，取得了多么大的成绩。但由于当时我国正处在拯救民族、拯救国家、创立新社会的政治大动荡时期，像比较文学这样一类学术性强的学科不可能有较大的发展，以致流于涣散：

　　1949 年之后，从 20 世纪 50 年代到 60 年代初，比较文学受到误解和排斥，因此作为一门学科，它处于沉潜状态，几乎无人提起。但是，作为一种学术研究，它并没有停滞，只不过没有用比较文学的名义。那时所发表的比较文学论文，主要是谈中外文学关系，涉及中俄（包括苏联）、中英、中印文学，或论鲁迅与外国文学的关系等题目。钱锺书的《通感》和《读<拉奥孔>》，范存忠的《<赵氏孤儿>杂剧在启蒙时期的英国》，冯雪峰关于鲁迅与俄罗斯文学的研究等，可以说是这一时期的比较文学研究的较好成果。另外，关于翻译问题的讨论也值得重视。从 60 年代到 80 年代的 20 年间，由于众所周知的原因，比较研究的文章几乎绝迹。直到 70 年代末 80 年代初，才又呈现出蓬蓬勃勃的复兴之势。

二、学科史

　　比较文学作为一门学科在中国的建立是 20 世纪末期的事。中国内地建立这一学科在 70 年代末 80 年代，中国香港和中国台湾地区比内地早十年左右。

　　1970 年 4 月，《淡江评论》(Tamkang Review) 在淡江文理学院院长的支持下问世。这份以英文出版的半年刊提出了两个宗旨：一是从非中国的角度对中国文学作重新评估；二是在台湾建立一个可信赖的当代中国文学研究中心。它的最初几期刊登了不少新人耳目的论文，如《中国文学的道德和美学价值》《中国诗中的青草母题》《王国维文学批评的实践与原则》《薛仁贵与薛丁山：一个中国的伊底帕斯冲突》等。这份刊物论和实践两方面都不免有歧见和混淆。此外，不少文章，特别是平行研究和阐发研究的文章，由于对中西两种截然不同的文化缺乏本质的认识，因此在研究中往往出现生拉硬扯，简单比附，或者只罗列同异而缺乏深入探索的弊端，在这一点上，叶维廉、袁鹤翔等人提出研究者在比较研究时应该特别注意两种文化传统的巨大差异的观点是十分有意义的。当然，上述不足应该说是一门新学科在草创时期难于避免的，中国内地后来开展得比较文学研究也有同样的问题。

中国内地的比较文学随着国家实行对外开放的政策以及和世界各国文化交流的迅速开展而掀起了高潮，很快成为一个独立的学科。

从某种意义上说，20世纪70年代末80年代初中国内地的比较文学热是20世纪二三十年代比较文学的复兴。1978年，上海华东师范大学施蛰存教授为中文系学生开设比较文学讲座，打破了这门学科的沉寂状况，而1979年，钱锺书《管锥编》前四册问世，可以算是中国比较文学复兴的标志。在"十年动乱"期间，学术界万马齐喑，钱锺书却发愤著述，总结自己学术研究的成果。他进行了艰苦的工作，终于写成了百万字的巨著。一当时机到来，这部巨著——《管锥编》公之于众，立即大放异彩，引起了国内外的轰动。

钱锺书立意在探索诗心、文心、造艺之本原，即寻找中西作者艺术构思的共同规律，但是，他不赞成那种从抽象概念出发，以演绎推理的方法去建立理论体系的做法，而采取从具体作品和具体的文学现象出发，发幽探微，从中寻找一些具有普遍意义的艺术规律的研究途径。他说过，"艺之为术，理以一贯，艺之为事，分有万殊，那些隐于针锋粟颗，放而成山河大地"的艺术真理更引人入胜，绕有兴味。他的兴趣是具体的文艺鉴赏和评判。所以《管锥编》全书采用札记和随笔的形式，不求表面的理论体系。

《管锥编》前四册围绕十部古籍来阐发作者的读书心得。钱锺书言必有证，语无虚发，为了论述一个观点总要广征博引，以大量的事例来加以证明，他也自觉地运用比较研究的方法，打破时空界限和学术界限，古今中外，文史哲理，无不成为他探寻艺术规律的根据。前四册共781则，结合中外作家3 000多人，引证的外国学者言论也涉及800多人1 400种著作，其中除文学之外，还遍及语文学、符号学、文化人类学、史学、心理学、系统论等现代各种新兴学科。钱锺书在书中说到学问著述时，曾引用古罗马哲学家塞内加的话说:作文当以蜂为模范，博览群书而匠心独运，融化百花以自成一体，皆有来历而别具面目，这恰恰是《管锥编》的写照。

这一时期，中外学者的交流也开始呈现出活跃的趋势，大批学生赴美留学，中外学者开始互访。中国内地与香港之间的学术往来日渐增加，学术空气渐趋浓烈。

1983年6月，由南开大学等三所高校和天津外国文学学会共同发起，在天津召开了一次规模盛大的比较文学讨论会，与会代表140多人，就比较文学的一般原理和各个方面的问题进行了热烈的讨论。从讨论会上提交的80多篇论文可以看出，学界对于比较文学有着浓烈的兴趣，许多研究者都期望运用比较文学的方法来研究中国文学，特别是中国现代文学的研究者们已经意识到中国现代文学与外国文学的紧密关系，更是热衷于在自己的领域里找到突破口。外国文学、文学理论和古典文学的研究者们也希望探索新的途径。由于大家对比较文学的基本原理还不熟悉，因此讨论不仅兴致盎然，而且也出现了不少意见纷纭的论题，如比较文学在中国是不是古已有之，比较文学究竟包括哪些范畴，什么是比较文学的中国学派等。对这些问题的讨论虽然没有一致的答案，但却给人留下了进一步思考的空间。如果说这次会议是中国比较文学在80年代复兴之后第一次稚嫩的亮相的话，那么，1984年5月在广西大学召开的"比较文学讲习班暨学术讨论会"就是它获得进一步发展的标志。因为这次会议对上次会议未能澄清的那些问题获得了一些较为一致的认识，换言之，参加讨论的学者对比较文学的基本原理有了较为明确的认识，应邀与会的美国著名比较文学学者韦斯坦因和香港中文大学李达三博士等人的讲演，也为增进大家对这一新学科的理解做出了贡献。

在后来的数年间，中国学者开始走向世界。1982年3名中国学者首次参加了在纽约召开的国际比较文学学会第十届年会。1985年在巴黎召开的第11届年会上，中国学者不仅给大会带去了活力，也向国际比较文学界说明了比较文学在中国的复兴。

1983年8月末，在北京召开了中美双边比较文学讨论会，中美双方各10名代表以及来自北京、上海、南京等地的列席代表就文学理论、文学影响和具体作品的类比研究等各个领域，进行了广泛的交流和讨论。这次会议的成就与其说是在学术方面，不如说是在中美学者的联系方面，正如中国社会科学院副院长钱锺书教授在会上的发言中所说，这次会议将对"中美比较文学学者继续对话有重要意义"，正是在加强双方学者"真诚的思想融合"方面，它"开创了纪录"。

在那几年，中国比较文学复兴的成果还表现在出版了大量的论著和译著。在基本理论方面，译介欧、美、日等国比较学者的著述对于我们了解这一学科无疑有不可轻视的作用。其中较为重要的译著有：北京大学选编的《比较文学译文集》，

比较文学的理论认知与应用研究

这个集子以印第安纳大学出版的《比较文学的方法和角度》为底本，选收了美、德一些重要的比较学者的文章，其内容涉及了这一学科的基本理论、影响研究、文类学、东西方（包括中西）文学比较等方面，在一定程度上反映出西方在比较文学研究各个方面的水平。可惜它没有收入法国学者、苏联学者和日本学者的观点，因此在总体上仍不够全面。基亚《比较文学》的翻译多少弥补了上述《论文集》的不足。日本学者大塚幸男的《比较文学原理》的译介，使我们有机会了解了日本比较文学界的现状及其学术观点。上海译文出版社出版的《比较文学研究译文集》按照法、美、苏、英、意等国别顺序编排，说明编者力图较为全面地反映国外比较文学的现状，力图勾勒法、美、苏三派的观点。北京师范大学比较文学研究组选编的《比较文学研究资料》一书力图在理论和实践两方面为读者提供一个较为清楚的轮廓，同时又能比较全面地收入比较学者有代表性的文章。正是由于译介和资料方面的工作进展，使我们的许多学者较快地接受了关于这一学科的启蒙教育，而且在这样一个基础上，使我们可以就中国比较文学究竟应怎样搞，它的发展途径和前景如何等一类亟待回答的问题作进一步的思考。卢康华、孙景尧的《比较文学导论》一书是我国内地第一本阐述比较文学原理的著作。这本书的最大特点是材料丰富，五光十色，确实是"中外杂陈、古今交织"，它以"基本概念""研究方法""历史"这样的大轮廓来结构全书无疑是恰当的。它对介绍这门新的学科起了积极的推动作用，不失为"一部良好的开山之作"。

在具体的比较研究方面，20世纪80年代的成绩也是很大的。据统计，仅在1977年到1983年的六七年间，属于比较文学的论文就有283篇之多，其中属于影响研究的171篇，属于平行研究的29篇，其余方面的80余篇。这个数字当然未必准确，其中少部分恐怕未必能算作我们所理解的比较文学，相当一部分也存在着质量上的问题。但从总体来看，这一数字反映了中国比较文学近一个时期来的长足进展。从1983年至今则有更多的论著问世，而且在质的方面也有提高。张隆溪、温儒敏编选的《比较文学论文集》选收了1984年以前有代表性的文章；此外，钱锺书的《谈艺录》补订本、《七缀集》，季羡林的《中印文化关系史论文集》，金克木的《比较文化论集》，王佐良的《论契合》（英文版），杨周翰的《攻玉集》，王富仁的《鲁迅前期小说与俄罗斯文学》，赵毅衡的《远游的诗神》，曾小逸主编的《走向世界文学——中国现代作家与外国作家》等著作都以严谨的态度和较深入的研究显示了中国比较文学的成果。

1985年在深圳大学召开的中国比较文学学会成立大会暨首届学术讨论会，标志着中国比较文学的全面复兴。大会由30多个单位发起，由中国社会科学院文学所和外文所、北大、北师大、上海外院、华东师大等单位的十名学者组成筹委会，邀请了国际比较文学学会会长佛克玛、美国比较文学学会会长奥尔德里奇、美国学者詹明信、迈纳、叶维廉，香港学者袁鹤翔和黄德伟等十余人。与会的近 120 位代表选举产生了以杨周翰为会长的中国比较文学学会领导机构。学术讨论会收到 121 篇论文，分"比较文学方法论""比较诗学""比较文学与中国现代文学""中西神话比较研究""东方比较文学""总体文学与科际整合"等七个专题进行讨论。会议取得了圆满的成功。这次会议不仅是对数年来中国比较文学成果的检阅，也是对中国比较文学研究队伍的检阅。会议还对中国比较文学的进一步发展作了规划。从此，中国比较文学作为一个独立的学科走上了轨道，而且汇入国际比较文学的洪流，成为它的一个重要的组成部分。

第四节　比较文学的现状与发展前景

20 世纪 80 年代以来，国际比较文学发展进入一个新阶段。这种发展与当时国际形势的变化有着密切关系。

20 世纪 80 年代，随着"冷战"的结束和殖民体系的瓦解，随着科学技术、特别是信息科学的突飞猛进，世界进入了加速全球化时代和信息化的时代。人类文化也进入一个新的转折时期。这里所说的转折指的是数百年来西方殖民统治形成的西方文化占统治地位的时代已经过去，一个多元文化共存，既相互冲突又相互融合的时代已经开始。在这个时期，文化冲突和文化交流已经超出其本身的意义，而成为关系到人类发展前景的问题。人们已经看到，是增强不同文化间的相互理解和宽容而引向和平，还是因为文化的隔离和冲突而导向战争，决定着 21 世纪人类的命运。因此维护文化的多元发展，保护文化生态，加强文化交流，促进各国各民族之间的沟通和相互理解至关重要。

在这个关系人类发展前景的时期，比较文学因其独特的价值而可以发挥作用。比较文学研究国家与国家、民族与民族之间通过文学进行沟通的历史和经验，它倡导新人文精神，提倡国家民族之间互相尊重、互相理解，化解矛盾，同生共存。在全球化时代，生活在地球上的各个国家、各个民族之间存在着矛盾和差异，但它们之间的关系也比以往任何时候更加密切。他们有着许多共同的追求，也面临着许多共同的问题。优秀的文学作品总是能够表达出本民族人民的生活体验和智慧，其间也常常包含着某些具有普遍意义的经验。比较文学通过对这些作品的比较研究，可以使各国各民族的人民之间在思想感情上得到沟通和互相理解。由此可见，它在促进文化与文学交流、化解文化冲突方面，可以做出独特的贡献，其作用也应该超出文学的范围而获得更广泛的意义。

世界文化发展的重大变化影响到国际比较文学的研究方向。首先，新的形势要求比较文学研究突破原来单纯关注文学问题的理念，更多关注对人类文化发展具有普遍意义的问题。意大利比较文学家尼希在他的一篇专论中说：如果从一个变化发展的世界，确切地说，是从一个我们都与之有牵连的"后殖民世界"的角度出发，给文学研究重新定义，重新考虑比较文学的价值，那么，可以将比较文学重新界定为世界文学研究中具有普遍性及多重意义的学科，比较文学使某种具有普遍性、多重性的认识形式成为可能并且代表了此种认识形式，这种认识形式就是全人类共同实现的对全人类的兴趣。纵观近年来的比较文学，我们可以看到，国际比较文学界敏感地而且及时地对此做出了反应。"文化冲突与文化共处"的问题引起了世界范围的关注和讨论，同时也引起人们重新认识比较文学的价值和发展方向。文化相对主义、文化多元主义等各种文化理论的提出以及有关的讨论相当热烈。如何防止新霸权主义、克服狭隘民族主义，如何维护文化多元化，保护文化生态，如何发挥比较文学在化解文化冲突方面的作用等有关世界文化与文学发展大局的问题，成了比较文学界最关心的话题。

其次，国际形势要求比较文学突破原来的"欧洲—西方"文化的范围而扩大到全球，在不同文化体系的文学之间，特别在东西方文学之间进行比较研究。20世纪80年代以来，许多有远见卓识的学者看到了文化全球化的趋势，看到了比较文学中"欧洲—西方中心论"的偏颇，更多地关注东方。他们敏锐地认识到，如果没有东方文学的加入，就不可能使比较文学真正成为国际性学科。于是他们将东西文学比较看作国际比较文学发展的关键。在某一层意义说来，东西比较文学研究是，或应该是这么多年来（西方）的比较文学研究所准备达致的高潮，只有当两大系统的诗歌互相认识、互相关照，一般文学中理论的大争端始可以全面处理。国际比较文学学会的动态也可以说明这种动向。1991年8月，国际比较文学学会第13届年会首次在东方国家——日本的东京召开。2004年，国际比较文学学会第17届年会在中国香港举行。后来的历次国际比较文学学会的年会都突出了"多元化"的主题，倡导东西文化的对话与交流。这些都表现了国际比较文学界已经意识到东西方文学的对话是国际比较文学的历史使命。

在国际比较文学发展的第一、第二阶段，研究范围只局限于欧美国家。由于欧美国家属于同一文化体系，具有相同的文化渊源（古代希腊罗马文化和希伯来文化）、相同的宗教信仰，而且在长时期的社会发展和文化发展过程中，互相联系，关系密切，它们的文学属于同源同质，那时的比较研究也就局限在同源同质文学的范围之内。然而，东西方文学分属不同的文化体系，它们的文化背景存在巨大的差异，它们之间的比较研究就不再是同一文化体系内的文学的比较，而是不同文化体系的异源异质文学之间的比较。这样的比较必须把文化差异放到一个重要的地位，在它们的不同的文化背景中寻找具有普世价值的结论。换句话说，这是一种"跨文化"的比较研究；国际比较文学进入了以跨文化文学研究为特征的新阶段。

"跨文化"的比较研究对比较文学提出了新的要求，使比较文学从理念到方法都发生了变化。譬如在进行同质文学的比较研究时，往往是从求"同"入手，在"同"中找出联系和规律，而进行东西方异质文学的比较，就必须既求同又求异，其中更突出的是文化差异的比较，在文化的差异中追寻到文学不同内涵的根源。又如异质文学之间的比较研究必须采取平等的态度，通过文学上的互识、互证、互补，以达到互相的理解和宽容，对话成为比较文学方法论研究的主要课题。总之，比较文学面临着全面革新。

实际上，20 世纪 80 年代以来国际比较文学发展的一个突出的情况，就是中国比较文学的异军突起。中国作为一个十几亿人口的大国，同时具有悠久文化传统、对世界文学的发展产生过巨大影响的文明古国，所以，没有中国的参与，不把中国文学放在国际比较文学研究的重要地位，很难设想比较文学能真正成为一门具有广泛国际性的学科。因此，当国际比较文学界展望学科未来的时候，对中国寄予莫大的希望。也因为如此，当中国比较文学开始复兴时，国际比较文学界的一些代表人物莫不为之欢欣鼓舞。法国比较文学大师艾田伯听到中国比较文学复兴的消息，兴奋不已，他在国际比较文学学会第 11 次年会做闭幕词的时候，情不自禁地用汉语高呼"中国比较文学万岁！"当年新任的国际比较文学学会会长佛克玛在第 12 次年会上也说，中国比较文学学会的成立是"我们学会近期的一件大事"。

中国比较文学复兴之后，首先虚心地向先行者学习，对各国各派的比较文学学术成果兼收并蓄，大量引进。到 20 世纪末，我们翻译、编译出版的外国比较文学著作、论文集，已达数十种，对外国比较文学的评价分析文章数百篇。世界上也许没有一个国家如此重视和热心地介绍、借鉴外国比较文学。在学习和借鉴的同时，我们摸索着自己的道路，既接受法国学派的实证性的影响传播研究，也接受美国学派的平行研究和跨学科研究，但克服了它们共同的局限"欧洲—西方中心主义"。作为第三世界国家，我们反对帝国文化霸权，也不受狭隘民族主义的束缚，又从自己的传统文化中发掘思想资源，把"和而不同"作为比较文学的理想境界，坚定地促进多元文化的发展。我们有与周边国家长期交往的历史经验，有百年来对西方国家的充分了解，这就有可能为跨文化的文学研究建构新的比较文学体系。总之，历史把中国比较文学推到了学术的前沿。经过几十年的发展，中国比较文学不负众望，为世界比较文学事业做出了自己的贡献。因此，中国比较文学学会会长乐黛云在总结比较文学的历史时认为，80年代后国际比较文学进入它的第三阶段，而中国正是全球第三阶段比较文学的集中表现。

关于20世纪80年代以来国际比较文学的发展状况，我们还必须注意到它的另一个特点，那就是各种新潮的文化理论和文学理论对它的冲击和影响，比较文学与文学理论、文化理论的结合。

众所周知，20世纪是一个文化理论、文学理论大繁荣的世纪，"诗学复兴"的世纪，大批的理论著作问世，各种新的文化理论和文学理论，诸如现象学、阐释学、接受美学、符号学、结构主义、后结构主义、后殖民主义、女性主义、新历史主义、生态批评等，接踵而至，层出不穷，令人目不暇接。作为一门具有开放性特征的比较文学，对于学术界的变化本来就极其敏感，更何况在国际形势发展把文化问题推到空前重要的时候，会关注理论界的发展，广泛地接受各种新兴学说来更新自己的理念和方法。当然在这个问题上并不是没有争议。在1985年国际比较文学学会第11次年会前后，学者们曾就如何应对各种新起的文学理论大潮发生争论。以荷兰学者佛克玛为代表的一批学者主张比较文学应该向文学理论靠拢。佛克玛发表文章认为，比较文学的研究对象不应该限制在文本，还应该包括文学信息传递与接受之间的"文学交流情境"和"文学符号系统"等。因此，它与文学理论的研究对象基本上是一致的，再说，没有理论作基础就肯定没有学科，文学理论可以强化和推进比较文学，比较文学不应该局限于自己原定的界限，而应该将研究对象扩大，进行新的探索，只有这样做才能使"比较文学的前途显得灿烂辉煌"，否则，它便不能作为一门学术性学科而生存于世了。

他的意见受到老一派比较文学家韦勒克、雷马克等人的反对，雷马克看到了争论的严重性，他认为这是1958年美法两派关于比较文学危机的争论以来所遇到的又一次大争论。我们遭遇到了对今天的比较文学的第二个大挑战，也就是我们最近的敌人，名叫"总体文学"或"文学理论"。这个敌人比。只要国别文学，更危险，因为它宣称比较文学是属于总体文学或文学理论的。在国际比较文学学会第11次年会上，双方展开了激烈的争论。不过，反对者并没能阻止比较文学"理论化"的趋势。20世纪八九十年代以来，比较文学的研究对象已经从传统的课题（影响、接受、来源、游记等）研究和文本研究扩展到一些对于人类文学发展具有普遍意义的问题，扩展到文学共同规律的探讨。从理论基础和方法论上也有了很大的变化。就其积极意义来讲，它适应了形势的需要，拓展了比较文学，也深化了比较文学。例如后结构主义打破了长期以来统治西方理论界的逻各斯中心主义和二元对立论，消解中心，倡导多元主义。后殖民主义文论进一步解构"西方中心"，批判帝国文化霸权，主张实现真正的文化多元发展。这些都为比较文学突破"欧洲—西方中心论"走向东西方平等对话，提供了理论支撑。接受美学强调了发送者和接收者的双向互动关系，充分估价接收者和读者的作用，从根本上刷新了传统的影响研究。

1992 年，美国比较文学学会委托宾夕法尼亚大学比较文学系和文学理论系主任查理斯·伯恩海默组织专家委员会，就比较文学的现状和发展方向草拟了一份报告。1993 年，伯恩海默提交了一份由他执笔题为《世纪之交的比较文学》的报告。报告认为比较文学应该摆脱以前的欧洲中心主义，而采用文化多元主义的视角，主张将文学研究"语境化"，即在跨民族的语境中考察文学的美学现象，将文学"置于更广阔的话语、文化、意识形态、种族和性别的领域"，也就是采用文化批评的方法。伯恩海默的观点，主要是在如何对待文学研究和文化研究的关系上，在美国的以致国际的比较文学界，引起了争论。一些学者赞成伯恩海默的观点，认为比较文学向文化研究特别是大众文化研究转化，代表了学科发展的方向。一些学者认为，比较文学应该以文学为中心，应该是比较"文学"，而不能是别的，否则，比较文学自身就会面临危机。

伯恩海默的报告在中国也引起了巨大反响。有的学者认为，比较文学应该向比较文化转化，这是大势所趋。但是，多数学者是在吸收文化批评的方法可以深化比较研究这一点上，接受伯恩海默报告的启发。比较文学研究不是为比较而比较，比较不是目的，而是手段和途径，目的是加深对作家作品和文学规律的认识，加强文学交流，因此当比较文学深入发展，超越事实联系的考证和异同比较，进一步向深层开拓，探究种种文学关系的内涵和根源的时候，它当然不能停留在文学本身的比较研究而必须深入到文化的层次。即使是异同比较，也不能停留在现象的罗列，必须进一步探讨这种异同的内在意蕴及其成因，这也就超越文学自身的范围而进入文化的领域。总之，比较文学的深化必然要引进比较文化，除非我们愿意停留原地而不求进取。

以上情况说明，文学理论和文化批评给比较文学注入了新鲜血液，使它获得新的生长点。进一步说，比较文学发展到世纪之交，跨学科研究已经成了它在跨文化研究之外的另一个重要特征。但是，由于这样的研究跨出了文学的界限，或者说模糊了文学与其他学科的界限，比较文学的研究范围变得大为扩张，此时危机也就不远了。当人们未能掌握好学科的本体，未能把握好以文学为中心这个根本的时候，就会出现偏差。当年，在问题提出之初，就有人提出过种种担心。美国康奈尔大学比较文学系主任卡勒教授曾经针对伯恩海默的报告指出：如果把比较文学扩大为全球文化研究，它就会面临自身的一次新的身份危机。近年来的实际情况说明，这样的担心并非多余。那就是在比较文学研究中出现了"泛理论化"和"泛文艺化"的现象。不恰当地把比较文学研究理论化，结果往往是理论探讨淹没了文学分析，或者为追求理论体系的完整而丢却了文学本体。这样的跨学科研究已经不再是比较文学。比较文学研究有必要引进文化批评，但是，当文化批评喧宾夺主，而文学研究转化成文化研究的时候，或者把文学作品当作文化批判的附庸和材料的时候，比较文学就不再是文学研究而改变了研究的性质。当然，比较文学应该有其理论探讨，比较文学与比较文化的界限有时很难划分，那种研究确有成效，结论也有创意的跨学科研究，我们不能说它们没有价值，但是，那不是比较文学意义的价值。对于比较文学来讲，"泛理论化"和"泛文艺化"不利于学科的发展。我们还是应该时时不能忘记，比较文学必须以文学为本体，比较文学是比较"文学"，从文学出发，以文学为中心，又回归文学。

20世纪末和21世纪初，正当中国比较文学崛起，欣欣向荣的时候，西方国家的比较文学界却传出另外一种声音。1993年，英国比较文学专家苏珊·巴斯奈特出版《比较文学批判导论》，书中语出惊人，说"比较文学作为一门学科气数已尽"。事隔十年，2003年，美国印度裔学者加亚特里·斯皮瓦克出版一本关于比较文学的论著，其书名竟是《一个学科的死亡》，更是直截了当地宣告比较文学已经寿终正寝。这种呼声一出，在国际上引起强烈的反响。

这种说法也许在一定意义上反映了西方国家比较文学不景气的现状，但是它不符合学科的全面现实，至少在一些新兴国家，例如中国、印度、巴西等国家，比较文学不但并未死亡，恰恰如日中天，充满生机。其实，巴斯奈特和斯皮瓦克这样语出惊人，也不是真正认为这门学科已经死亡，只是为了强调传统的比较文学已经过时，学科面临着更新和转型。应该说，他们已经意识到"欧洲—西方中心论"统治比较文学的时期已经结束，以殖民强权为动力的比较文学早期模式必须改变。他们这样语出惊人，为的是唤起人们的注意，探索比较文学的新的出路。他们关于新的比较文学的建议各不相同，但都能正视现实提出的一些问题。例如，斯皮瓦克认为，新的比较文学要"颠覆和摧毁"强势文化对新独立文化的"挪用"，需要超越西方文化和西方社会，在"星球化语境中重置自身"。巴斯奈特在2006

年发表《21 世纪比较文学反思》承认自己过去有的观点的错误，承认比较文学虽然在发源地已经衰落，而"在其他地方，比较文学却一派欣欣向荣"，它"正是作为一个坚实的研究领域"而存在的。她认为斯皮瓦克的意见过于"政治化"，当前比较文学的"核心问题是政治化的也是审美的"，强调对欧美经典文本在本土以外的作用的研究。看来，他们对比较—文学未来的发展方向，并没有看得很准。

2003 年春，时任斯坦福大学比较文学系主任的苏源熙教授受命组织一个委员会，为美国比较文学学会撰写第四个"十年报告"。与前三次不同的是，委员会不再经过商讨，写一篇共同署名的报告，而是各自为文，阐述自己对比较文学现状的认识。结果形成了 12 篇切入角度与观点各异的论文。在这一组论文中，苏源熙的长文应该是核心。未来比较文学的发展策略，是回到"文学性"研究，重新考察"文学性"观念，以新的视角重返具有新意和新见解的文学研究。其余论文有的提倡"世界文学"；有的看好"翻译研究"，有的推崇后殖民与女性主义研究等。这些文章从不同角度充分说明比较文学这一科学已经完全不再是传统的那个样子了。

比较文学是一门与时俱进，不断修正自己，在蜕变中不断完善的学科。现在也许正处在它发展变化的关键时刻，我们相信，它会像以往一样，在新的探索中又一次获得新的生命！

第三章　比较文学研究方法论

第一节　影 响 研 究

比较文学的基本任务之一，是研究各民族文学之间的相互联系、相互影响。但是，这种民族文学间的联系与影响，却是一种极为复杂的现象。究竟什么是影响，它包含哪些内容，它与模仿、改编等有什么区别、有什么联系，这些问题引起了学者们的讨论。

"影响"本身就是比较文学研究中十分关键的一个概念。法国学者曾经为它的复杂和不易掌握而感到困扰。它还曾一度成为美国学术界研讨的核心，一些著名的学者，如安娜·巴拉金、哈斯克尔·布洛克、克劳迪奥·纪延、约瑟夫·T.肖等都参加了漫长而热烈的讨论，在国际比较文学学会第一届大会的讨论会上，各种意见的分歧达到了高潮。

真正的影响，是当一国文学中的突变，无法用该国以往的文学传统和各个作家的独创性来加以解释时在该国文学中所呈现出来的那种情状。究其实质，真正的影响，较之于题材选择而言，更是一种精神存在。而且，这种真正的影响，与其是靠具体的有形之物的借取，不如是凭借某些国家文学精髓的渗透。一位作家和他的艺术作品，如果显示出某种外来的效果，而这种效果，又是他的本国文学传统和他本人的发展无法解释的，那么，我们可以说这位作家受到了外国作家的影响。影响是一种渗透在艺术作品之中，成为艺术作品有机的组成部分、并通过艺术作品再现出来的东西。一方面，这种影响无法从本民族文学的传统和作家个人的各种因素作出解释，因此，它是外来的；另一方面，这种影响表现为一种精神渗透，它消溶于作家的创作中，因此不着痕迹。

影响研究虽然主要是研究那些经过吸收、消化之后，与自己的作品水乳交融的外来影响，但它并不排斥那些有意的模仿和借鉴，也不排斥那些痕迹比较明显的影响。

影响研究的范围可大可小。从大的方面说，它可以研究一个民族的文学或者一种思潮和运动给另一个民族文学带来的影响。例如，中国文学对日本文学的影响，18、19世纪法、英、德诸国文学对俄国文学的影响，19世纪后期现实主义和自然主义思潮对欧洲各国文学的影响等。从小的方面来说，它可以研究一个民族的作家和作品对另一个民族的作家和作品的影响。例如，美国作家爱伦·坡在美国文坛尚未引起重视之前，却首先吸引了波德莱尔等法国象征主义诗人们的注意。他们大量译介爱伦·坡的作品和理论，把爱伦·坡视为自己的精神领袖。他们的诗作中随处可以找出爱伦·坡的那种阴郁和怪诞的美。正是通过他们的努力，爱伦·坡首先在法国和欧洲产生了影响，随后才获得了美国文坛的承认。这种情况就很值得研究。法国象征主义诗歌对俄国勃留索夫、布洛克、别雷等象征主义诗人们的影响是十分明显的，甚至我国的李金发、戴望舒、穆木天等现代诗人也受过法国象征主义的洗礼，写过象征主义的诗歌。有的学者曾正确地指出李金发在《弃妇》中把烦闷、时间、夕阳和灰烬等意象联系起来是"纯然波德莱尔式的"，而戴望舒《雨巷》中那响亮、曳长的韵律则令人想见魏尔仑《秋之歌》的音乐美。作品对作品产生影响的例子最典型的要推我国元杂剧《赵氏孤儿》对 18 世纪法、英、德、意诸国剧作产生的影响。《赵氏孤儿》在启蒙时代传入欧洲，引起了翻译家、批评家和艺术家的巨大兴趣，一时译作、评介、仿作、改作蜂起，法国有马若瑟的译本，英国有瓦茨、凯夫和帕西的译本，法国批评家阿尔央斯和英国批评家赫德都对这出戏作过较为详尽的评论，同时还出现了英国哈切特、墨飞，法国伏尔泰，意大利梅塔斯齐奥等人的改编本。墨飞的改编本在英国的演出获得了成功。特别是伏尔泰改编的《中国孤儿》更是广为人知，在西方文坛曾轰动一时。我们可以满有把握地说，倘若没有《赵氏孤儿》的影响，就不会有他的《中国孤儿》。

对于影响传播的方式，研究者也应给予重视。一个作家对另一个民族的作家的影响是直接产生的呢，还是间接产生的呢?当然，不少影响都是直接产生的，但也有些影响是间接产生的。例如，拜伦不仅对西欧各国作家影响很大，而且也对俄国诗人普希金产生过不小的影响。普希金十分尊崇拜伦，甚至在流放南俄期间还经常阅读拜伦的诗作，他的《高加索的俘虏》明显地表现出《恰尔德·哈罗尔德游记》的影响，这种影响显然是一种直接影响。但拜伦对莱蒙托夫的影响就不同，莱蒙托夫早年师法普希金，通过普希金接受拜伦的影响，而后期又直接借鉴拜伦，因此，拜伦对莱蒙托夫的影响就既有见接的一面（通过普希金），又有直接的一面。

影响研究还可以从影响的放送、接受、传播途径这三个方面来研究。从影响的放送一端来看，可以研究作家作品如何对外民族文学产生影响，一件作品在国外流传、演变的情况等。例如上面提到的《赵氏孤儿》在 18 世纪欧洲流传情况的研究，就是从放送的角度进行的。此外，如"歌德在英国""拜伦在法国""《茶花女》在中国"之类都是这类研究的典型例证。这类研究中所提到的作家、作品，大都在国外的文学界产生了重大的反响，研究他们在国外被接受的情况，不仅有助于人们认识文学之间的关系，而且特别有利于发现在民族（或国别）文学的研究中无法解答的问题。例如，对于爱伦·坡，人们很自然会发出这样的疑问：为什么他不是首先在美国国内发生影响，而是先在法国和欧洲产生影响，而后才得到国人的承认呢?通过研究他在法国和欧洲产生影响的经过，研究者发现，他所倡导的"为艺术而艺术"的主张与当时美国文坛强调思想内容的主流格格不入，因此，长期以来他在自己的故国未受到应有的重视。当然，他之所以不为同胞喜爱也还有另外一些原因，如他对美国作家的批评往往言辞激烈，褒贬失当，因而树敌较多，加上他为人乖张，好标新立异，因此也易遭人忌恨。但比较而言，这些因素仍居于次要地位。同美国的情形相反，他在法国受到了极大的推崇，波德莱尔、马拉美和瓦雷里等象征主义大师对他的赞扬不遗余力，他们把爱伦·坡看作自己的知音，从坡的作品中找到创作的依据。这就雄辩地说明，爱伦·坡的文学主张和实践与象征主义的诗歌理论多有不谋而合之处，也说明当时法国的文学气氛和环境对于坡和他的作品来说是适宜的。因此，自 1856 年波德莱尔开始译介他的理论和作品之后，他便逐渐在法国和欧洲受到了重视。

从影响的接受一端看，则可以研究作家借鉴、模仿、改编外民族作家作品的情况以及作品的外民族渊源等。例如，我们在研究莎士比亚时，就会发现他的许多作品的情节来自外国作品，如《错误的喜剧》取材于古罗马普劳图斯的《孪生兄弟》，《奥塞罗》取材于文艺复兴时期意大利作家钦提奥《寓言百篇》中的一个短篇小说，《安东尼与克莉奥佩特拉》等剧又取材于古罗马普鲁塔克的《希腊罗马名人传》。除了故事情节可以借用以外，人物形象也可以借用。不少论者认为，孙悟空形象的原形是印度史诗《罗摩衍那》中的神猴哈奴曼。另外，即使是文学作品中的意象、隐喻也可能有渊源。例如，闻一多先生曾写过一首悼念爱女的诗作《忘掉她》，这首诗不仅结构，连题目和中心意象都是从美国女诗人萨拉·蒂斯戴尔的一首诗借来的。蒂斯戴尔诗作中有：Let it be forgotten, as a flower is forgotten 和 Time is a kind friend, he will make us old 之类的句子，这些句子正是闻诗中"忘掉她，像一朵忘掉的花"，和"年华那朋友真好，他明天就叫你老"之类句子的出处。只不过闻一多把诗句锻造得更凝练，更富有音乐性，反复吟咏，能给人一种回肠荡气的美感。

无论从影响的接受还是放送的角度，我们都可以研究对外民族作家作品移植、改编和模仿的情形。

移植和改编，都是为了使外国原著能适合本国的国情和读者的接受习惯，其中必然经过改编者的创造性劳动。我们先来看两个移植的例子。1983年，北京实验京剧团改编上演了《奥塞罗》，这是将在文化传统上相距甚远的莎剧移植入京剧的一次有意义的尝试。中国传统的戏曲同英国伊丽莎白时代的戏剧有一些程式十分相似，例如，它们的道具和布景都比较简单，人物上场都念韵白，戏中一般都有独白和旁白等。二者间又有很大的差距，中国的戏曲以唱为主，而英国戏剧以白为主，中国戏曲的唱腔、表演动作都有严格的程式，人物的脸谱、服装、道具的使用都是高度象征化的，这些都是莎剧中没有的，而莎剧表演形式的多样性，人物形象的复杂性，又是京剧所没有的。这部移植的莎剧让奥塞罗踏着京剧的台步，和着四大件的韵律，唱着京剧中的各种唱腔，不禁给人一种似是而非，十分新奇的感觉。移植虽然引起了不同意见的争论，它的可行性尚有许多问题要商榷，但即便研究这种移植的不可行性也会有助于我们加深对这两种截然不同的戏剧的理解。美国意象派诗人庞德对中国和日本诗歌的兴趣是人所共知的。他在自己的诗作中夹杂了大量翻译的或根据翻译改写的中国古典诗歌和日本俳句，甚至把我们的方块字移入英诗中。庞德和他的诗友们的这些在我们看来古怪而又有趣的移植，在不少美国读者中引发了想要了解中国的愿望。

改编外民族的文学作品也是影响研究常要注意的领域。例如，我国早期上演的莎剧，就有根据《威尼斯商人》改编成的《女律师》《肉券》等，前者以突出鲍西娅的聪明才智为主，后者则把重心放在夏洛克的残忍和冷酷上。1980年在北京再次上演的《威尼斯商人》也是改编本，导演为了把这出戏处理成"抒情喜剧"，删除了原剧中犹太商人夏洛克和威尼斯基督徒之间的矛盾，而这种宗教矛盾正是夏洛克作为被歧视的犹太人，仇恨安东尼奥，充满报复心理的思想基础，也是全剧的戏剧冲突赖以成立的逻辑依据。删掉这一矛盾，就大大削弱了夏洛克的形象，使他一方面受人歧视、侮辱，另一方面贪婪、狠毒的复杂性格变得简单了，他的形象中那引人同情的一面失掉了，只剩下遭人痛恨的一面，从而减弱了艺术感染力。这种简单化的处理显然是不妥的。1925年，德国舞台上演出了克拉朋改编的元杂剧《灰栏记》。改编者虽然保留了原作的大体情节，但几个主要人物却被改得面目皆非，如原作中的马员外不过是一个极平常的财主，克拉朋却把他写成了一个毫无心肝地盘剥老百姓的资本家，由于张海棠纯洁善良美德的感化，痛改前非，变成了好人；包拯作为这出公案戏的主角，在原作中只是中国封建社会一个正直、机智的清官，断明了争子争产一案，替张海棠申了冤，但在克拉朋的笔下，他不仅最后当了皇帝，还是一位风流情种，居然晚上闯入海棠的住宅去同她谈恋爱。此外他还按照西方的习俗作了许多细节上的改动，而这样的改动在中国根本不可能发生。这样的改编虽然使德国观众易于接受，但却令中国读者捧腹，因为原作中的许多中国味儿丧失了。改编外国作品的例子是很多的，情况也十分复杂，有的获得了成功，有的却遭到了失败。但不管是哪种情况，改编都反映了不同民族、不同文化间的交流和影响，对各民族文学的发展产生了很大的推动作用。

文学中的模仿，是指作家依据另一个民族作家的作品来进行写作，它虽不像翻译那样完全忠实于原著，但尽可能保存被模仿的对象的特征。模仿的对象可以是本民族的前辈大师，也可以是外民族的经典作家。比较文罗马文学是对希腊文学的继承和模仿。进入中古时代以后，西欧各国文学出现了第一次交流，基督教信仰和拉丁文化的一致性形成了中世纪宗教文学、骑士文学的共同基础，在共同的宗教背景上，罗曼语族文学和日耳曼语族文学之间出现了频繁的接触和交流，表现了明显的相互影响。文艺复兴时期产生了西欧文学的第二次交流。当时各国的人文主义者高举反封建、反教会、要求解放人性、反对禁欲主义束缚的大旗，倡导古代希腊罗马的文明。在文学上则要求模仿希腊、罗马的大诗人。正是这种对古代文明的景仰，对古代作家的崇尚和模仿，把这个时期许多不同民族的作家联系在一起。第三次大的交流产生在启蒙主义时期。当时法国出现了伏尔泰、孟德斯鸠、狄德罗和卢梭这样杰出的人物。他们既是文学家，又是思想家。他们继承了人文主义的传统，提倡自由、民主、博爱的精神，推崇理性，要求个性解放。他们的思想吸引了欧洲各国文人的注意。在文坛上，法国古典主义文学产生之后引起各国文学的竞相模仿，法语在欧洲上层社会的普遍流行对这种模仿起到了推波助澜的作用。与此同时，笛福、斯威夫特、菲尔丁、理查逊等英国小说家以及歌德、席勒等德国作家，也在整个欧洲产生了影响。这样就形成了在古典主义——启蒙主义旗帜下欧洲各国文学的交流。第四次大的交流产生在浪漫主义时期。随着浪漫主义思潮在整个欧洲的传播，各国文学之间的交流呈现了更大的规模。浪漫主义作家们频繁地相互访问，他们的作品被译成各种文字在不同民族的读者中流传。拜伦、雨果、斯达尔夫人和施莱格尔兄弟成了整个欧洲共同的人物。

从中外文学的关系看，交流和融会的现象也长期存在。特别是自汉末佛教传入中土之后，中国文学和印度等国文学的交流不断扩大，而从近代直到"五四"以后，欧洲、俄苏和美国等国的文学被大量引进，对中国的新文学产生了不可估量的影响。从世界的范围看，东西方文学、各民族文学之间的交流，在本世纪达到了前所未有的程度。随着交通、通信、印刷、影视等各方面的高度现代化，不同民族作家之间的互访在数小时甚至几十分钟内就可以实现，一部好的作品一经问世就能迅速传遍世界。在这样的背景下，任何一个民族文学的孤立存在已经成为不可能。文艺作品的产生和存在不受外来的影响，或者不对外民族的文学发生影响已是不可思议的事。过去那种只从民族（或国别）文学的角度去研究文学的方法已显得视野狭隘，方法陈旧，而从各民族文学的交流和影响出发去研究文学就不仅获得了一个更广阔的视野，可以从宏观上探索文学的本质和规律，而且可以从不同的侧面，从各种联系中研究作家和作品。

第一，影响的事实联系论。不同文学之间的交流和影响首先表现为一种事实上的联系。一个作家接受或者给予另一个民族文学（或该民族的某一作品）的影响，常常可以找到事实上的证明。如果一个作家根本没有读过另一外国作家的书，或者根本不了解该作家，也没有通过间接的途径与该作家发生某种关系，要说这位作家接受了外来的影响，那是不可想象的。影响的产生是建立在"事实"的基础上的，只有从事实出发，才能进一步探讨深入的影响。因此，影响研究往往要从事实的讨论开始，进而研究作家、作品之间的来龙去脉、相互联系，并在此基础上进行分析和解剖，导出客观、准确的结论。

第二，影响的历史意识论。影响研究既然以"事实"为依据，它必然要强调一种强烈的历史意识，也就是注意文学现象、观念、作品、文类的发展演变，以及它们与时代的联系，与别的作品的联系。文学现象、观念、作品、种类既是时代和社会的反映，也是时代和社会的产物。从纵的方向上看，它们必然有其传承流别的各种关系，这种关系也就是文学之间的相互影响。影响研究者必须具有历史的意识，把研究对象放到一定的历史背景中来加以考查，否则，这样的影响研究是不会有收获的。

第三，影响即对创作活动的理解论。任何影响的理论都包含着对艺术创作活动本质的理解。探讨文学的影响，实质上是对创作活动或创作过程的探讨，不论这种探讨是有意识的，还是无意识的，它归根结底要涉及创作过程中有哪些外来因素被吸收、同化，这些外来因素是怎样被吸收、同化，外来因素和民族的、传统的因素怎样相互作用以及最终是怎样产生出一种新的艺术的。这样的研究必然要从模仿、借鉴等外在因素的探讨深入到创作背景、创作个性、乃至创作过程的各个方面。它将不仅是事实的考据，而且也是对创作活动从社会、历史、文化、心理等各个方面进行的全面研究。

艺术创造活动是一个不断的、极其复杂的过程，是从一种状态向另一种状态的运动。在这样一个运动和变化的状态下，外来的因素（包括自然、社会、历史中的各种可以激发想象的印象和材料，前人或同代人的艺术经验，等等）会随时被吸收、消化、传递、重新组织到艺术家自己累积的经验中。那种认为艺术是一种与任何外来因素无涉的、绝对的、封闭的创造的观点是站不住脚的，那种认为艺术创作只需要天才和灵感的观点也是站不住脚的，固然，艺术创造与艺术家本身的天赋有很大的关系，但没有后天的修养与学识，天赋就不能发挥作用。杜甫所谓"读书破万卷，下笔如有神"，充分说明了后天的学识在艺术创造中的重要作用。事实上，天赋与学识二者不可偏废。

从具体的方法来说，影响研究在初级阶段主要采用考据的方法。这种方法要求科学性和历史性，也就是要在广泛搜集材料的基础上，对事实和证据作严密的、审慎的考证；而在高级阶段，则以事实为依据，采用分析、归纳、推理、判断的方法导出结论。

从研究的步骤来看，大体上可以有以下几个阶段：

第一，影响存在的提出。研究者最初提出影响的存在往往表现为一种假设。这种假设常常是在对两部（或两部以上）不同民族的文学作品进行比较的前提下形成的。研究者比较了 A 作品和 B 作品之后，发现了某种类似（主题、题材、人物、情节、意象等），并了解到 A 作品的发表时间早于 B 作品，他才可能提出 A 作品对 B 作品曾有过影响的假设。当然，假设也可以首先根据作家之间的某些关系作出，然后再从作品本文的研究来求证这种关系。

第二，材料的搜求和考订。形成假设之后的第一个环节便是搜集考订材料。一般来说，假设 A 作家对 B 作家有过影响，必然还要包含一些具体的内容，如这种影响表现为一种什么样的联系，通过怎样的途径传播，传播的过程中有哪些具体情况，等等。这样，材料的搜集就有了重点，假设的求证就有了方向。材料的搜集可以从任何地方去进行，没有什么限制。可以从其他的文学作品中获得，也可以从报刊杂志的评论、介绍中获得。我们既可以翻检作者的传记、书信、日记、回忆录、游记、访问谈话录，也可以从其出版情况、版本评论、翻译情况等途径获得，甚至还可以从有关的历史、考古学、人类学、社会学的研究成果和著述中获取。一般地说，研究者往往是从考证作者读过的外国作家的书籍起步，从而去进一步搜集有关影响的材料的。对于二三流作家的作品和那些不大为人所知的报刊杂志等也不要忽视，因为也许正是在这些地方，储存着研究者所需的可贵资料。在材料的搜集中当然还有一个辨伪的问题，这就要求研究者特别注意材料的准确性。大体来说，对于年代久远、不甚具有权威性的版本、期刊、杂志等要特别注意。总之，审慎和细密是研究者在事实考订中应有的基本态度。

第三，假设的证明。影响存在的假设能否获得证明，需要在材料搜集考订的基础上对假定受影响的作品作具体的分析。这就是说，在获得材料之后，研究者仍然要回到作品上来，探索这一作品形成的过程。这种研究不可避免地要涉及作家的创作活动。有的论者曾经指出，影响研究的开始必然是对艺术作品发生学的研究。这一观点无疑是正确的。只有紧密结合艺术品的发生和形成过程来进行价值判断，才能确定那种假定的影响究竟是否存在。如果原先提出的假设不能获得证明，那就或者被推翻，或者成为有待进一步证明的推论。例如，研究者发现卡夫卡十分了解和崇敬福楼拜，检索他的日记、书信，可以找到许多材料说明这一点，于是假定福楼拜对卡夫卡的创作发生过影响。但是进一步研究却发现，卡夫卡敬仰福楼拜主要是赞美他的人格，而对他的艺术却兴趣不大；仔细研讨卡夫卡主要作品的创作过程，也找不到有力的证据来说明这种影响，这样，原先的假定就自然被推翻了。另一方面，也有可能出现这样的情况，从作品的分析和判断中，发现了某种非常可能的联系，但一时没有找到充分的事实来证明这种联系，这样的假定就只能成为一种尚待证明的推论。

第四，影响的深入研究。结合已经考订的事实，对作品的创作进行深入的研究，不仅可以证明假定的影响存在与否，还可以看出影响的程度，以及这种影响如何被吸收到受影响的作品之中，如何把两个不同民族的作家或作品联系起来，如何使一个创作过程中的因素转变成另一个创作过程中的因素，这样的研究不仅涉及了创作活动的美学，也可能有助于对文学本质和规律的认识。

作家所受的影响常常不是单一的，很可能是多元的。因此深入的影响研究往往不是从一个角度，而是从各个侧面来研究一个作家所受的外国影响。梵·第根把这种方法称之为"圆形的研究"。巴尔登斯伯格在他的《巴尔扎克作品中的外国倾向》一文中就对这位一代宗师的外国影响作过圆形的研究。我们看到这位浸淫于自己的时代和民族文化传统而又没有多少书卷气的小说家，原来受过种种的外来影响。这些影响可以追溯到阿拉伯的《一千零一夜》，英国的哥特式小说，戈德温的《凯莱布·威廉斯历险记》，斯特恩的《商第传》，司各特的历史小说，库柏的"皮袜子小说"，歌德的《少年维特的烦恼》和《浮士德》，霍夫曼的短篇故事，里希特的《梦》，薄伽丘的《十日谈》，邦戴罗的短篇小说，甚至还有瑞士神学家拉瓦特的人相学，瑞典哲学家斯韦登堡的神秘哲学等。显然，"圆形的研究"是影响研究中较好的方法，它能使人们对作家的创作有一个全面、深刻的认识。

鲁迅所受的外来影响也是多方面的。对他一生创作发生过较大影响的作家就俄苏来说，有果戈理、契诃夫、迦尔洵、安特莱夫、阿尔志跋绥夫、爱罗先珂、陀斯妥耶夫斯基、普希金、托尔斯泰；就东欧来说，有裴多菲、密茨凯维支、显克微克；就北欧来说，有易卜生；就西欧来说，有尼采、拜伦、雪莱；就日本来说，有厨川白村、有岛武郎、夏目漱石等。目前已有不少学者研究鲁迅和外国文学的关系，并尝试作"圆形的研究"，取得了一定的成果。

影响研究从产生的时刻起，就不断受到来自各方面的挑战。

有一种意见认为，文学史上的天才和杰作是独特的，不能相互归纳、相互联系。这种意见把研究一个作家所受的影响，探讨一部作品的渊源，谈模仿，谈借鉴，看作是对作家的独创性的否定。这里涉及对于独创性的理解问题。我们认为，独创性和外界影响并不是互相排斥的。难道作家可以不接触社会、不接触传统，不接触任何外来影响，在完全封闭的状态中"独创"出伟大的作品吗?也许有人会说，作家的创作可以依靠自己积累的生活经验，无须外来影响。但是，这样的说法仍然是站不住脚的。试问，作家的"生活经验"是什么?他的"积累"是从哪里来的?难道可以是天马行空、独来独往般的经历吗?难道可以在真空中积累吗?事实上，当作家观察体验生活的时候，在他对生活现象进行分析提炼的时候，民族文化的传统，外来的影响，都在起着作用，不管作家本人是否意识到这一点。所以作家的经验正是他向生活学习，向传统学习，向前人和同行学习的总和，是民族传统、文化素养、外来影响在他意识中的积淀，只有在丰厚的土壤上才能开放出灿烂的艺术之花。这里所说的土壤，首先是民族文化传统，然而，要谈到土壤的"丰厚"，怎么可以没有外来的养分呢?可见，离开传统，离开影响来谈作家的经验是不可能的。没有传统，没有"影响"也就谈不上"独创性"。其实，独创是建立在接受遗产和影响的基础上的，只有以传统为依托，不断借鉴他人，吸收外来的营养，才可能生产出杰出的新颖的艺术品。

还有一种意见认为，"模仿"是低能的表现，总是跟着别人邯郸学步，怎么能创造出独特的艺术品呢?这种意见自有它正确的一面，对那些专事模仿无意创新的作家来说，要求他们从亦步亦趋的状态中解脱出来无疑是正确的，但我们不能因此而否定模仿的意义。实际上，任何作家在创作中都存在着模仿。一般来说，在创作之初，作家们往往会有意无意地模仿某种风格、某种形式、某种技巧、甚至某种题材。即便是在创作经验极为丰富的时候，也很难说他一点都不模仿，只不过那时的模仿已经无迹可求，进入化境罢了。至少我们可以说，模仿是作家在学习创作时的必然阶段。正是幼稚、机械的模仿导致作家在不断吸收外来影响的基础上，形成自己的创作风格和特色。

对影响研究的第三种挑战有较为复杂的历史背景，严格地说，这种意见并不是针对影响研究本身，而是针对某些法国学者把影响研究推向极端的做法。

西方近代科学史上最重要的变化之一是科学方法的诞生。由培根、伽利略、笛卡儿等人提倡的实验的方法则是这种科学方法的核心，无论是定性分析还是定量分析，都十分重视因果关系的探讨。由于科学方法的采用，导致了自然科学各个领域中一系列重大的突破。举凡一个自然现象的解释，一种新的物质的发现，一个新的定理的提出，一个新的公式的推导，一个新的理论的建立，无不包含着因果关系的假设和证明。自然科学的研究方法对社会科学的各个分支产生了重大的影响。许多人相信这些方法同样可以运用到文学研究领域中，力图按照自然科学的模式，以因果关系来解释一切文学现象。正是在这样一个社会背景下，早期的比较学者把因果关系的考察看成影响研究的一个法则，探索以某一件外国作品或者某一个外国渊源来解释另一件作品的途径。他们往往从渊源、借代、模仿、改编等方面去找原因，而在影响的接受者方面看结果，把文学的比较研究化成了简单的、机械的因果模式，完全忽视了审美的判断和哲学的思考。

毫无疑问，19 世纪科学研究方法的进展，给社会科学工作者以极大的启发，他们尝试在自己的领域里引进自然科学的方法，致使许多社会科学的分支发生了巨大的变化。特别是与自然科学邻近的那些学科，如心理学、考古学等领域，由于引入因果论的模式而获得了很大的进展。然而，文学毕竟有自己的特点，在文学研究中试图用一件作品去解释另一件作品，把它们的关系化成单纯的因果关系既是不明智的，也是不可能的。我们说过鲁迅的"狂人"曾借鉴了果戈理、尼采、迦尔洵、安特莱夫笔下类似的形象，然而我们不能因此而把他们归结为原因，把"狂人"归结为结果。文学创造的过程和文学影响发生作用的过程是极其复杂、极其微妙的。不错，鲁迅的"狂人"身上闪现着上述外国作家的"狂人"（或"疯人"）不同角度的侧影，但他既不是上述任何一位外国形象个别的再现，也不是他们集合的摄影，而是一个完全崭新的形象。应该说，它是鲁迅在借鉴上述外国作家基础上的一个创造性的升华。可见，完全从自然科学的因果论来解释文学间的影响是不科学的。

不过，我们只是反对在影响研究中强调因果关系的偏颇，并不是否定影响研究，正如我们前面说过的，从事实出发，研究"影响"的各个层面，最终探索"影响"如何在复杂的创作过程中产生作用，如何催化甚至参加孕育出新的艺术花朵，正是影响研究的任务。

第二节 平 行 研 究

在比较文学中，所谓"平行研究"，就是要将那些"相似""类似""卓然可比"，但是并没有直接关系的两个民族（或几个民族）文学，两个（或多个）不同民族的作家，两部（或多部）属于不同民族文学的作品加以比较，研究其同与异，并导出有益的结论。这样的研究有两个方面与影响研究不同。第一，由于尚未发现或者根本就不存在作家作品之间的"事实联系"，因此，它就无从像影响研究那样去考稽事实，追溯源流，探索影响，而是从一开始就比较异同，然后进行价值判断和审美思考，最终导出结论；第二，平行研究打破了时间、空间、质量和强度方面的限制。这就是说，处在不同时代、不同地域，具有不同地位和影响的作家和作品都可以在具有可比性的前提下，作平行的比较研究。例如公元 712 年出生的杜甫可以和比他晚一千多年的歌德比较；中国戏剧家汤显祖也可和远隔千山万水的英国戏剧家莎士比亚比较，作为世界第一流短篇小说家的契诃夫和莫泊桑，可以互相比较，在世界戏剧史上算不上第一流的戏剧家高乃依也可以和第一流的剧作家莎士比亚比较。这样看来，平行研究的范围是相当广泛的，相比之下，影响研究的范围就小得多，因为它要求以"事实联系"和实际的影响作为研究的前提，但有事实联系和实际影响的作家、作品毕竟是有限的。所以平行研究的范围无论如何要比影响研究大得多。

平行研究还提出了文学与其他艺术、文学与心理学、文学与思想史，文学与宗教等其他学科的科际比较，这就是比较文学中的跨学科研究。关于跨学科研究，我们将在第五章讨论。

平行研究通常包括了对文学的主题、题材、人物、情节、风格、技巧，甚至意象、象征、格律等的比较，此外还包括文学类型、文学史上的时期、潮流、运动的比较，自然也包括对作家、作品的全面比较。

不同时代、不同民族的作家、作品可以写类似的主题，从这一角度进行平行研究是很有意义的。例如，曹雪芹的《红楼梦》，托马斯·曼的《布登勃洛克一家》和马丹·杜伽尔的《蒂波一家》，都是写家族历史的小说，这些作品规模宏大，人物众多，线索错综，背景广阔，通过数代人在事业、爱情、婚姻、财产等各方面的纠葛，真实细腻地描绘出几个家族由兴盛发迹到衰败没落的历史图卷。这类作品中家族盛衰的历史不过是社会发展的一个缩影而已，它们要说明的，实质上是时代的风云变幻。这些作品在表现这一相似的主题时必然会有各自的特色和不同的角度，呈现出类同中的差异。因此，深入探讨和比较其异同，不仅有助于我们理解这些作家的作品，而且有助于我们理解他们各自的时代。再如，同样是写女儿对父亲忤逆不孝的两部作品：莎士比亚的《李尔王》和巴尔扎克的《高老头》，由于它们所反映的历史、时代、环境以及道德规范的不同，两位作家在表现这一共同问题时，又必然表现出复杂的差异。此外，描写青年男女忠贞不渝的爱情，讴歌他们为追求个人幸福而对封建势力大胆反抗的精神，是古今中外许多作品表现的共同主题，为我国人民所熟知的《孔雀东南飞》《梁山伯与祝英台》《西厢记》《红楼梦》《罗密欧与朱丽叶》《十日谈》中的许多故事和朝鲜的《春香传》等，都可以就这一主题进行平行研究。

题材的类似和差异也是平行研究常常涉及的一个方面。不过，类似的题材常常有共同的来源，特别是那些取自神话、传说、民间故事、历史事件的题材。因此，在这一领域中的平行比较往往和追流溯源的影响研究相结合。例如，英国伊丽莎白时代的戏剧家克里斯托弗·马娄的《浮士德博士的悲剧》(1604)和歌德的《浮士德》都是根据中世纪德国关于浮士德把自己的灵魂出卖给魔鬼的传说写成的。这两部作品虽然在题材上同出一源，各自都可以作渊源的探讨，但彼此并没有直接联系。同一题材经他们以不同的方法处理后，在相似的同时又表现出各自的特点。此外，普希金也写过一个百余行的对话或抒情诗《浮士德》一幕。这首诗作于1825年，当时歌德的《浮士德》第一部早已完成。我们推测普希金可能通过法文读过歌德的作品。另外，还有一些别的迹象也说明这两位作家之间有直接关系。据说歌德曾经通过一位旅游者向普希金馈赠一支带有华丽套子的羽毛笔，上面刻有"歌德馈赠"的铭文；俄国诗人、翻译家茹科夫斯基曾经两度去德国拜访歌德，那时歌德正在写《浮士德》第二部，茹科夫斯基完全有可能向歌德谈起普希金的《浮士德》一幕。当然这不过是一些尚待证实的推测。如果两位作家之间的直接关系获得证实，这里就有一个影响研究的问题。但他们相似的题材无论如何是可以进行平行研究的。

作品中情节的类似也可以成为平行研究的一个方面。例如，唐朝杜荀鹤在《松窗杂记》中记载的一则故事就与古希腊神话中关于皮格玛利翁的故事有着大致相似的情节。故事说，唐朝时一位名叫赵颜的进士在一位画家那里看到了一幅画，画上是一位容颜美丽的女子，他看得入了迷，就对画家说："这样美的人世上再没有第二个，我要能娶她作妻子就好了。"画家说，"如果你果然有此诚心，事情一定能成功。我这画是神画。画上的女郎叫真真。你可带回家去，白天黑夜叫她的名字，一刻也不要停，待到一百天满了，她就会应声而下。然后你就拿从百家取来的绿灰和酒给她喝下，她就活了。"赵颜买了这幅画，回家后，照画家的嘱咐办事。真真果然活了，赵颜大喜过望，和她结为夫妇，一年后还生了一个儿子。皮格玛利翁是古希腊神话中的塞浦路斯王，也是一位技艺高超的雕刻家。他厌恶女性的浪荡，一生不近女色，只醉心于自己的艺术，但却不知不觉地迷恋上自己雕成的一尊大理石少女像。在爱神阿佛洛狄忒的帮助下，这尊雕像就像上面那个中国故事里的画中女郎一样获得了生命，变成了一个楚楚动人的女子，名叫加拉蒂亚，与皮格玛利翁结为夫妇，并生了一个女儿。明代的戏剧家吴炳曾经采用真真与赵颜的故事写出了情节与之大体相同的剧作《画中人》，而皮格玛利翁与加拉蒂亚的故事在罗马作家奥维德的《变形记》、英国17世纪诗人马斯顿的诗歌、英国19世纪作家莫里斯的叙事长诗《人间天堂》，以及稍后的英国剧作家吉尔伯特和肖伯纳各自的剧作中获得了情节类似的再现。把上述这些情节大致相似的作品加以平行比较，对于进一步理解情节在文学作品中的作用和意义，无疑会有助益。

我们还可以平行比较类似的人物形象。例如，有人把杜十娘和茶花女、王熙凤和郝思嘉、阿Q和堂·吉诃德、杨贵妃和克莉奥佩特拉等中外文学形象作了平行比较。这些人物在性格特征上不仅可能有某些外在的类同，而且可能有某些内在的、本质的相似，当然，他们也不可避免地会有许多根本的差异。从比较的角度深入研究他们的同和异，可以帮助人们认识典型性格塑造方面的一些规律，至少可以加深我们对这些典型人物的理解。

文学作品的背景也可以作平行比较。例如，英国小说家哈代笔下透着阴郁情调的爱敦荒原，与美国作家爱伦·坡笔下充满恐怖的古老城堡，可以作为作品的典型环境进行平行研究；狄更斯作品中的伦敦，卡夫卡作品中古老的布拉格和索尔·贝娄笔下的芝加哥，同样可以作为西方文学中典型的都市背景加以比较。

旅行是西方文学中常见的、古老的背景。塞万提斯的《堂·吉诃德》，约翰·班扬的《天路历程》，狄更斯的《匹克威克外传》，马克·吐温的《哈克贝利·费恩历险记》，斯坦贝克的《愤怒的葡萄》和海明威的《老人与海》都写了一个陆上或水上的旅程，从比较的角度对这样的文学背景作平行研究必将增进我们对作品中的人物和事件以及作品总体的理解和把握。

除了在内容上从不同的角度去进行平行比较外，我们还可以在形式上作平行比较。通常可以比较的领域是文体风格、创作技巧、意象、象征、格律等。

例如在文体方面，我们如果将荷马与莎士比亚、但丁与弥尔顿加以比较，也许可以得出他们的文体均有雄浑、壮美的相似处；我们如果将法国的《罗兰之歌》、西班牙的《熙德之歌》、德国的《尼卜龙根之歌》和俄国的《伊戈尔远征记》的文体作平行比较，那就会发现这几部著名的中古英雄史诗都是从民间传唱文学的基础上发展演变而来的，它们不仅使用了民间文学中大量的俗语、俚语和套语，并且保留着适于吟唱的形式，但不讲究韵律。如，《罗兰之歌》常用三言两语、简洁明了的描写法，还多用重叠和对比，诗行不押韵，只求谐音；《熙德之歌》多用口语语汇，诗行长短不一，以顺口动听为主而不论韵律；《尼卜龙根之歌》则采用四行一节，每行中有一个停顿的形式，便于民间艺人吟唱；《伊戈尔远征记》采用了很多套语、固定修饰语以及民间常用的象征、哭诉、比喻等手法。上述文体特征无疑显示着和民间文学的渊源关系。

在创作技巧上，我们可以将采用同一手法的作家和作品加以比较。例如，我们可以平行比较乔伊斯的《尤利西斯》、普鲁斯特的《追忆逝水年华》、福克纳的《喧哗与骚动》和《当我弥留之际》以及沃吉尼亚·伍尔芙的《到灯塔去》与《海浪》等采用意识流手法的作品。通过研究他们采用这一手法的异同，增强对这一创作手法的认识。另外，我们还可以比较莫泊桑、契诃夫、马克·吐温、欧·亨利、亨利·詹姆斯、爱伦·坡等短篇小说大师在叙述结构和方法上的异同，从而更深入理解短篇小说的艺术特性。

我们还可以平行比较类似的意象。例如，《李尔王》中的暴风雨、《呼啸山庄》中的荒野、《厄舍古屋的倒塌》中破败的城堡就是一组可以平行比较的隐喻式的意象；约翰·邓恩、艾略特和波德莱尔往往在自己的诗作中采用隐喻式象征；布莱克笔下的"老虎"（《虎》）和海明威笔下的"豹子"（《乞力马扎罗山的雪》）是典型的神秘性象征，把这类象征作平行研究，显然是有意义的。

文学类型的比较研究自然可以是小说、戏剧、诗歌之类主要的文学体裁的研究，也可以是流浪汉小说、书信体小说之类的亚类的研究。例如·我们可以通过英国理查逊的《克拉丽莎》、法国卢梭的《新爱洛依斯》以及歌德的《少年维特的烦恼》等作品的平行比较，更好地理解"书信体小说"这种文学类型。

除了文学类型之外，文学思潮与运动也为平行研究提供了广阔的园地。例如，研究浪漫主义在欧洲的发展，平行比较德、法、英诸国的浪漫主义文学运动，将有助于我们从整体上理解浪漫主义。再如，对法（尤奈斯库、热内）、英（贝克特、品特）、美（奥尔比）等国的荒诞派戏剧进行平行比较，将有助于我们对"荒诞文学"这一流派的理解；同样，研究法国的萨特、奥地利的卡夫卡和美国的"黑色幽默"小说家，将有助于我们理解存在主义文学思潮。

平行研究和影响研究不同，它强调的不是文学作品的渊源和发生，作家作品之间的相互影响，也不是文学影响赖以传播的媒介，它强调的不是作家、作品之间的各种外部联系，而是作品的内在的诸种因素，作品本身的美学价值，因此，它不能像影响研究那样，采用历史的、考据的方法，而要采用哲学的、审美的、批评的方法，即通过不同民族作家作品之类同和差异的比较或对比，寻求文学的共同本质和共同的美学基础。从这一意义上讲，它比影响研究具有更多的理论价值和普遍意义。

这样说来，平行研究是不是可以漫无边际地将不同民族的任何作家、作品拿来作比较呢?或者将各种文学中的任何现象毫无选择地拿来作比较呢?我们说，平行研究的范围虽然远远大于影响研究，但它毕竟不能没有依据，这就在理论上提出了一个"可比性"和"文学性"的问题。

作为平行研究的对象的文学现象，往往同时具备相同与相异的两重关系。它们是同中有异，异中有同，而且在这种异同关系中显示出某种规律性的东西。在研究工作中，我们把文学内部和文学与其他领域的"同"加以比较，可以发现它们到底"同"在哪些地方，何以有这种"同"，这种"同"说明了什么，从这种"同"中我们可以得出怎样的结论。另一方面，把文学内部或文学与其他领域的"异"加以对比则可以发现，它们到底"异"在什么地方，何以有这种"异"，这种"异"说明了什么，从这种"异"中我们可以得到什么结论。对文学中的"同"和"异"这两个方面作深入的比较研究，并对从这两方面获得的结论加以综合，就可能对寻求文学的共同规律和美学本质做出贡献。

从根源上看，文学属于人文科学，人文科学是人类的创造物，它体现了人类的思想、愿望、感情，并为人类的需要服务，因此，任何人文现象都会超越时空的界限，反映某些共同的东西，蕴涵着某种类似的成分。例如，从文字的起源看，许多不同民族的文字最早都是象形文字，不论是汉语、埃及语、克雷特语，"日""月""山"之类的字都是从太阳、月亮和山脉的图像逐渐演变而成的；从艺术的起源看，不同民族的艺术都起源于初民的原始艺术，而这种原始艺术的起源则有许多类似的可能性（模仿、游戏、劳动、巫术、交流思想感情的需要、季节的变换、性欲的宣泄等）；不同民族的习俗和宗教也会表现出某种类似，如南俄、非洲、亚述、巴比伦、巴勒斯坦等地都有弑王的土俗，许多原始的民族都有大致类似的人体装饰手段，这种装饰的目的多半是为了吸引异性的注意。

从文学本身看，人类的共同需要和愿望在类似的自然和社会环境中，就可能产生出类似的文学现象，例如，各民族最早的文学形式往往是诗歌，戏剧的产生大都与宗教仪式有关，小说的产生大都与城市的兴起有关。不同地区的"英雄传奇"的形成也有类似和雷同之处。

此外，文学作为人类社会的一种意识活动，有它自身的规律和特点，因此，凡是属于文学范围内的东西都会有某些方面的类似。属于同一类型的文学作品，尽管处于不同的时空中，可能在某种程度上具有这一类别的特征（例如我国古典文学中的"话本""拟话本"和西方的"story"，都是短篇小说，尽管时代背景相异，却都会有短篇作品的某些共同特征）；属于同一文学潮流运动的不同民族文学可能在不同程度上打上这一潮流或运动的印迹（例如，德、法、英、意等民族的浪漫主义文学，文艺复兴时期欧洲各民族的文学，遍及世界的现实主义文学等等）；属于同一流派的不同民族的作家也会有某种类似的特点（例如，同属于未来主义的意大利作家马里内蒂和苏联诗人马雅可夫斯基）；那些处于相似的客观环境，具有类似经历、教养和禀赋的作家，自然会有某些类似的东西，这些都是不言而喻的。

关于文学类同现象产生的原因，有一种理论曾引起广泛的注意，并为许多比较学者所接受。这种理论就是俄国比较文学的先驱维谢洛夫斯基提出，后经日尔蒙斯基等人发展了的"平行回现论"（或译"个别阶段论"）。这一理论的要点是：在社会历史的发展过程中，在相似的历史文化环境里，不同民族的文学会出现重合与类似现象。这样的重合与类似是自成系统的，不必考虑作品的起源、地域、年代以及影响，只要注意文学发展中个别阶段的类似就可以了。根据这种理论，国际文学现象产生的类同，部分原因来自不同民族间的文化交流，部分原因则来自人类社会历史发展中的一致性和规律性。

总之，文学中的类同和相似现象是大量存在的。这种类同现象的客观存在就为平行比较中的类同研究提供了理论依据。通过类同研究，在毫无时空联系与接触的文学现象里，考察作家之间、作品之间、文类之间、潮流之间、流派之间的类同点和亲和点，可以加深我们对研究对象的认识与理解，进而归纳出文学的某些内在的规律。

文学中的"异"，主要表现在文化传统与民族个性方面。换句话说，这种差异主要表现在民族性上。不要说属于不同文化背景的诸民族文学（属于西方文化传统的欧美诸民族文学和属于东方传统的中、印、日、朝等各民族文学）之间存在着差异，就是属于一个共同文化传统的民族文学，也会在相似的背景上表现出形形色色的区别。韦勒克在一篇讨论德国浪漫主义和英国浪漫主义的文章中，首先指出欧洲浪漫主义文学运动中各民族文学在关于自然与人的关系、诗的概念、想象力的作用和性质，甚至诗的文体风格、意象、象征、神话等方面有着一致的理解和实践，随后即详尽地探讨了德、英两国的浪漫主义文学之间存在的"明显的、惊人的差异"。例如，在文学类型方面以散文而论，英国浪漫主义时期的小说，主要是司各特的历史小说，而这种历史小说与18世纪英国的哥特式小说、社会风俗小说有着传统上的承继关系；在德国，从歌德的《威廉·迈斯特》之类的"启悟小说"（或译"教育小说"）发展演变而来的一种把幻想与讽刺混合起来的新类型，成了小说的重要形式。在诗歌方面，德国的抒情诗与英国抒情诗——颂歌、抒情民谣和沉思的无韵诗等不同，是一种"编造的民歌"，这种文体像民歌一样。通常每节四行，有优美的音韵和节律，追求音乐效果。比较而言，德国抒情诗不像英国诗那样有社会意义和逻辑性，缺乏艾略特所说的那种"客观对应物"，往往是诗人主观和下意识情绪的自然流露。

从上面这个例子可以看出，民族性是平行比较中"异"的基本表现。19世纪后期，当比较文学观念日趋成熟，也就是越来越多的人倡导从整体上研究文学的时候，文学的民族性并非日趋减弱，而是日益得到了强调。斯达尔夫人用一个著名的比喻暗示了民族性在比较文学中的重要意义。她认为每一个民族都像一支管弦乐队中的一件乐器，各有自己独特的音色和作用，各有自己的地位，只有在每一件乐器都发挥自己的特色时，演奏才能浑然一体，成为一部完整的交响乐。这就说明，每一个民族文学都有自己不可移易、不可取代、不可合并的独特性格。还有的学者把民族文学比作一部飞速运转的机器中的零件，它们同样各有自己的位置和作用。平行研究在认识到各种不同文学间的类同时，也必须看到它们之间的差异。这种类同和差异的客观存在以及对它们的认识，为平行研究提供了可比性的标准。

各种文学间的"同"和"异"的存在，往往呈现出复杂的形态，同中常常包含着异，而异中又往往包含着同，乍看是类似，而深入研究却发现了差异，反之亦然。杨绛在一篇论戏剧结构的文章中把李渔的戏剧结构论和亚里±多德的悲剧结构论作了比较。她发现二者是十分相似的：一本好戏只演一个人的一桩事，而不是一个人一生的事；这桩事必须是一个完整的有机体，各部分前后承接，因果分明。可是进一步研究，她却发现：李渔讲究的戏剧结构的整一，并不是亚里士多德《诗学》中讲究的戏剧结构的整一，这两个表面上看似相同的理论，所讲的却是性质不同的两种结构，中国传统戏剧结构的时间和地点是流动的、变化的；亚里士多德所谓的戏剧结构，时间和地点都很集中。这样看来，中国传统戏剧的结构并不符合亚里士多德所谓的戏剧结构，倒很接近他所谓的史诗结构。杨绛的研究说明，中西戏剧结构的理论有某种相似，但其实却完全不同的根本原因，在于两种戏剧传统的不同；文学理论与文学实践往往有不尽一致的情况，如果脱离了具体作品而孤立地单看理论，就容易迷误混淆。另一个例子是阿Q和堂·吉诃德的平行比较。初看起来，这两个形象相差甚远，风马牛不相及，一个是接近疯狂的西班牙"骑士"，一个是麻木无知的中国农民。但深入研究却发现他们在本质上有许多相似之处：都具有质朴、直率的性格，因而处处受辱，被人愚弄；在生活中他们都是被欺侮的弱者，但却希望成为强者，其愿望之迫切，有时竟达到妄自尊大的地步；"精神胜利法"是他们气质的核心，但这种方法既不能挽回阿Q的败局，也不能改善堂·吉诃德的困境；他们都把想象和幻觉当成现实，因此，总是倒霉失败；他们偶尔也有小小的胜利；在摆脱外力控制的时候，也偶尔表现出几分清醒乃至聪明来。上述两例说明，文学中的同和异，并不是单一存在着的，如果我们仅仅看到类似，就会使平行研究显得肤浅，如果我们仅仅看到差异，则无法进行有效的平行比较，只有牢牢地把握住同中之异和异中之同，才能把比较引向纵深，得出有意义的结论。

各种文学之间这种同和异的错综复杂的存在，为平行研究提供了可比性，只有把可比性作为衡量的尺度，才能判定我们所进行的平行研究是否有价值。

"文学性"也是平行比较不可忽视的一个前提。所谓文学性，是指我们研究的内容和重点都必须是有关文学的，而不是别的学科和领域的。这一点对跨学科的研究特别重要，唯其如此，才能把文学研究和别的人文学科的研究严格区分开来。

至于怎样的研究才算具备了"文学性"，怎样就是失去了"文学性"，其边界在什么地方，却是一个极不容易说清的问题，但有几条大的原则必须遵循。第一，研究者的目的和重心必须在文学上，而不是在别的学科上；第二，研究的全过程必须始终围绕"文学"这个中心，不论研究者采用多少另一学科的事实和材料，怎样深入到另一学科之中，他总是力图在比较中用另一学科的材料来说明相关的文学问题。换言之，研究者必须以文学为出发点，以文学为主线，以文学为归宿，而不是相反。例如，巴尔扎克曾对资本主义社会的金钱关系有过极为真实生动的描写，他的小说中触及了大量的资本主义社会的金融问题。如果我们以巴尔扎克为代表对19世纪法国文学和资本主义经济学作一番平行比较的话，我们就应该力图以经济学中的材料来说明巴尔扎克如何在自己的作品中准确地、令人信服地再现了资本主义社会的现实，他在这方面的栩栩如生的描述，产生了怎样的艺术感召力以及诸如此类的文学问题，而不是力图利用他对证券交易的精细入微的描写去说明某个经济问题。再如，中国古典文学和佛教有久长而深刻的关系，倘若我

比较文学的理论认知与应用研究

们把中国古典文学和佛教作一个平行比较，我们应力图从佛教中采集有关的材料和事实，去说明中国古典文学的特征和性质，而不是从近两千年古典文学的长河中搜罗例证去说明某一个佛教理论。第三，研究的结果应该能作出对文学的发展有益的结论。

在文学本科内进行的平行比较同样有一个"文学性"的问题，其实质就是文学艺术的本质这个美学的中心问题。倘若我们对两个作家或作品作平行比较，不论我们采用何种材料，从何种角度入手（例如，传记、文化背景、作家个性、创作心理等），我们的最终目标应该是有助于阐明文学的一些基本问题，而不是别的什么，也就是说，我们的研究应该始终是对文学内在问题的研究，而不是对文学外缘的研究。如果我们仅仅围绕着与作家或作品有关的外围材料兜圈子，而不能深入到文学的本质和内核，这样的平行比较即便不能说一点没有文学性，但至少可以说文学性不强。

平行研究强调"文学性"，强调作品内在的各种关系，强调作品本身的美学价值，注意理论上的阐发，只有这样，才能避免简单的比附，零碎的拼凑，肤浅的异同排列，同时避免把文学研究引入非文学研究的歧途。但是，这绝不意味着平行研究可以无视产生作品的各种外在条件，无视与作品有关的社会的、历史的、作家个人的各种因素，因此，它要求研究者具有社会的、历史的眼光。钱锺书先生曾指出，平行研究者应该把作品的比较和产生作品的文化传统、社会背景、时代心理和作者个人心理等等因素综合起来加以考虑，才能在明辨异同的过程中加深对作家作品的认识，加深对某一文学现象和规律的认识。韦勒克始终强调平行比较的文学性，但却同时声称，这绝不意味着应忽略甚至蔑视产生作品的诸关系，也不意味着内在的研究仅仅是形式主义或不适当的唯美主义。换言之，如果脱离产生作品的诸种关系，仅对其作孤立的研究，就很可能陷入形式主义的泥潭。因此，我们的研究者在注意文学性的同时，又必须注意把自己的研究对象置于一定的社会历史背景中加以考察。

平行研究的具体方法如前所述，不是历史的、实证的、考据的，而是哲学的、审美的、批评的。它包括比较、对照、解析、推论、评价、综合等一系列过程。在这一过程中，比较和综合是最重要的环节，因为同异的发现有赖于比较（包括对比），而有意义的结论的导出，则有赖于综合（通过解析、推论、评估等）。

比较文学的先驱人物波斯奈特在他那部著名的《比较文学》中曾经说过，从某种意义上说，比较的方法如同思维本身的历史一样悠久。此后的许多比较学者都引用他这句话。事实上，古今中外，比较的方法在包括文学在内的所有学科中被普遍运用。但是在比较文学产生之前，文学研究中采用比较的方法不是自觉的和贯穿始终的。而平行研究者则特别强调"在运用比较方法上的自觉意识。这一点正是比较文学和非比较文学研究的一个最根本的区别。虽然比较文学研究不必在每一页上，甚至不必在每一章里都作比较，但总的目的、重点和处理都必须是比较性的。可见，平行研究中所用的比较的方法与一般文学研究中的比较是不同的，它要通过目的、有意识的比较、对比、分析等环节，从个别到总体，从特殊到一般，归纳出有益的结论。

归纳就是综合，它是平行研究中另一个重要环节。倡导影响研究的法国学派的代表人物如梵·第根、卡雷、基亚等人对大规模、大范围的综合始终抱怀疑态度，这是早期法国学者过分保守的证明。平行研究的终极目的绝不是为比较而比较，而应该力求对文学的基本问题乃至人类社会的精神生活作出理论上的阐释，应该力求对总体文学乃至世界文学做出贡献，因此，大规模、大范围的综合是必不可少的。必须综合，除非我们宁愿让文学研究永远支离破碎。只要我们有雄心加入人类的精神生活和情感生活，我们就必须随时把文学研究中得出的见解和成果集中起来，把有意义的结论贡献给别的学科，贡献给全民族和全世界。

当然，由于没有事实联系，平行研究中跨越时空的纯比较和大规模的综合可能并且容易导致肤浅甚至谬误。许多前辈比较学者对此提出的忠告应该为平行研究者牢牢记取。我们必须遵循学术研究中"可靠性"和"科学性"的原则，以严谨、缜密、踏实的学风去从事这一艰巨的工作，才能做到既不畏首畏尾，又不莽撞轻率。

第三节　接　受　研　究

比较文学中的接受研究同样研究民族文学之间的事实联系，研究一个民族对外民族文学的接受情况，从这个意义上讲，它与影响研究有某种一致性，但它与传统的影响研究有着明显的区别。传统的影响研究着重探讨不同文学之间的相互关系，它的重点在发现不同民族的作家作品间的联系的事实上，而接受研究却把重点放在研究作家作品被不同民族的广大读者（听众、观众，包括作家）的接受情况、产生的作用，以及它们的成因上。

文学作品是以读者大众为对象的，离开了读者大众，它本身就失去了存在的意义。因此捷克著名的结构主义学者穆卡洛夫斯基（1891—1975）把艺术品分成了两个部分：未经读者大众阅读的本文只能是一种人工制品（artefact）；只有经过读者阅读理解之后，它才能成为一个审美客体（aesthetic object）。阅读过程是一个审美过程，只有经过审美的人工制品，才能转化为真正的艺术品。由此可见读者的参与作用在艺术创造过程中的重要性。

　　从文学史上说，历来的文学研究都没有对艺术品被接受的因素，或者说读者的参与作用给予重视。从西方来看，17 世纪以前，文学研究主要采用古典主义—人文主义的模式，研究者把古典作品作为衡量一切文学作品的尺度，作品一经问世，就要和古典作品加以比较，凡是成功地模仿了古人的都是上乘之作，凡破坏了传统，不模仿古人的均被视为劣品，至于作品对作者所处的时代及其广大读者产生什么作用，怎样被他们理解和接受，一般是不予理睬的，仿佛作品的创造不是为了读者，倒是为了那些已经产生的经典作品，不是为了今人，倒是为了古人。在这样一种厚古薄今的气氛中，不仅读者被忽视了，连时代也被遗忘了。

　　18、19 世纪，由于自然科学中新思想、新方法的影响，文学研究转向了历史主义—实证主义的模式。在民族意识增强的背景下，民族文学受到了重视，学者们强调渊源的探索，以重建民族文学的史前阶段（中世纪）。这种研究对作家的生平传略、思想发展过分偏重，对作品的处理也比较机械，不过在不重视读者作用这一点上，却是同前一阶段相同的。

　　第一次世界大战后，文学研究进入了一个新阶段，历史主义实证主义的模式被美学—形式主义的模式所取代。不论是施皮泽提出的文体学研究法，还是瓦尔泽尔提出的思想史研究法，抑或是俄国形式主义和英美的新批评，都把作品作为研究的核心。他们认为作品本身是一个自足的、封闭的系统。文学研究的根本不是作家，而是作品，不是从历史实证主义出发去作因果解释，而是对作品内在的各种因素作审美的剖析和判断。如果说 17 世纪文学研究的重点在古典，19 世纪文学研究的重点在作家的话，那么本世纪初文学研究的重点则在作品，同样也没有考虑到读者对作品的接受这一极其重要的方面。

　　从中国来说，情况也类似。文学研究和批评中一直存在着"重古轻今""贵远贱近"（陆贾、桓谭、王充、曹丕等均说过类似的话）的倾向，至于读者的作用虽也偶然有人提及，但从未引起批评家的注意，文学研究的重点一直是作家、作品及其与历史和时代的关系。

　　然而，正如我们已经说过的，读者的作用是无论如何不容忽视的。第二次世界大战后，西方批评界开始重视读者的参与作用，20 世纪 60 年代末出现了以德国学者尧斯和伊塞尔倡导的"接受理论"，后来一些美国学者又提出了"读者反应批评"（Reader-Response Criticism）。其要点是把读者和作品的关系作为研究的主体，探讨读者对作品的理解、反应，以及阅读过程对创作过程的积极干预，并研究产生各种不同反应的社会的、历史的和个人的原因。

接受理论首先承认读者对作品的阅读理解和反应是多种多样的。读者对作品的不同理解是一种客观存在。穆卡洛夫斯基不仅把艺术品分作了"人工制品"和"审美客体"两个部分，而且认为一件"人工制品"通过不同读者的阅读和理解可以产生许多不同的"审美客体"。现象学派的代表人物波兰哲学家英格丹则从哲学的高度提出了文学艺术品的认知（cognition）问题。所谓"认知"，自然离不开读者，离不开读者阅读和理解的过程。英格丹指出，文学艺术品的认知有多种形式，它所产生的结果也是多种多样的。无论是传统的阐释学的代表人物施莱尔马赫和狄尔泰，还是新阐释学的代表人物伽达默，都承认对文学艺术品的理解和阐释可以有多种可能性，正是在这样一个前提下，阐释学把对文学艺术品的各种理解和阐释作为研究的核心。中国古人对认识和理解的多样性和相对性也早有认识，《易经》系辞就有"仁者见之谓之仁，知者见之谓之知"的话。

接受理论认为，传统阐释学关于重建作者意图的要求在实际批评中不仅是不可能的，也是没有必要的。读者的理解为什么一定要与作者的意图相吻合呢?倘若所有的理解和解释都与作者的意图一致，那就不会出现富有独创性的批评了。正是由于时代和读者（或读者层）的不同而产生不同的解释，才维持着作品的生命，使作品对读者不断呈现出新的意义，作者之用心未必然，而读者之用心何必不然。读者可以不去体会揣摩作者的本意，作出自己独到的解释。

接受理论还认为，作品本读和理解的多样性提供了基础。这些不确定的点也就是作品中没有明确说明的地方，读者在逐字逐句阅读一篇作品的时候，他总是在积极地思考，对语句的接续、情节的展开、意义的呈示不断作出期待、预测、判断，在碰到这些不确定点的时候，他就会根据上下文的提示和自己的想象加以填充，这就是所谓阅读中的具体化的过程。具体化过程是读者的一种积极的、创造性的活动，因为在具体化的过程中，读者的想象常常超越本文，只有经过这一过程，作品才能对读者呈示出某种意义。伊塞尔则提出了"暗含的读者"的概念。这一概念的含义是，作品本文允许读者根据历史和个人的不同理解，以不同的方式对作品作出解释，作品本身的结构已经暗含着读者可能作出种种解释的可能性，这个"暗含的读者"是一个"理想的读者"，他可能对作品作出完满的各种各样的解释。但真正的读者在实际的阅读和理解过程中，只能完成"暗含的读者"的某一方面的作用，而排除了其他方面的可能性，可见，任何真正的读者的作用都无法与"暗含的读者"相比拟，它的作用的实现是一个选择性的过程。

比较文学的理论认知与应用研究

当然，实际的阅读过程是相当复杂的。它不可能是一种直线运动，可能有许多层次的错综交迭。同一个作品可以随读者的不同产生不同的解释；也可以随同一个读者的不同次阅读产生不同的意义。我们常常会有这样的经验，第一次阅读一部作品时产生一套联想，当再次阅读时，这些联想就可能有所变化，反复阅读还可能发生根本的改变，假若隔了许多年我们再读过去读过的一本书，很可能作出和过去完全不同的解释。这是因为时代发生了变化，读者个人的知识结构、生活阅历、艺术趣味等因素都发生了变化的缘故。阅读过程作为作品和读者之间的一个中介，它永远处在二者之间，它既不可能等同于作品的本文，也不可能等同于作者。接受理论要研究的正是它们三者的关系。

比较文学中的接受研究以接受理论为基础，着重研究不同民族的文学和读者（读者层和社会）之间的关系，而不考虑在同一民族内部文学和读者之间的关系。它讨论海明威被法国的读者大众接受的情况，而不讨论海明威被美国读者大众接受的情况。简言之，比较学者所谓的接受研究是在两种民族和文化的范围内进行的。这不仅因为读者对一部外来作品的接受方式和对本民族作品的接受方式不尽相同，还因为只有跨越民族和语言的界限，才能构成比较文学的基础。

从比较文学的角度进行的接受研究，可以使我们考察一种文学主张、观念或者方法形成的途径和方式。从中国当代文学的情况看也是如此，由于从 20 世纪 70 年代末开始译介一些西方现代派的作品，引入了一些现代主义的观念和方法（例如，乔伊斯的《青年艺术家的画像》和福克纳的《喧哗与骚动》），而且被相当一部分读者和作家接受，使心理现实主义和意识流的方法在中国当代文学中获得了一席地位。从一些当代作家的创作和读者大众的评论中，可以完全证实这一点。

从比较文学的角度进行的接受研究，还可以阐明一个民族性格的形成和一个社会的内部变化。例如，为什么五四前后俄国、东欧和北欧的现实主义文学能够被我国广大读者接受呢?研究这样的问题无疑会使我们深入认识当时时代、民族的命运和社会结构之类的问题。按照比较文学的观点，外来的因素往往在一个民族和社会内部发生重大变革的时机产生决定性的作用。在这样的关键时刻，传统的文学思想、观念和方法受到严重的挑战，外来的新思想、新观念和新方法往往极易被接受并当作反叛传统的依据，因此，从外来的思潮和观念被接受的程度，可以反观一个社会和民族内部的变化。

五四开始的新文化运动，强烈要求找到一种新的文学形式来为处在变革中的中国社会服务。俄罗斯现实主义文学已经为反映变革的俄国社会现实积累了丰富的经验。俄国和中国大致经历了相似的历史阶段，只不过她比中国先行了一步。十月革命前的俄国人民深受封建农奴制度的压迫，迫切要求推翻专制统治，这种情况与当时中国人民所经历的苦难和殷切期望变革社会现实的愿望正相类似。十月革命的胜利又为中国人民看到了获得自由和解放的光明前景，正是这诸多方面的相似，引起了中国人民的共鸣，使他们感到，俄国现实主义文学可以借鉴来更好地表现中国的现实。这样，我们就很容易理解俄国文学为什么在当时被中国人民广泛接受的问题了。

这样的研究必然要和文学社会学的方法紧密结合起来。按照文学社会学的观点，文学是社会生活的反映，是时代精神的表征，因此，文学和社会的关系是它研究的主要目标。从文学社会学出发的研究，把文学过程描述为创作、生产、传播和接受四个过程，从总体来看，它包含了作者、出版者、评论者和读者四方面的关系，同时，还要考虑作者创作出的作品本文、经过出版者而形成的书、评论者和读者大众的评论与反应这几方面之间的关系。从接受方面来看，为什么某些作品受到欢迎，而某些作品却受到排拒?为什么某些外来作品只受到某一读者层的欢迎？为什么侦探、言情、科幻和一些情节离奇复杂的外来通俗小说总能为广大读者所乐于接受？社会的其他因素（例如政治哲学思潮、民族意识、传播媒介等）对外来作品的接受会产生怎样的影响?反过来，被接受的外来作品又会对社会的各个方面产生怎样的反作用?目前，对于这类问题的研究已经引起比较学者的重视。

研究一个外民族文学被本民族的读者大众接受与排斥的情况，还可能和文学心理学相结合，成为探讨一个时代民族心理、探讨集体意识和想象力的一条渠道。1982 年 8 月在纽约召开的国际比较文学第 10 届学术讨论会上，曾经举行过关于文学史和心态史的讨论，其中心态史的研究就涉及了从接受的角度看一个民族的心态这样的问题。此外，还可以从文学心理学的角度探讨外来作品的传播和被一个民族的读者接受的过程。例如研究美国对外国文学的接受，就十分有助于阐明美国的民族心理。许多学者的研究表明，由于多民族混居的社会结构和多元文化的现实，造成了不同民族的读者层主要接受来自同一民族的外来文学，而在相当程度上排斥来自异民族的外来文学的情况。早期的美国主要接受的是英国文学，随后加入了法、德、意、西、俄等欧洲诸民族的文学，19 世纪之后又加入了亚、非、拉美诸民族的文学，不同民族文学被美国的接受表现为一个复杂的相互同化又相互排斥的运动过程。这一过程一方面说明美国民族心理是一个多元化的结构，另一方面，也说明它还缺乏形成一个统一的民族精神的内聚力。17 世纪，新英格兰所有较大的图书馆都藏有加尔文著的《基督教机构》一书，许多人阅读它，许

比较文学的理论认知与应用研究

多牧师在布道时提及它，今天已被忘却的许多法国新教作家当时在新英格兰的清教徒中极受欢迎；笛卡儿的著作也拥有许多清教徒读者。这对曾在美国民族意识的发展中起过重要作用的清教徒精神的形成具有重要的意义。孟德斯鸠的《论法的精神》问世之后，立即被译成英语，传入了新大陆，并在 18 世纪一再重印，成为美国读者十分喜爱的一本书，许多报章杂志以及讲演中引用它的片断。据说，即使所有的原文都被销毁，人们完全可以从各种引文中重新拼成这本书。美国人之所以喜爱这本书，是因为它回答了许多使他们困惑的问题。从这本书被接受的情况，不难看出它在形成美国民族心理中关于法的概念时所起的作用。伏尔泰攻击专制独裁的论著也极受欢迎，但他嘲笑宗教的著作却受到了冷遇。卢梭倡导社会道德，批判封建法权的《社会契约论》受到了热烈的欢迎，成为许多政界人士爱不释手的一部书，它的精神后来反映在美国的独立宣言中，成为美国人民尊重民主、自由、平等、博爱的精神源泉。19 世纪初，美国想极力摆脱英国的影响，形成自己的民族性格。对蒙田和法国启蒙主义作家的接受，对它摆脱英国的影响起到了极大的推动作用。

这样的接受研究还可能为从一个新的角度撰写区域性或者更大范围的世界文学史奠定基础。从接受理论的角度看，文学发展的历史应该被看成一个生产和接受的辩证过程。只有把作为生产主体的作者和作为消费主体的读者大众的相互作用纳入一个辩证运动的模式中，并从这一辩证运动的过程来研究一系列作品，文学才能获得历史的意识。这样写出的文学史将同只注重作者和作品的传统文学史截然不同。

按照接受理论，研究者还要力图一方面将文学置于总的历史潮流中；另一方面又要把感受的主体即读者大众放在重要的地位，同时，还要注重作品中潜在的东西，这样才能把历史的意识和审美的判断结合起来。我们一方面承认作品中的许多不确定点给读者通过想象作出各种解释提供了可能，同时，又要承认作品本身为阐释的多样性划定了范围。换言之，无论我们对作品作出怎样多的解释，这些解释都应该是，而且只能是对某一特定作品本文的解释。离开了作品（及其作者）的解释，必然会成为不着边际的痴人说梦；离开解释和理解的作品，也必然会成为毫无意义和价值的东西。这正是创作和接受的辩证关系。所谓注重对作品的审美判断，就是既要认识作品的审美结构及其可能产生的各种理解，又要认识自己的审美经验和判断标准，通过不同参照系的比较最终认识文学的本质。

具体地说，接受研究在研究一个作家和一部作品被外民族读者大众接受的情况时，或者说，在研究一个作家在国外获得的声誉，一部作品在国外被翻译、介绍、评论、上演、出版的情况时，一般要采用历史的、实证的、统计的方法；在研究不同时代、不同的读者层对外国作品的解释和理解的多样性时，在研究读者的参与作用、审美判断对创作过程的作用时，又要采用哲学的、审美的方法；在研究不同的阅读和理解反映出的民族心理和鉴赏趣味的变化，及其反映出的民族间的相互理解等方面时，必须考虑文学社会学、文学心理学的方法，所以，接受研究在具体的研究方法中完全可能是综合的、多样的。

目前，已经有越来越多的比较学者注意到接受研究的重要性。1979 年，在因斯布鲁克召开的国际比较文学第 9 次学术讨论会上，就是以"文学的传播和接受"为题展开讨论的。大会的成果反映在次年选编的一本论文集中，它论及了法国的抒情诗、英国的小说、超现实主义文学、新小说派、《尼卜龙根之歌》以及歌德、豪普特曼、布莱希特等许多作家、作品被接受的情况，涉及了各种研究方法。许多学者指出，接受研究是一个十分诱人的领域，必将引起更多比较学者的兴趣。

第四节　阐　发　研　究

阐发研究是影响研究和平行研究之外的第三种比较研究的类型。这一方法特别适用于文化系统迥异的诸民族文学的比较研究，它包含了下述三方面的内容：

（1）文学理论对文学现象的阐发，即用一种恰当的外来理论模式解释本民族文学中的某些作品或文学现象，或者反过来，用本民族文学中的某种理论模式解释外民族文学中的作品和文学现象，以期在理解某些文学现象和作家作品方面获得一个新的角度和视野。它要求在具体研究之前，对一种理论模式和被解释对象作仔细的分析和选择，还包含着在研究中结合本民族的理论模式对外来模式的改造；

（2）理论对理论的相互阐发，即把不同民族文学的观念、理论、方法相互发现，相互印证，相互阐释，以达到完善某种文学观念、理论和方法的目的；

（3）在跨学科研究的范围内，阐发研究是以别的学科对文学作出阐发，或者用别的学科的理论来解释文学中的各种问题，而不是相反。

1975 年，第 2 届东西方文学关系的国际比较文学会议召开，朱立民在会上提出"运用西方的批评方法来研究中国古典和现代文学"的构想，他还在一篇文章中说，《淡江文学评论》的前 3 期中，许多论文是研究中国文学的，而大多数作者用的是西方现在流行的批评方法，这就是我们当前所需要的。朱立民的意见引起了热烈的讨论，也遭到了不少批评。

"阐发研究"无疑应该在比较文学的方法中占一席之地，但它所以遭到了一些学者的批评，症结不在方法本身，而在当时的提法尚有不周密、不完善的弊端。

首先，阐发研究绝不是单向的，而应该是双向的，即相互的。如果认定只能用一个民族的文学理论和模式去阐释另一个民族的文学或文学理论，就如同影响研究中只承认一个民族的文学对外民族文学产生过影响，而这个民族文学不曾受过他民族文学的影响一样偏颇。这在理论上是站不住脚的。任何一国文学都不能没有自己的民族传统，不要说像我们这样一个具有悠久历史的文明古国，就是一个较为年轻的民族也有弥足自珍的宝贵传统和在这种传统中发展起来的与别的民族文学相区别的文学体系（创作、批评、理论等）。完全以自己的民族文学模式去衡量解释别的民族的文学不仅是不明智的，也是粗暴的，正如马隆和列文两位教授所指出的，这反映了一种帝国主义的态度；反过来，安全按别的民族文学的模式来衡量、解释自己的文学，也同样是幼稚的、卑怯的，这反映了一种民族虚无主义的态度和奴化心理。比较文学反对孤立的民族主义是一大功绩，但不等于说，它赞成帝国主义的态度；反过来，比较文学提出"世界文学"的理想，并不等于说它要取消民族文学。因此，阐发研究绝不是仅仅用西方的理论来阐发中国的文学，或者仅仅用中国的模式去解释西方的文学，而应该是两种或多种民族的文学互相阐发、互相印证。这样说并不意味着每一个具体的研究都必须做到相互阐发，否则就不是"阐发研究"，而是说作为一种理论和方法，阐发的双向性、相互性是不容忽视的。

其次，阐发研究由于往往是在文化传统差距很大的两种或数种民族文学间进行的，因此，必须充分认识到它们在宇宙观、自然观、文学观、心理结构、表达方式、批评标准等方面的巨大差异，不论是用自己的理论去阐发外民族的文学，还是用外民族文学的理论来阐发自己的文学，都必须对所要采用的理论或模式，对要阐发的对象作具体分析，切实研究阐发的可行性。拿中西文学的关系来讲，历史上中国学者曾不断向外民族的文学学习，近现代以来，学者们借鉴、吸收俄苏文学和西方文学，用外来的理论模式阐发中国文学的情形是有的，例如在浪漫主义和现实主义的理论和方法传入我国之后，曾有学者以浪漫主义的理论来研究屈原和李白，也有学者用现实主义的理论来解释杜甫、白居易，这样的阐发显然不是盲目的、机械的乱搬乱套；再如严羽在理论的阐发中以禅喻诗，将佛理糅进诗歌的理论中，不仅不显得牵强附会，反而给人以别开生面、耳目一新的感觉。同时，从严格的意义上讲，任何一种理论或模式都是独特的，很难完全套在另一种文学（作家或作品）上，因此，在借用一种理论或模式来说明另一种文学时，就必须按照民族文学的传统和特征加以调整和改造。这样，才能使相互阐发的研究闪出异样的光彩，结出丰硕的果实。

阐发研究可以是用一种文学理论和模式来解释另一个民族的文学作品。例如，以结构主义的方法，从语言结构人手分析杜甫的《秋兴》，就司以从一个新的角度对历来学者的不同理解作出解释，从内在结构说明这些诗所以会产生歧义、多义和丰富内涵的原因。

在援引一种外来的理论模式阐发本民族的文学作品时，要特别注意避免生搬硬套、牵强附会的弊病，这就要求充分认识不同民族之间文化背景的差异。例如，在西方神话中有一种"追寻"（quest）的原型理论。叙述一个英雄为了完成某种业绩进行的一系列冒险。故事的基本线索可以概括为以下几个部分：①必须有一圣天子式的人物；②神或英雄与敌人争斗；③神或英雄受难；④神或英雄死亡；五、神或英雄复活；⑥创世神话的象征性重现；⑦圣婚或英雄的婚姻；⑧神或英雄凯旋；⑨命运的安排。追寻金羊毛的神话、寻找圣杯的传说和奥德赛的故事都属于这类原型。有人认为，中国的《西游记》和《西洋记》也属于这类原型。从原则上说，把这两部中国小说看作这样一种"追寻"的类型是合适的，因为不论是唐僧师徒赴西天取经，还是郑和率金碧峰等人下西洋寻找传国玉玺，都大体上经历了英雄与敌人反复争斗，遭受磨难（死亡和再生）以及最后凯旋这样一个过程。学者侯健曾运用这种原型理论来分析《三宝太监西洋记通俗演义》。他的方法和某些见解对我们理解这部作品很有启发。但是他完全按照西方模式来套这部中国作品就显得生硬了。我们知道，《西洋记》虽然讲述了一个英雄追寻式的故事，但它却与外来的模式并不完全吻合。首先，全书用了相当的篇幅（第一回至第十五回）讲述佛道两家的争斗，在叙述金碧峰的身世来历以及与张天师的数次斗法中，夹杂着对佛家的推重；其次，西征九国各种争斗的故事和人物，如羊角大仙、金毛道长、郦山老母等显然取自《封神演义》、《西游记》等小说，另外，像"五鬼闹判""五鼠闹东京""红莲故事"等的穿插，与西征主线毫无有机联系，拼凑的痕迹十分明显。至于有关西洋各国的描写，主要采用《瀛涯胜览》和《星槎胜览》二书的材料。这与《奥德赛》之类完全从神话演变而来的故事不仅在材料的来源上完全不同，就是在故事的结构方面也有很大差异。何况作者在序中还点明了他作此书乃是有感于当时朝廷的无能和倭寇入侵的紧迫。可见，完全用西方的神话背景、神话结构来解释中国作品是很难言之成理的。

文学理论方面的相互阐发是阐发研究的重要领域。研究者在采用这种方法之前，应该对其所要阐发的对象有较为准确的把握，换言之，他应该对两种理论都很熟悉，具有相互印证的功夫。例如，陆机《文赋》中有"恒患意不称物，文不逮意"的说法，钱锺书从中指出了"意、文、物"三者的关系，并作了精辟的解释。他说，"'意'内而'物'外，'文'者发乎内而著乎外，宣内而象外；能'逮意'即能'称物'，内外通而意物合矣。"这就把创作过程中作家内在的思想感情，外在的客观事物以及通过文辞的表达方式三者的关系说明白了。他认为只要能准确地把握内在的思想感情，并把它表达出来，就能准确地反映外在的客观世界。他还指出，陆机所谓"意、文、物"也就是墨子所说的"举、名、实"，刘勰所说的"情、辞、事"，陆贽所说的"心、言、事"。近代西方学者佩尔斯提出的表意三角正是指这三者之间的关系。佩尔斯所谓的"思想"或"提示"正是中国学者所谓的"意、举、情、心"；他所谓的"符号"（sign, symbol）正是中国学者所谓的"文、名、辞、言"；而他所谓的"所指示之事物"（object, referent）正是中国学者所谓的"物、实、事"，至于三者间的关系，英国诗人勃朗宁在《环与书》中说，诗人"缘物生意"（the thing shall breed the thought），"文则居间而通意物之邮"（the mediate word）；文能逮意，则需应之于心，而得之于手。这样，钱锺书就把"意、文、物"三者间的关系阐发得一清二楚了。意是人的主观世界，物代表了客观世界，文则是二者之间的桥梁。主观世界是客观世界在人心目中的反映，而客观世界又可以通过主观世界表述出来，要想真实、准确地表述客观世界，则需要正确的观点和表述方法，这就是"文"的职责。小而言之，这三者间的关系指明了作者、作品和作品所要表现的现实之间的关系；大而言之，它指明了创作过程中主观、表述和客观三者的关系。

显而易见，钱锺书对这一问题的阐发是建立在对中国文论中"意、文、物"三者关系的精深理解上的。同时，他对西方文论中的有关论述又极稔熟。这样，他才能通过西方文论中的类似观点来补充、阐释中国文论中固有的论点，使上述三者间的关系更加明确，更加容易理解。

文学理论的阐发研究往往是相互的，因为研究者所撷取的各方面的论点必然是近似的，集中的。甲方的论点支持了乙方，反过来，乙方的观点也支持了甲方，因此，双方往往能收到相互生发、相得益彰的效果。钱锺书的《管锥编》和《谈艺录》二书中有许多中外文学理论相互阐发的好例子。例如，在论及艺术创造的途径时，他首先提出，艺术创造不外二途。一曰师法造化，模写自然；二曰润饰自然，功夺造化。两派理论均源于西方，但它们均可由中国诗人的理论来补充、概括。韩愈在赠孟郊的一首诗中说："文字觑天巧"，此语可以概括模写自然的理论，钱锺书说这"觑"字下得最好。那么什么叫"觑巧"呢"那就是 selective imitation（有选择的模仿），所以模写自然派的观点概而言之就是：自然虽然有各种各样的美，但不能全善全美，因此，艺术家就需要对它有选择地模仿。同样，李贺的"笔补造化天无功"一语也可以总括润饰自然的理论。这一理论认为，艺术造境之美远非自然境界所能及，自然只能提供素材，经过艺术的驱遣陶熔，才能成为真正的艺术品。这实质上是强调了艺术家的创造（creation, invention）。

此外，在阐发研究中，研究者还要尽可能作出评判，导出结论。例如，钱锺书就"模写自然"和"润饰自然"的观点作了一番中西相互阐发之后，并没有就此止步，而是进一步评论说，两派理论"若反而实相同，貌异而心则同"。不论是模写自然的"选择"，还是润饰自然的"修补"，终归是师法自然，不能脱离自然，正如师法古人，不外"拟议变化"，不宜拘泥不化，固守极端。

无论是用一种模式或方法去解析另一个民族的文学作品，还是就文学理论进行相互阐发或阐发研究都必须是具体的、细微的，特别是在文学理论的领域中，研究者通过不同民族文学中一些具体论点（有时甚至是一些零碎但却精彩的见解）的相互阐发，往往能说明一些基本的道理。钱锺书的研究看起来常常是星星点点的阐发，却往往能发微抉隐，申明大义。如果采取一些大而无当的方式，不从具体的观点、见解出发，阐发研究就会失去说服力，因此，它最忌那些空空洞洞、言之无物的理论说教。

从具体方法来讲，阐发研究离不开分析和解释，当然也应该有判断和结论，这是毫无疑问的。

第四章　比较文学的理论概要

第一节　流　传　学

一、流传学的渊源、定义与特征

（一）渊源

流传学（Doxologie）也称为誉舆学、际遇学，与媒介学、渊源学一同并列为影响研究的三大传统模式。"Doxologie" 最初是一个宗教术语，指礼拜仪式上歌颂上帝荣耀的赞美词。1931 年，法国比较文学学者梵·第根在他的理论著作《比较文学论》中首次将 "Doxologie" 沿用到比较文学的学科理论中来，因此流传学的渊源可以追溯到 20 世纪 30 年代活跃在比较文学学术发展史上的 "法国学派"。

法国学派以巴尔登斯伯格、保罗·梵·第根、卡雷、基亚等法国巴黎大学的教授组成，提倡以事实联系为基础的影响研究，因此也被称作 "影响研究学派"。在《比较文学论》这部被公认为 "第一部全面介绍法国比较学派理论观点" 的著作中，梵·第根对比较文学 "一般的原则与方法" 作了相应介绍：比较文学研究的对象是 "本质地研究各国文学作品的相互关系"[1]，并对穿过文学疆界的 "经过路线" 及路线三要素——起点 "放送者"、到达点 "接受者"、媒介 "传递者" 给予了相当的重视。梵·第根认为："整个比较文学的研究目的，是在于刻画出 '经过路线'，刻画成有什么文学的东西被移到语言学的疆界之外去这件事实。"[2]同时，梵·第根建议采取两种不同的视角来达到这一目标：一是考察 "经过路线这对象本身"，即发生影响的东西，尽可能多地搜集以 "文学假借性"（"文体" "风格" "题材" "思想" "情感" 等）为共同因子的文学事实；二是研究 "经过路线是如何发生的"，而这一点相对于第一点来说更为重要。为此，梵·第根提出从三个方面来考察 "影响的经过路线"，从而将比较文学的影响研究分为流传学、渊源学和媒介学三种基本模式，三者之间既有区别又有联系。首先是流传学，又称作 "誉

---

[1] [法]梵·第根著；戴望舒译.比较文学论[M].上海：商务印书馆，1937：55.
[2] [法]梵·第根著；戴望舒译.比较文学论[M].上海：商务印书馆，1937：66.

舆学",研究者立足"放送者"的立场,关注影响的"终点",研究一部作品、一个作家、一种文体在外国的成功;其次为渊源学,研究者立足"接受者"的立场,关注影响的"起点",寻找一个作家、一部作品受到哪些外国作家和作品的影响;最后为媒介学,研究者立足"传递者"的立场,关注影响的"媒介",考察文学跨疆界产生影响的媒介和手段。

(二) 定义

梵·第根在《比较文学论》指出:"一位作家在外国的影响之研究,是和他的评价或他的'际遇'之研究,有着那么密切的关系,竟至这两者往往是不可能分开的。我们可以把这一类研究称为誉舆学。"①日本学者大冢幸男(Yukio Otsuka)则引申为:"誉舆学是一门研究作为发动者的某个作家在国外受到人们如何对待,对外国作家、文学流派及文学样式产生怎样影响的学问。用比较文学的术语讲,所谓舆誉学,就是探索、研究作家的成就、命运及影响的历史。"②因此我们说,流传学是以文学影响经过路线的放送者为起点,探究一国文学、流派或思潮、作家及作品在他国的声誉与成就,旨在寻找作为影响终点的接受者在接受影响与变异创新方面的研究。

(三) 特征

流传学归属于"影响研究"的范式,进入流传学研究视野内的国际文学关系必定是一种影响与接受的关系,这是流传学总的特征。因此,对于国际文学关系的研究和实证主义的研究方法是其应有之义。但区别于渊源学和媒介学的是,流传学是以"放送者为本位的",这正是流传学这类研究的特质所在。

释放文学影响的放送者是流传学研究的起点和基点,放送者在整个影响路线中具有给予性、中心性和辐射性的特点。放送者的"给予性"和"中心性"反映了一国文学对他国文学发展的启发和借鉴意义,而"辐射性"则说明了放送者在施加影响时是非定向和不确定的,接受者则享有绝对的主动权去选择可供接受的因素。正如法国比较文学家布吕奈尔(Pierre Brunel)所言:"一种影响只有在被接受时才变成有创造价值的影响。为此,终点和它产生的创作至少和起点以及它引起的作用同样重要。"③

---

①[法]梵·第根著;戴望舒译.比较文学论[M].上海:商务印书馆,1937:136.
②[日]大冢幸男著;陈秋峰,杨国华译.比较文学原理[M].西安:陕西人民出版社,1985:78.
③[法]布吕奈尔著;葛雷,张连奎译.什么是比较文学[M].北京:北京大学出版社,1989:75.

二、流传学的研究类型与模式

（一）研究类型

梵·第根曾将国际文学之间的影响关系划分为四大类："一般的关系和集团的影响""一位作者对于另一位作者，对于一个集团或一个派别之影响""一位作家在外国的际遇和影响""传播，模仿，成功真正的影响"。①梵·第根所概括的四种影响关系可以总结为整体的影响与个体的影响两大类。因而有学者将流传学归纳为个体对个体的影响、个体对群体为影响、群体对个体的影响和群体对群体的影响四种类型。但具体而言，流专学所关注的文学影响关系按照不同形态与属性的放送者及放送者对接受者产生影响的具体方式也可以划分为以下三大类：

1. 作家的人格、精神等对另一国文学接受者的影响

法国思想家卢梭（Jean-Jacques Rousseau）对中国现代文学家郁达夫的影响就属于这一类型。作为法国浪漫主义运动的先驱，卢梭抛弃名誉，敢于承认自我、大胆追求自由、直率坦诚的个性曾深深地吸引了中国作家郁达夫。早在 20 世纪 20 年代，郁达夫就接连发表了《卢骚传》《卢骚的思想和他的创作》《关于卢骚》等长达数万字的评述，对卢梭的生平、政治主张和创作特色作了极为全面的介绍，并亲自翻译了卢梭的作品——《一个孤独漫步者的沉思》，将卢梭作为自己倾慕尊崇的偶像和仿效借鉴的老师。卢梭对郁达夫最深刻的影响正是《忏悔录》中那种大胆而率直、自我暴露的精神气度，这部作品甚至被郁达夫誉为"独一无二""空前绝后"的杰作。郁达夫从卢梭那里找到了勇气和力量，而卢梭那种世人少有的大胆与率真的精神气质也为郁达夫"自叙传"的创作树立了活生生的榜样，郁达夫也因为放浪形骸的个性而被称作"中国的卢梭"。

再比如德国思想家尼采（Friedrich Wilhelm Nietzsche）对奥地利小说家卡夫卡（Franz Kafka）的影响，尼采甚至因此被看作是卡夫卡的"精神祖先"。卡夫卡与尼采思想的接近缘于卡夫卡对尼采著作的喜爱，他最爱读尼采的作品《查拉图斯特拉如是说》并经常给人朗诵其中的章节，他对《道德谱系学》也十分感兴趣，而对《悲剧的起源》更是一生都推崇备至。卡夫卡正是通过这些著作的阅读接受了尼采思想和精神的影响。

①[法]梵·第根著；戴望舒译.比较文学论[M].上海：商务印书馆，1937：115-143.

2. 作品在国外的影响、流传和声誉

如《〈三国演义〉在泰国》《〈古兰经〉在中国》《苏东坡的作品在日本》《〈红楼梦〉在法国》《易普生戏剧在中国》《〈三言二拍〉在日本的流传及影响》等，这一类研究是按照作品的内容和形式，即主题、题材、形象、体裁以及艺术形式等文本的因素来梳理国际文学之间的流传关系。

文学内容的外国影响主要是题材和主题方面的问题，它们往往会随着作品在外国的传播而成为接受者再创作的素材。比如，中国古代小说集《东周列国志》中第一篇就讲到了"幽王烽火戏诸侯"的故事，这个故事最先被英国人托姆斯（P.P.Thoms）翻译为英文译本并命名为《花笺记》，而后又在 1833 年被德国诗人海涅（Heinrich Heine）在其论著《论浪漫派》中戏谑地转述，1922 年又被德国自然主义作家奥托·尤利乌斯·比尔鲍姆（Otto Julius Bierbaum）改编为长篇小说《美丽的褒家姑娘》，在书的封面还印着"幽王宠褒姒"五个中国字。随着佛教的世界性传播，古印度佛经中的神话和传说成为世界文学艺术的重要创作题材，中国古典名著《西游记》中孙悟空大闹天宫的故事就是对印度史诗《罗摩衍那》中神猴奴曼的故事和佛教经典《贤愚经》中"顶生王升仙姻缘"故事的综合与化用。而时至今日，有关罗摩故事题材的罗摩剧、皮影戏、木偶戏、舞蹈音乐、雕刻绘画等依然是泰国、缅甸、老挝、马来西亚、印度尼西亚等东南亚国家传统的表演艺术，深受当地人民的喜爱。

文学形式的影响主要表现在体裁方面。如宋词在短歌体式上对朝鲜民歌"时调"的影响，印度梵剧在傀儡戏、影戏和讶鼓戏等中国民间戏剧中保留的印迹。当然这种影响也包括文学体裁在流传中的演变。比如一直在西方文学中享有盛誉的"十四行诗"，最初起源于文艺复兴时期的意大利，诗行上是抑扬五音步，即十个字缀、重音落在逢双的音缀上，但随着历史的发展和诗体在欧洲其他国家的流传，十四行诗也出现了许多新的变体。16 世纪，十四行诗被华埃特（Thomas Wyatt）介绍到英国，其后德雷顿（Michael Drayton）、查普曼（George Chapman）、斯宾塞（Edmund Spenser）等诗人都采用了十四行诗体创作，并都有所变异。到了莎士比亚（W.William Shakespeare）这里，诗行虽仍为抑扬五音步，但韵脚的排列在十四行间却为 1212、3434、5656、77，形成了所谓的"莎士比亚十四行诗体"的诗式。至于文类、手法等其他艺术形式也会通过作品的流传而对他国文学产生影响。比如中国第一部诗歌总集《诗经》对数千年后萌芽的日本文学产生了深远的影响，最为典型的例证就是日本的和歌集《万叶集》。其中不仅有大量诗句是对《诗

经》诗句的直接引用，甚至一些字词的含义也直接借用了《诗经》的释义，尤其是其中有一类寄物陈思的"譬喻歌"，那种以实物传达诗人情感志向的写法正是对《诗经》比兴手法的借鉴。

3. 文艺思潮、文艺理论或文艺流派在外国的影响

这种影响研究既可以从哲学、社会学等其他学科与文学的外在关系入手，也可以对文艺思潮流派与作家作品的内在关系进行具体的考证。类似这样的研究成果有很多，比如《怪诞理论在中国》《论意识流小说在中国的演变》《精神分析与"五四"小说现代化》《弗洛伊德主义在中国现代文学的影响与流变》等。

以德国的弗洛伊德学说为例，最初它只是一种探讨人类本能与性冲动的心理学说，但很快其中的一些重要概念，如"潜意识""无意识""力比多""白日梦""俄狄浦斯情结"以及精神分析等理论方法却直接促使了意识流小说、超现实主义等文学流派的产生和发展，并形成了颇具影响力的心理批评学派，为当代文学创作和文艺批评开拓了一个全新的领域。德国作家托马斯·曼（Thomas Mann）、英国作家乔伊斯（James Joyce）等人的小说创作中意识流等艺术手法的运用都深受弗洛伊德心理学说的影响。而中国象征主义诗歌的出现则是西方象征派艺术思想在世界范围内流传的结果。象征派是欧美现代主义文学中出现最早、影响最大的一个文艺流派，法国的波德莱尔（Charles Pierre Baudelaire）、兰波（Arthur Rimbaud）、魏尔伦（Paul-Marie Verlaine）、爱伦坡（Edgar Allan Poe）、马拉美（Stephane Mallarme）、瓦雷里（Paul Valery），德国的里尔克（Rainer Maria Rilke）、美国的艾略特（Thomas Stearns Eliot）、庞德（Ezra Pound），意大利的蒙塔莱（Eugenio Montale），西班牙的洛尔迦（Federico Garcia Lorca），俄国的亚历山大·勃洛克（Aleksandr Aleksandrovich Blok）组成了世界象征主义的交响乐，也因此深深地影响了中国现代文学的一大群诗人。尤其是法国象征主义诗歌所崇尚的"纯诗"理论，对王独清、穆木天、李金发、冯乃超、戴望舒等人的现代主义诗歌创作产生了直接而深刻的影响。

基于不同文学影响放送者及影响方式的划分使得流传学的研究类型变得纷繁复杂。同时，文学影响又往往不是单一呈现，而是交叉进行的，既有作家本人精神气质对他国文学接受者个别或整体的影响，也有作家或流派在文学创作题材以及艺术手法等文本因素上对他国文学的影响。因此，流传学在大多数时候都是一种综合性的研究，单一的研究类型常常无法对国际文学间复杂多样的影响关系做出客观全面的阐释，这也要求研究者必须对文学影响做细致详实的资料收集和求

证考据工作。

（二）研究模式

1. 直线型影响研究

直线型影响研究，顾名思义，是指一国文学放送者和另一国文学接受者处于单向和直接的影响关系中，这种影响主要表现为一对一的两点一线型，也是流传学最为常见的研究模式。所谓"两点一线"，就是从一个起点指向一个终点的影响模式，由于放送者和接受者的形态和属性不同，起点和终点都可以分别是一个作家、一部作品或者是一国的整体文学。

在浩如烟海的世界文学景观中，一国作家对同时代或后代他国作家产生影响的例子实在是不胜枚举。对中外作家之间影响与接受、继承与创新之文学关系的考证也是中国比较文学在复兴初期最为常见的一种研究模式。20 世纪 80 年代初，我国莎士比亚戏剧翻译和研究领域的专家方平先生就曾经写过一篇名为《曹禺和莎士比亚》的论文，该文不仅探讨了欧洲戏剧泰斗莎士比亚对中国戏剧家曹禺的影响，还肯定了曹禺戏剧创作对莎士比亚戏剧艺术融会贯通的借鉴。为了说明莎士比亚戏剧对曹禺创作的影响，文中首先列举出曹禺剧作《原野》中"金子"向"仇虎"表白、"仇虎"杀"大星"后洗不干净手等三个情节与莎士比亚戏剧《威尼斯商人》《麦克白》经典场景的相似，而后又论证了曹禺对莎士比亚诗剧《罗密欧与朱丽叶》的翻译直接促使了他学习并借鉴莎士比亚戏剧中"用诗行来承载浓郁的戏剧情愫"的手法，以及这种艺术手法在曹禺戏剧《家》中的成功运用。

2. 辐射型影响研究

所谓"辐射型"的影响研究模式，是指从"一点"即一个传送者出发，指向多个接受者，研究一个作家、一部作品、一种思潮、一国文学在多个国家的影响和接受。最早运用"一对多"辐射型影响模式来研究国际文学关系的应该是法国比较文学学科的创始人戴克斯特（Dexter），他在博士论文《卢梭和文学世界主义的起源》中详细论述了作家卢梭在欧洲其他国家文学中的流传和影响。在此之后，法国学者基亚在《比较文学》中对德国作家歌德（Johann Wolfgang von Goethe）在英、法两国的影响与接受情况所做的比较分析也是典型的辐射式影响研究。基亚认为，歌德首先是通过作品《少年维特的烦恼》奠定了其在圣法两国的影响，《少年维特的烦恼》的法、英两种译本分别于 1776 年和 1779 年在法、英两国成功登陆并且大受欢迎，小说主人公"维特"也获得了"不可侵犯"的地位；而后诗剧《浮士德》再次冲击了英法两国的知识界，吸引了浪漫主义者对以历史和神话为题材的叙事诗歌的关注，歌德又以"浮士德的作者"而在英法文坛声名远扬。同时，基亚也以大量的事实比较了歌德在英、法两国的不同命运和际遇：英国作家卡莱尔（Thomas carlyle）吸收了歌德的宁静，把《迈斯特》作为自己的伦理学支柱，法国帕纳斯派的崇拜者则把歌德尊为思想家和美的创造者。

　　苏联"西部文学"的代表性作家——艾特玛托夫（Aytmatov）曾以其中长篇小说中独具特色的民族风光和细腻多变的艺术手法而享誉世界文坛，他对我国当代作家，尤其是在陕西、新疆等西部地区生活和创作的多位作家也产生了深刻的影响。在张贤亮的小说《肖尔布拉克》中处处可见艾特玛托夫早期作品《我的包着红色头巾的小白杨》的影子。作家张承志也坦言："苏联吉尔吉斯作家艾特玛托夫的作品给了我关键的影响和启示。"①艾特玛托夫被陕西作家路遥视为"海洋"般的作家，路遥酷爱艾特玛托夫的全部作品，并将其化为自己创作的甘霖。

　　3. 聚焦型影响研究

　　"聚焦型"影响研究考察的是多个放送者对一个接受者的影响，是一种多对一的研究模式。俄苏近代作家对鲁迅的影响是广泛而深刻的，果戈理（Nikolai Vasilievich Gogol）的《狂人日记》直接影响了鲁迅同名小说的创作，而爱情主题的小说《伤逝》又接受了契诃夫（Anton chekhov）小说《决定》的影响。陀思妥耶夫斯基（Fyodor Mikhailovich Dostoevsky）的《穷人》中细腻的心理分析和残酷的灵魂审判受到了鲁迅的推崇，也启发了鲁迅的创作，他的小说《高老夫子》学习了陀氏"灵魂审判"的心理描写，触及人物心灵深处。安德烈耶夫（Andreev）小说《红笑》中象征手法和跳跃式联想的运用直接影响了鲁迅"使象征主义与现实主义相结合"的艺术手法，《长明灯》《狂人日记》中残篇断简、神秘幽深的内心独白和病态心理都可见《红笑》的印迹。普希金（Pushkin）、莱蒙托夫（Lermontov）使他醉心于摩罗诗人，而高尔基（Gorky Maksim）和法捷耶夫（Fajeyev）又让他深受现实主义创作手法的影响，因此，在鲁迅的创作中，我们可以清楚地看到俄国近现代多位作家对他的深刻影响。

　　基亚在《比较文学》一书中曾经专门设置了一个"外国作家在法国"的专题，分别对英国、德国、意大利、西班牙、俄国等国家的文学作品在法国的际遇进行了专门的论述，提到了这些外国作品在法国被介绍、研究、学习以及受欢迎的程度。戈宝权是中外文学关系研究的先驱，自20世纪30年代起，他就开始研究中俄文学关系，后又在70—80年代将研究范围扩大到了西欧、东南欧，探讨中国文

---

①张承志.诉说——踏入文学之门[J].民族文学，1981（2）：85-87.

学与西欧、东南欧文学的关系。1992年，戈宝权研究众多外国文学影响中国现代文学的论文集《中外文学姻缘》结集出版，在该书的第一部分《中俄文字之交》第一组《俄国作家和中国》里，作者分别用10篇文章探讨了俄国作家普希金、屠格涅夫（Ivan Sergeevich Turgenev）、冈察洛夫（Goncharov Ivan Aleksandrovich）、托尔斯泰（Lev Tolstoy）、契诃夫、高尔基、马雅可夫斯基（Maykovski）在中国的流传和影响。这些都是聚焦式影响研究模式在中外文学关系中的成功运用。

4. 交叉型影响研究

异质文学之间的影响关系并不总是呈现出单向的放送与接受的模式，作为起点的放送者有时又会是另一个放送者的接受者。这一方面反映了放送者本身的多质性，另一方面也说明了间接性文学影响的存在。例如，鲁迅的散文诗集《野草》受弗洛伊德精神分析学说影响很深，但弗洛伊德精神分析学对鲁迅创作的影响又是借助厨川白村《苦闷的象征》来实现的。厨川白村是弗洛伊德的接受者，却又是鲁迅的影响者。我们还可以运用交叉型的影响模式来研究俄国文豪托尔斯泰在现代中国的际遇和成就。在中国现代文学史上，托尔斯泰一度被看作是俄国革命文学的代表人物，成为中国现代文学先驱们崇拜的对象。李大钊是第一批将托尔斯泰和俄国文学介绍到中国来的人之一。早在日本留学期间，李大钊就深受托尔斯泰思想的影响。1913年他翻译了日语版的《托尔斯泰之纲领》，初步介绍了托尔斯泰的言行录；1916年他在《介绍哲人托尔斯泰》一文中称托尔斯泰是"举世敬仰之理想人物"；1917年他又写下了《日本之托尔斯泰热》，借对托尔斯泰研究在日本的流行来感叹中华民族的兴亡；在另一篇文章《俄国革命之远因近因》中，他更是将以托尔斯泰为代表的俄国革命文学看作是俄国革命发生的重要原因之一。李大钊为托尔斯泰和俄国革命文学在中国的传播做出了突出的贡献，启发了更多有志之士对托尔斯泰的关注，茅盾对托尔斯泰的接受就直接来自于李大钊的影响。李大钊对托尔斯泰的宣传和介绍给了茅盾极大的启发，也使茅盾种下了深深的托尔斯泰情结。《战争与和平》《复活》《安娜卡列尼娜》等文学名著是茅盾最爱读的书，他尤其钦佩托尔斯泰对宏大场面的驾驭和小说结构的精密设置。茅盾认为研究托尔斯泰要做足结构、人物和场面三种功夫，而这三点也是茅盾小说突出的艺术特色，托尔斯泰对茅盾影响之深可见一斑。茅盾还写下了《托尔斯泰与近日中国》《文学里的托尔斯泰》《俄国文学近谭》等理论文章，详细论述了托尔斯泰的时代、文学创作、文艺观念及其成就地位。与李大钊相比，茅盾对托尔斯泰的文学观念有了更进一步的认识，不只是停留于托尔斯泰人道主义文学与俄国革命的关系，而是从文学功能的切入点找到了托尔斯泰文学成就的核心，完成了从形式到内容的革命文学观念的建构，并最终提出了"为人生"的文学理念。所以托尔斯泰对李大钊和茅盾的影响具有双重性，而这种交叉间接的影响也足以显现托尔斯泰作为放送者的丰富性以及李大钊、茅盾二人在接受托尔斯泰影响上的差异性。

5. 循环型影响研究

循环型影响研究是一种从起点到终点，最终又回到起点的研究模式，它反映了影响与接受的双向交流模式。这样一种动态循环的研究模式打破了单一和绝对的本质主义中心论，从而使文学影响的双方真正实现了平等的交流与对话。因此，这一类影响模式最能代表流传学研究的价值与意义，也是当今比较文学学界所共同追求的理想和目标。

下面以著名的歌剧《图兰朵》为例来演示一个跨越东西方的循环式影响研究模式。众所周知，在波斯故事集《一千零一夜》中有很多中国民间故事的原型，其中有一则美丽高傲的中国公主为祖先报仇而设谜招亲的故事更是随着《一千零一夜》在欧洲的传播而成为欧洲名剧《图兰朵》的蓝本。1704 年，法国东方学家加朗（Antoine GaLLand）将《一千零一夜》译成法文，此书一经出版便立即在法国文学界掀起了一股东方热潮。一时间，模仿《一千零一夜》体例写成的各种东方故事集不断涌现，最为著名的是法国学者克洛瓦（Croix）翻译创作的《一千零一日》。图兰朵的故事也被保留下来，并给法国读者留下了深刻的印象。随着《一千零一日》在欧洲的流行，图兰朵的故事进一步为人们所熟知。1762 年，意大利剧作家卡罗·哥兹（Carlo Gozzi）将这个故事改编为五幕寓言剧《图兰朵》，图兰朵由此第一次登上戏剧舞台。哥兹的改编明显受到了《马可波罗游记》的影响，他将图兰朵的故事设定在了中国的元朝，"卡拉夫"成了鞑靼王子，王子的父亲名为"帖木儿"，故事的发生地也被改在了"北京"。同时哥兹还为故事增加了三个重要的角色——平、庞、朋。1802 年，德国大诗人席勒（Schiller）在哥兹剧本的基础上创作了诗剧《图兰朵》，并对剧中的很多细节进行了深入的考证和一定程度的修改，也使图兰朵的故事变得更加贴近中国实情。1920 年，意大利歌剧大师贾科莫·普契尼（Puccini Giacomao）在哥兹和席勒两个版本剧作的基础上开始与阿达米、西摩尼共同创作歌剧《图兰朵》。他四处搜集与中国有关的资料，以使歌剧《图兰朵》看起来更像是一个发生在中国的故事。普契尼的歌剧《图兰朵》中最具中国风情之处莫过于七段中国传统曲调的使用，其中尤以民歌《茉莉花》最为著名。以中国故事为题材、经过多次改编创作的西方经典《图兰朵》在普契尼这里达到了顶峰。

令人惊喜的是，《图兰朵》的艺术之风竟然在新世纪里又重新吹回了中国，让我们看到了"图兰朵故事"从东方流传到西方继而又回归东方的强大艺术生命力。2007年，中国作曲家郝维亚对普契尼的《图兰朵》作了续写，他在尊重普契尼原作风格的基础上，创造性地糅入了许多富有中国特色的艺术元素。这部由中国人续写的中国公主的故事在2008年3月由"全班华裔班底"在国家大剧院上演并获得了极大的反响，被誉为"《图兰朵》在中国的新生"。

西洋歌剧《图兰朵》在中国的新生可以看作是东方与西方异质文化间循环影响的一个范例，下面再以文学作品《金云翘传》在中越文学间的流传来展示文学在同质文化中的循环影响。明末清初，文人"青心才人"在不同民间话本的基础上编写了一部章回体例的长篇小说《金云翘传》，讲述了一个下层贫苦妇女"翠翘"几经命运的波折和考验，最终和心上人"金重"终成眷属的故事。这部小说后来传到了与我国一衣带水、深受中国文化影响的越南，许多越南作家对其进行了改编，其中最有名的是阮攸（Nguyden Du）改编的喃传长诗《肠断心声》，这部作品后来也以《金云翘传》为名在越南广泛传播，被奉为越南古典文学的最高成就。阮攸最为出色的改编就在于他利用了越南民歌所特有的"六八体"形式，并增添了许多越南的谚语和俗语，让这篇喃传长诗带上了浓厚的越南民族特色和民间文学色彩。这就为《金云翘传》在越南民间的广泛流传奠定了坚实的基础。有趣的是，在中国广西的少数民族京族中也流传着一个名为《金仲与阿翘》的民间故事。在这个民间故事中，人物被减少，情节得以集中，语言也更加口语化，被还原为王翠翘和金仲之间悲欢离合的爱情故事。而且在京族三岛的哈唱节上，哈哥与哈妹也会对唱有关《金云翘传》的民歌。中国古代章回体小说《金云翘传》之所以发展成为少数民族的民间故事和叙事歌谣，正是因为越南阮攸的《断肠心声》对中国民间文学的再影响。据史料考证，中国广西少数民族京族正是自明武宗正德六年开始从越南的涂山、清花、角白等地陆续迁来中国的三岛防城。由此，京族的祖先在从越南迁来中国的同时也将当时流传于越南的有关《金云翘传》的民歌和故事又带到了中国，世代定居之后京族人又用京语唱叙事歌，用汉族的粤语讲民间故事。《金云翘传》这部作品就这样在中国文学和越南文学间展开了循环式的影响传播。

三、流传学的发展与展望

流传学作为比较文学影响研究最基本的研究范式之一，其发展与演变自然和影响研究息息相关。科学考据的实证主义是影响研究最根本的研究方法。早期的流传学受其影响，也将比较文学的研究对象限制于"两国文学间的相互关系"上，强调一种实实在在的事实性关系："地道的比较文学最通常研究那些只是两个因子间的'二元'的关系，只是对一个放送者和一个接受者之间的二元关系证实。"①早期流传学对于放送者和接受者之间二元关系的简单限定，让流传学陷入了一种类似于"债权人"与"债务人"外贸关系的单向性研究模式中，从而忽视了文学接受者一方本身所具有的主动性和创造性。法国学派所尊崇的实证研究让流传学在"科学化"和"规范化"的同时显示出了研究方法上的单一性和局限性。

早期的流传学十分注重研究国家文学间的地域差异，但这时期所关注的国家文学的影响关系却总是与以欧洲为中心的国家认同观念相连。英国历史学家麦考雷（Thomas Babington Macaulay）就曾在 1935 年对当时的印度总督说过，从没见过哪个东方学者否认好的欧洲图书馆里一个书架就能摆完整个印度和阿拉伯的文学；也从没有哪个东方学者敢坚持说阿拉伯和梵文的诗歌能与伟大的欧洲国家的作品相比。可见当时欧洲学界弥漫着浓郁的欧洲中心主义和民族沙文主义思想。在此影响之下，流传学早期的研究也多局限于欧洲作家、作品或文艺思潮等文学现象在其他国家地区的接受和影响，将欧洲文学与其他国家文学的影响关系表现为一个从高处到低处的流传过程，研究的目的也只是为了证明欧洲文学的优越性。

20 世纪后半叶，人文社会科学领域内层出不穷的新理论和新方法为比较文学的学科发展提供了丰富的理论资源，流传学在实证与科学的研究方法上得以进一步发展，兼容并蓄地吸收了比较文学其他流派，以及接受美学、文化社会学、心理学、人类学等其他学科的成果和元素，这让比较文学在研究方法和研究视野上得到了极大的扩展和延伸。对于法国学派早期流传学的研究弊端，美国学者雷马克（Henry H.H.Remak）表达了自己的观点，他认为，有不少关于影响研究的论文过于注重追溯影响的来源，而未足够重视这样的一些问题：保存下来的是些什么？去掉的又是些什么？原始材料为什么和怎样被吸收和同化？结果又如何？如果按这类问题去进行，影响研究就不仅能增加我们的文学史知识，而且能增进我们对文学创作过程和对文学作品本身的理解。

因此，流传学在不断的发展和实践中逐渐认识到，仅仅关注一国文学对另一国文学的影响是远远不够的，还要对研究对象双方存在的影响与接受的互动关系做出相应的解释。尤其在当今全球化的学术语境下，流传学更需要用一种跨越异

---

①[法]梵·第根著；戴望舒译.比较文学论[M].上海：商务印书馆，1995：202.

质文明，追求和而不同、平等对话的世界性眼光去看待国际文学关系，那种狭隘的文化民族主义、霸权主义和殖民主义的心态则务必要从流传学的研究中摈弃。另外，在研究方法上，流传学一方面更加注重与影响研究范式内部各方法之间的综合互补，另一方面也更广泛地借鉴和吸收文学之外其他学科的理论范式，将外在"事实联系"的历史性与内在"因果关系"的审美性有机结合。

第二节　渊　源　学

一、渊源学的起源、定义和特征

（一）起源

渊源学研究兴起于法国，其最初的形态是以手稿研究为主的"前文本"研究，并拥有一支独立的文学流派——渊源批评派。

18 世纪初期，欧洲开始大量印刷书籍，手抄本逐渐淡出读者的视野。但是，作为原始创作形迹的手稿却仍然受到作者乃至批评家们的重视。自 19 世纪初以来，法国许多作家开始注意保存自己的手稿，即使在新书面世后，仍没有把手稿毁掉，小心地遗留给公共机构或私人收藏者保存。其中尤为典型的就是维克多·雨果（Victor Hugo），他从 1826 年起就认真保存自己的手稿，1881 年在遗嘱中提出将全部手稿捐赠给巴黎国家图书馆，促使了巴黎国家图书馆的现代手稿部成立。此后，欧洲许多国家的大型图书馆里都增设了"手稿收藏部"，为文学创作研究积累了大量资料，也为后起的渊源批评奠定了基础。

20 世纪 20—30 年代，吕德莱（Gustave Rudler）、朗松（Gustave Lanson）、蒂博代（Albert Thibaudet）等法国学者先后表现出对以手稿为主的"前文本"资料的重大研究兴趣。吕德莱在《文学批评与文学史的技术》（1923）一书中首次提到了"渊源批评"一词："文学作品在送去印刷之前，从第一次萌发创作的念头到最后写作完成，经历了好几个阶段，渊源批评试图揭示作品产生的心理运作的过程，并从中找到其规律。"①吕德莱提出的"渊源批评"可谓是当前比较文学研究领域中"渊源学"研究的初期形态，将研究对象和研究资料锁定于作家创作的文本与"前文本"之上，从运动学的角度出发，通过考察作家的创作心理揭示作品的创作演变过程。1931 年，法国比较文学的先驱梵·第根在其著作《比较文学论》中

---

① 转引自冯寿农.法国文学渊源批评：对"前文本"的考古[J].外国文学研究，2001（4）8-14.

确立了"渊源学"这一概念，渊源批评由此演变成一门独立的研究方法，关于文学渊源的种种概念、理论、研究模式也随之清晰化、系统化了。

然而，渊源学研究一经诞生，就受到了结构主义思潮的强大冲击。结构主义批评完全与之相反，把文本作为一个自足的系统加以考察，寻找文本内部的逻辑与结构，这一试图割断文本与作者关系的研究学派在 20 世纪中叶的法国如日中天，渊源学研究不得不为之让步。但从另一方面来看，结构主义批评提供了大量清晰的文学概念，尤其是"文本理论"的建立和完善，这也为"渊源批评"从理念发展成为一个独立的流派提供了概念基础。例如渊源批评派惯用的"文本"和"前文本"概念，便是直接采自结构主义的理论成果。有学者指出，渊源批评可谓是对结构主义批评的一种延伸和超越：结构主义批评偏重文本内部的共时静态形式的分析，而渊源批评则强调对创作过程的"前文本"给以历时动态结构的分析。

除却借鉴结构主义批评的概念以外，渊源学还广泛综合了诗学批评、社会学批评、精神分析法、语言学等多种批评方法的研究成果。诗学批评将手稿分为"外源"（1'exogenése）和"内源"（1'endogenése）："外源"指作家参考的文献、资料；"内源"指已写成的手稿，即"前文本"。诗学批评注重于考察作家如何把"外源"的资料经过美学选择、虚构化，赋予资料的"文学性"，成了"内源"的要素。诗学批评中所说的"外源"，基本可以看作是渊源学中的笔述渊源。社会学批评则将文学的渊源分为"剧情渊源"和"手稿渊源"，前者指所有对作品的构思和创作过程起重要作用的文献、资料，类同于诗学批评中的"外源"；后者指写作过程中手稿的不同版本。社会学批评通过考古个人话语，考察作家将集体话语转变成个人话语的过程，并认为这一过程揭示了一种语言、一种思想乃至一种文化的演变历程。语言学则为渊源学提供了大量语言概念，用于进行草稿分类或阐释手稿的细微变更。在渊源学对于"前文本"的垦荒中，精神分析学的作用较之前几种批评方式更为显著，通过研究前文本中的"潜意识"活动推理作家的创作心理和创作过程。但是这种方式同时也是危险的：一方面它模糊了作者心理的时间性和阶段性，因为精神分析学认为"潜意识"或"无意识"是非时间性的，所以并不能通过文本或"前文本"推论出作家创作过程中每一次犹豫反复、推翻再创造的心理逻辑。这显然不符合渊源学研究的宗旨。另一方面，精神分析学在诠释文本时常运用"自由联想"的方法，在遇到文本连接的断点或跳跃时，被迫用主观联想代替逻辑论证。精神分析学的这些特点决定了渊源学研究需要在借鉴精神分析学的基础之上，将其与手稿研究严密地结合起来，通过在文本或前文本中挖掘大量的实例来支撑论断。

（二）定义和特征

梵·第根曾在《比较文学论》中指出："思想、主题和艺术形式之从一国文学到另一国文学的经过，是照着种种形态而画过去的。这一次，我们已不复置身于出发点上，却置身于到达点上。这时所提出的问题便是如此：探讨某一作家的这个思路、这个主题、这个作风、这个艺术形式的来源，我们给这种研究定名为'渊源学'。"①

从这一定义可以看出，渊源学和流传学一样，都是根据文学传播过程中的影响进行研究，所不同的是，流传学是从影响的"起点"入手进行梳理，强调影响的过程；渊源学则是从影响的"终点"入手进行回溯，指向影响的源头。结合这一定义，可以为渊源学总结以下几个特征：

1. 回溯性

渊源学是一种从终点或者说影响的接受者出发，去探求起点或者说影响的放送者的研究，其研究路径是一种"回溯"的方式。孙景尧在其主编的《简明比较文学教程》一书中提出，渊源学研究"可以从本国立场出发，也可以从他国立场出发，但目的是在考察一个作家或一种文学所曾吸取或改造过的外来因素之源头。在研究过程中，把本国文学中所受外国文学影响的成分找出，据此追溯它们的出处，考据本国文学如何具体接触到外国文学，并努力证实这种外国文学正是本国文学所受影响的源头"②。

值得注意的是，孙景尧的这一界定除了强调渊源学的回溯性以外，还强调了渊源研究的跨国界性。比较文学渊源学的研究对象是一国文学在另一国文学中的渊源，而不包括一个国家或民族文学内部的影响探源。例如考察北宋欧阳修在诗文创作上分别受到了韦应物、李白、王禹偁、梅尧臣、韩愈等人的影响，虽然也具有回溯性，却不被纳入比较文学研究的范畴，而应当归结到古代文学研究之中。

2. 实证性

在渊源学研究中，实证起着十分重要的作用。它不仅是渊源学研究的基础，而且也是渊源学研究的骨架。忽视或弱化这一基础和骨架，就难以揭示文学事实真相，难以加强话语存在的可信度，也势必造成言而无据、信口开河的混乱局面，

---

①[法]梵·第根著；戴望舒译.比较文学论[M].上海：商务即书馆，1937：170.
②孙景尧.简明比较文学教程[M].南京：江苏教育出版社，2007：121.

最终渊源学不再成其为渊源学。渊源学的研究需要经过严密和审慎的考证，文本和"前文本"都是必须考察的对象。不但要考察个人话语，还需要考察集体话语，从语言、宗教、历史、哲学、地理游记、日记、笔记等众多领域来获取证据；不但要考察笔述的渊源，还需要考察口传的、印象的、集会的、旅游的、孤立的、集团的等多个方面的渊源。

在中国比较文学研究领域中，渊源与影响研究的奠基者首推陈寅恪，他所强调的原典实证法，讲求对本国、本民族、同时代或相近时代的文本、文献资料乃至文物材料进行甄别，在此基础上再进行严密的逻辑推导，使论证过程具有不能辩驳的、无法推倒的实证性，从而对命题的成立具有根本的支撑价值。陈寅恪认为："即以今日中国文学系之中外文学比较一类之课程言，亦只能就白乐天等在中国及日本之文学上，或佛教故事在印度及中国文学上之影响及演变等问题，相互比较研究，方符合比较研究之真谛。"①本着这种理念和方法，陈寅恪先后成就了《隋唐制度渊源论稿》《敦煌本维摩诘经文殊师利品疾品演义跋》《西游记玄奘弟子故事之演变》《莲花色尼出家因缘跋》《三国志曹冲华佗传与佛教故事》等极具说服力的渊源学研究论文。陈寅恪在考察佛教说教故事的演变时曾说到："故有原为一故事，而歧为二者，亦有原为二故事，而混为一者……若能溯其本源，析其成分，则可以窥见时代之风气"②，道出了渊源学研究的宗旨和意义所在。

二、渊源学的研究内容

（一）渊源的类型

1.笔述渊源

笔述渊源又称为书面渊源，指的是有文字可考，能从作家的作品、自传、回忆录、书信、访谈录等中找到真凭实据的渊源。

例如，中国当代重要作家王小波的创作就曾广泛接受过法国新小说派、美国黑色幽默派等多个西方文学流派以及卡尔维诺（Italo Calvino）、米兰·昆德拉（Milan Kundera）、博尔赫斯（Jorges Luis Borges）、杜拉斯（Marguerite Duras）等外国作家的影响。他在自己的作品中也曾多次提及这些影响。在《从〈黄金时代〉谈小说艺术》一文中，王小波直截了当地称自己的小说文体为"黑色幽默"；在《我对小说的看法》一文中，他则提到，他对现代小说的看法，就是被《情人》

---

①陈寅恪.金明馆丛稿二编[M].上海：上海古籍出版社，1980：223.
②转引自乐黛云，王向远.比较文学研究[M].福州：福建人民出版社，2006：85.

固定下来的，坦言自己受到杜拉斯的影响。此外，王小波多次在副文本（如标题、副标题、序、前言、告读者等）中指出一些参照性文本，暗示自己的创作中包含了对这些文本的摹仿、戏仿、反讽或者影射。在他的正文本中，也有大量对其他文本的引用、借鉴，小说《红拂夜奔》就诙谐地引用了米兰·昆德拉小说中对"脱"的叙述。

18世纪德国重要剧作家、诗人和思想家歌德（Johann Wolfgang von Goethe）在谈到自己的创作时也说到："我的靡非斯托夫也唱了莎士比亚的一首歌。他为什么不应该唱？如果莎士比亚的歌很切题，说了应该说的话，我为什么要费力来作另一首呢？我的《浮士德》的序曲也有些像《旧约》中的《约伯记》，这也是很恰当的，我应该由此得到的是赞扬而不是谴责。"①

笔述渊源因为清晰地见诸文字记载，所以比较容易发现，也是研究得最多的一种。对此，日本学者渡边洋（Watanabe Hiroshi）在其著作《比较文学研究导论》中严肃地指出："有些作家的创作则是完全消化、吸收多部作品，显示不出任何确切的'源泉''中介'的痕迹。在很难确定'影响'的要素的情况下，如果能从过去的资料、文献中发现'影响'的根据，会让研究者喜出望外。虽然现在也能偶然发现某个作家的'初稿''创作笔记''日记''书信'等，并在报纸上渲染一番，但是绝不可抱着侥幸心理进行研究。'学术'道路没有捷径，真正的研究要靠平时的点滴积累，也就是从精读文本开始，再到收集相关资料，阅读参考文献"②，提醒比较文学研究者要正确对待笔述渊源，切不可依据偶获的资料盲目推证。

2. 口传渊源

口传渊源指的是作家所听到的，对其创作产生了影响的神话传说、民间故事、奇闻轶事、谚语、歌谣、对话等等。口传渊源没有文字记载，因此不便于查证，但往往对作家的创作具有重要的影响。

在海外华裔文学所建构的跨文化语境中，往往能够见到基于口传渊源所形成的民族记忆的体现。例如在美国华裔文学作品中，就时常可见"苍龙""白虎""金蟾"等重要的传统文化符号。在《女勇士》里，汤亭亭借用了蔡琰远嫁匈奴和花木兰代父从军等民间故事，以及岳飞抢金的英雄事迹，来表达华人在异国守成与变化、回归与归化的复杂历程。在《中国佬》中，她又巧妙运用了牛郎织女的传说，以借喻华人劳工的精神状态和现实处境。

---

①[德]歌德著；朱光潜译.歌德谈话录[M].北京：人民文学出版社，1980：56.
②[日]渡边洋著；张青译.比较文学导论[M].北京：中国社会科学出版社，2007：24.

至于在海外华裔文学中具有典型意义的关公崇拜，其渊源也更多地来自于民间唱讲艺术。早年在美国的华人居住点，华人剧团常辗转巡演关公戏，在华工简陋的家中也总是悬挂着关公像，汤亭亭的《中国佬》对此也有描写：两张差不多大小的祖父与祖母的肖像与一张关公像并列挂在餐厅里。在《女勇士》中，"关公"形象被认为是"战争和文学之神"；在《中国佬》中，华人聚居点的舞台上红脸长须的关公形象则被看成是"我们的亲人""我们的祖父"。

相比从神话传说、民间故事和唱讲艺术中获取的创作渊源，作家从一些谈话片段中所受到的启发则更加无据可考。尤其是对于在现代化的录制手段尚不发达的时代产生的文本，其口传渊源的追溯和确认更是一项极其困难的工作。

3. 印象渊源

印象渊源又称作旅行渊源，指作家在旅行或旅居异国期间，被特殊经历或当地的自然景观、人文风情乃至艺术作品激发起创作情思，从而创作出了不同以往的具有异域情调和色彩的作品。例如美国作家海明威（Ernest Miller Hemingway）的长篇小说《太阳照常升起》，就是根据其一战期间先后随军开赴意大利、法国的特殊经历而写就的，另一部作品《丧钟为谁而鸣》则是他在以战地记者的身份前往西班牙报道内战期间构思而成的。特殊的从军经历赋予了海明威粗犷朴实而又炽热深沉的创作风格，感染了二战后的许多美国作家，如詹姆斯·琼斯（James Ramon Jones）、纳尔逊·阿尔格伦（Nelson Algren）、诺曼·梅勒（Norman Mailer）等等。

关于作家的旅行经历，日本学者大冢幸男（Otsuka Yukio）曾作过细致的归纳："仅就欧洲文学而言，便有蒙田、歌德、夏多布里昂、司汤达的意大利之行，伏尔泰的英国之行，德·史达尔夫人、康斯坦、内尔瓦尔的德国之行，内尔瓦尔、福楼拜的近东之行，莫泊桑、纪德的非洲之行，夏多布里昂的美国之行，英国伟大诗人拜伦、雪莱、济慈的大陆之行，海明威从军去法国，海涅、屠格涅夫的法国之行，契诃夫库页岛之行，冈察洛夫的日本之行，纪德的苏维埃之行。就近代日本而言，二叶亭四迷去俄国旅行，森鸥外去德国留学，夏目漱石去英国留学，岛崎藤村去法国旅行，永井荷风去美国及法国留学，有岛武郎去美国留学，芥川龙子介去中国旅行，横光利一去法国旅行，等等。"[①]

就中国留学外国的作家而言，留学日本和留学英美的作家群在思想观念、文学创作等方面具有明显的差异。留日作家群大多呈现出叛逆精神，他们的作品中

---

①[日]大冢幸男著；陈秋峰，杨国华译.比较文学原理[M].西安：陕西人民出版社，1985：93.

普遍流露出强烈的反叛意识、浓烈的革命热情、对种族歧视强烈的反感以及偏激的思维和善变的态度。相比之下，留学英美的作家群体则更多地表现出民主氛围下的自由精神、现代文明包围中的独立品格、社会环境给予的精英意识以及西方文明洗礼之下的中和态度。这种文化差异性显然是由不同的留学环境以及回国后所受到的不同待遇所造成的。

4. 直线渊源

直线渊源是指从一部作品中探寻到另一国文学作品的因素，包括思想题材、创作手法、人物形象乃至于情节等等。例如鲁迅通过有机融合俄国现实主义的创作经验所写出的中国第一篇日记体短篇小说《狂人日记》，从标题、体裁、形式和表现方法等各个方面都对果戈里（Nikolaj Vasiljevitch Gogol）的同名小说有所借鉴，二者都用狂人的眼光和意识来看待或理解这个世界，都借用了亦真亦狂的语言来抨击社会；甚至细节之处也不例外，比如都采用"以狗喻人"的手法，在小说结尾处都发出了"救救孩子"的呼喊。又如莫言受到拉美魔幻现实主义作品，尤其是马尔克斯（Gabriel García Márquez）的《百年孤独》等作品的影响，创造出了和马孔多小镇同样具有荒谬、梦幻、夸张色彩的一个文学王国——高密县（现山东潍坊的高密市）东北乡。莫言在谈论自己的创作时，并不讳言作品中的拉美魔幻现实主义文学渊源："二十年来，当代作家或多或少地受到魔幻现实主义的影响，我们也写过很多类似的小说。"[1]

5. 集体渊源

集体渊源是指一个作家在创作中不只受到某个流派、某个作家或者某部作品的影响，而是受到众多外国作家作品的影响，因此，集体渊源研究就是以一个作家或一部作品为核心，辐射状地探寻所有对其产生过影响的作家和作品。

在考察某个作家或作品的渊源的时候，可以发现，单一的直线渊源是很少独立存在的，尤其在近代和现当代的作品当中，许多作家和作品都受到集体渊源的影响。例如郭沫若杰出的浪漫主义诗篇《女神》，就是在中国现代文学发端之初，在浓厚的西方文艺思潮的熏染下，受到歌德、惠特曼（Walt Whitman）、雪莱（Percy Bysshe Shelley）、瓦格纳（Wilhelm Richard Wagner）等西方作家创作的多元影响而诞生的；又如在郁达夫作品中，既可以追溯到西方作家如卢梭、屠格涅夫（Ivan Sergeevich Turgenev）等人的创作理念，又可以追溯到日本私小说的创作手法；再

---

[1] 莫言，李敬泽.向中国古典小说致敬[J].当代作家评论，2006（2）：155-157.

如从泰戈尔（Rabindranath Tagore）的诗歌中，也可以梳理出西方象征主义、唯美主义诗歌和孟加拉民间抒情诗等多重渊源。

上述五种渊源是梵·第根在《比较文学论》中所进行的分类。事实上，这种分类方式并不十分清晰，因为五者之间并非并列关系。可以将前三者看作按照影响方式的分类，将后两者看作按照源头形式的分类，其中集体渊源又是多个直线渊源的总和。

（二）研究形态

简单说来，渊源学就是追溯、梳理某国文学或者某个作家在创作过程中所受到的外国文学的影响。就西方文学而言，渊源研究往往可以追溯到古希腊，因为古希腊文学为整个西方文学的发展奠定了基调，不仅创造了诸多的文学、哲学概念，也创立了诸如寓言体、哲学对话体、抒情歌谣体、悲剧体等重要的文学形式。后起的西方文学家几乎无不受到古希腊文学直接或间接的影响。东方则拥有古中国和古印度两大文明，它们和古希腊文明并称为人类早期文明的三种路径。中国文学和印度文学在历史上有过多次交集，两国的文学可谓互为渊源。就拿佛典故事来说，中国志怪小说中的印度佛典文学渊源经过诸多学者的多次论证，已经得到了清晰而系统的梳理；同样，印度佛典文学中也不乏中国古代神话传说的影子，这一点，我国学者糜文开所著的《中印文学关系举例》一书中已经有了十分细致、扎实的研究。跨越东西方的文学渊源也是渊源学研究的重要内容，尤其在现当代的东西方文学中，不少东方作家受到西方现代文学思潮和文学作品的影响，例如茅盾的文学创作经验，就是在大量阅读、借鉴、译介外国文学作品的基础上积累而成的，他曾历数过对自己产生影响的西方作家作品："我更喜欢大仲马，甚于莫泊桑和狄更斯，也喜欢斯各德……我也读过不少的巴尔扎克的作品，可是我更喜欢托尔斯泰。"[1]

相比之下，西方作家更倾向于从中国古典哲学思想和文学著作中汲取灵感，俄国文学家托尔斯泰曾说过，中国人的生活常引起他极大的兴趣，他曾竭力要理解自己所读到的一切，尤其是中国人的宗教的智慧的宝藏；孔子、老子、孟子的著作以及他们的评注。他也曾探究过中国佛教状况，并且读过欧洲人写的关于中国的著作。德国、奥地利、瑞士等德语国家的作家则格外偏爱庄子，早在 1781年，塞肯多夫（Leo V.Seckendoff）就在《蒂福尔特》杂志上刊载了小说《命运之轮》，其素材就来源于《庄子休鼓盆成大道》。此后，卫礼贤（Richard Wilhelm）、

---

[1]转引自庄钟庆.永不消失的怀念[J].新文学史料，1981（3）：193-197.

荣格（Carl Gustav Jung）、德布林（Alfred Doblin）等人先后在作品中引介和参见庄子思想，现代派大师卡夫卡（Franz Kafka）更以拥有一部《南华真经》而自豪。

1. 西方渊源研究

巴尔扎克（Balzac）是法国批判现实主义文学巨匠，其作品中的现实主义倾向可以追溯到古希腊亚里士多德（Aristotle）的"模仿说"。亚里士多德在批判地继承了苏格拉底（Socrates）、柏拉图（Plato）等人文艺思想的基础上，确立了文艺模仿的本体地位，并提出模仿既不是一种偶然的自然行为，也不是复制自然对象的机械行为，而是一种先天的、积极的创造活动，可以在一定程度上偏离自然或者对自然进行改造；既可以模仿历史或现实题材，也可以模仿神话、寓言等理想的虚构题材。巴尔扎克所持的"小说应当成为社会风俗的历史""小说应当运用现实主义的真实原则"等观点明显地继承了亚里士多德的理论。此外，巴尔扎克也将神话故事、寓言、传奇等题材有机融合到自己的创作中，在赋予了现实主义小说丰富表现力的同时，也使得作品具有了浓厚的浪漫主义色彩。例如《人间喜剧》中所收录的一则短篇小说《改邪归正的梅莫特》，取材于爱尔兰作家梅图林（Charles Robert Maturin）在1820年创作的小说《漫游者梅莫特》，描写了魔鬼梅莫特借用无限的享乐"权利"来换取银行出纳员卡斯塔尼埃的灵魂的故事。小说的创作目的仍在于批判资产阶级的享乐主义、金钱至上思想，揭露资产阶级交易所买空卖空的丑恶行径，具有现实主义的特征；但因借助了传说故事的题材和情节，整篇小说神奇怪诞，充满浪漫主义色彩。《驴皮记》《长寿药水》也是如此。

正如从《改邪归正的梅莫特》中可以追寻到爱尔兰作家的创作因素，对巴尔扎克的作品进行探源，不难发现许多西方作家作品影响的痕迹。他在前期曾受过英国历史小说家司各特的影响，他也曾经狂热地崇拜过夏多勃里昂，又受过市侩作家奥古斯特·勒·普瓦特万的指点，模仿过安·雷德克利夫和阿兰库尔等人惊险小说和司法小说的写法。受同时代风气的影响，巴尔扎克对意大利诗人但丁（Dante Alighieri）推崇备至，将但丁及其创作的《神曲》称为"最伟大的意大利诗人"创作的"唯一能与荷马作品媲美的现代诗篇"。正是受到但丁《神曲》（神圣的喜剧）的启示，巴尔扎克将其毕生作品的宏伟构思命名为"人间喜剧"。不仅如此，在小说《逐客还乡》（《人间喜剧》第二十二卷）中，巴尔扎克还以崇高的敬意描绘了这位伟大诗人睿智而庄严的形象。但丁在《神曲》中对中世纪末意大利社会分裂、道德堕落现象进行了全景式的批判，这也和巴尔扎克将《人间喜剧》定位为一部法国的社会风俗史，多角度、多层次地展现贵族衰亡、资产者发迹、金钱罪恶三大主题如出一辙。

2. 东方渊源研究

20世纪初，以德国学者格雷布（R.F.Graebner）和奥地利学者施密特（Wilhelm Schmidt）为代表的西方学者提出了汉字文化圈以及东亚汉字文化圈的概念，将历史上使用过汉字以及本国语言大量借用古汉语词汇的东亚地区归纳在这一文化圈之内，主要包括中国、日本、朝鲜、越南等国家。东亚汉字文化圈内的国家基本都受到儒家思想、佛教思想的濡染，并且因为长期使用汉字作为传播语言和文化的载体，在文学创作上也都受到汉文化的影响。

以越南为例。在1844年沦为法国殖民地以前，越南一直是中国的藩属国。就文字而言，越南通行的语言属于"南亚语系"，但汉字在越南却通行了两千余年，贯穿整个越南古代的历史。即使是作为独立国家的一千多年，越南举国上下仍然统一使用汉字、汉文。与汉字在越南通行相辅相成的是中国古代典籍和各种著述大量输入越南。越南的文学发展虽然经历了汉语文学、字喃文学和文字拉丁化以后的文学三个阶段，但始终没有脱离对中国文学的继承和模仿。北京大学教授颜保在《越南文学与中国文化》一文中如是写道："尽管从吴朝独立以来，有些王朝在不同的情况下，曾经采用过不同的措施来争取摆脱中国文化的羁囿，但总是较难冲破这一藩篱。如为了摆脱汉字的束缚，创制了自己的文字——字喃，但组成字喃的基础仍是汉字；创立了自己的诗体——韩律、六人体、双七六八体诗，但音韵格律仍未能超出汉诗的规矩，而作品的内容又多采自中国。到了拉丁化文字产生之后，翻译工作开始了，又是以译介中国作品为主，对一些常用词或成语直接音译，使得越南词汇中的汉语成分更加增多。而最突出的是贯彻整个越南文学创作进程的思想，一直是从中国传入的儒道并重的精神。"①

越南南北朝时期阮屿（Nguyen Hung）所做的越南第一部汉文传奇小说集《传奇漫录》，为后世树立了散文体小说创作的典范。探寻《传奇漫录》的文学渊源，不难追溯到瞿佑创作于明代初期的《剪灯新话》，对此，我国的比较文学研究者如陈庆浩、陈益源、孙康宜等人都有较为细致的研究。从篇章布局来看，《传奇漫录》分为四卷，每卷五篇，共计二十个文言短篇小说，各篇篇名或为"录"，或为"记"，或为"传"，完全模拟《剪灯新话》。从故事内容来看，《传奇漫录》多是讲述幽灵、冥府故事，以男女情爱为主，也与《剪灯新话》相仿，其中更有明显模仿《剪灯新话》的痕迹，如《传奇漫录》之《木棉树传》《那山樵对录》《金华诗话记》与

---

①颜保.越南文学与中国文化[J].国外文学，1983（1）：152-171.

《剪灯新话》之《牡丹灯记》《天台访隐录》《鉴湖夜泛记》都有明显的因袭关系，《木棉树传》在很大程度上甚至可以看作是《牡丹灯记》的翻版。从言辞风格来看，《传奇漫录》也着力模仿《剪灯新话》，越南学者何善汉甚至在当时《传奇漫录》的序中如此评论："观其文辞，不出宗吉（瞿佑）藩篱之外。"①

《传奇漫录》在越南文学史上具有重要的地位，其后许多短篇小说集如《传奇新谱》《圣宗遗草》《越南奇逢事录》，长篇小说如《皇越春秋》以及种种诗文著述或多或少都对《传奇漫录》有所因袭。从这个意义上说，中国古代文学是越南古代文学的重要渊源。

3. 跨越东西方的渊源研究

以中国现代文学革命为例来看中国文学中的西方渊源。从 1917 年到 1949 年，中国现代文学发展的三十年里，西方文艺思潮的涌入和文学作品的影响伴随始终，成为中国文学革命所不可或缺的外部因素。在文学革命的酝酿初期，胡适、陈独秀等先驱就直接从西方文学运动中获得过启示。胡适的《文学改良刍议》就是在受到英美意象派诗歌反叛传统诗歌繁绵堆砌风气、追求具体形式、主张运用日常口语等观点的影响下写就的。在这一前提下，胡适又直接借用了美国意象派诗人庞德（Ezra Pound）关于诗歌要靠具体意象的主张，发起了白话新诗运动。陈独秀的《文学革命论》也主张中国的文学革命要以欧洲文艺复兴以来的文学变革运动作为楷模，其"三大主义"中所要求建设的"国民文学""写实文学""社会文学"正是以 19 世纪西方资产阶级文学为蓝本的。文学革命的发动者们不但对旧文学进行了批判性的否定，也对如何建设新文学提出了许多有价值的建设性意见，这些意见也大都是借鉴西方文艺运动或者文学创作的经验。例如周作人在《人的文学》中，就大力提倡欧洲文艺复兴运动对"人的发现"、人道主义对"灵肉一致"的人生的主张以及西方和俄国的一些人道主义作家严肃地反映社会人生的创作理念。文学革命的发动者们还通过大量的外国作品译介来推动中国文学革命的发展。以《新青年》为阵地，从第一卷开始，就先后译介了屠格涅夫、王尔德（Oscar Wilde）、契诃夫（Anton Chekhov）、易卜生（Henrik Johan Ibsen）等西方作家的作品，在第四卷第六号甚至出了一期《易卜生专号》，发表了《娜拉》《国民公敌》等三篇剧作，都是以反传统、反专制、提倡个性自由、妇女解放为宗旨的，正与"五四"精神相吻合，掀起了一股译介易卜生作品和宣扬易卜生主义的风潮，对当时许多新文学作者产生了直接而深刻的影响。前文提到的鲁迅，就是在西方近代小说的

①陈庆浩.越南汉文小说丛刊（第一册）[M].台北：学生书局，1987：9.

格式和现实主义这一基本精神和手法基础之上，广泛吸取了浪漫主义、象征主义等多种手法，写出了《狂人日记》等一批堪称中国现代小说基石的作品。前文所提到的郭沫若的《女神》，也是一个典型的例子。

在对西方文学的发展历程的观照中，也不能忽略深厚的中国文学渊源。早在17世纪，英国诗人弥尔顿（John Milton）创作的长诗《失乐园》中就可以追溯出中国古代神话传说的渊源。我国比较文学学者杨周翰先生在《弥尔顿〈失乐园〉中的加帆车》一文中详细地论证了《失乐园》中所描写的加帆车的中国渊源及其影响路线。该文首先从文本出发，通过诗中原句"途中，它降落在塞利那卡/那是一片荒原/那里的中国人推着轻便的竹车/靠帆和风力前进"论证出诗人所提到的加帆车确实出自中国；接着从西方文献追溯了加帆车传入欧洲的三个渠道：文字记载、舆地图和仿造。其次，作者还梳理了中国古文献中关于加帆车的三种资料：《博物志》和《帝王世纪》等文献中记载的神话传说、《异域图志》和《山海经》等文献中的插图绘画以及《鸿雪因缘图记》和《中国机械工程史料》等文献中所描述的实物。在分别追溯了加帆车在西方文献和中国文献中的记载之后，作者着力考证了中西文化交流中双方发生影响联系的事实交接点，最终推证出弥尔顿对于加帆车的了解很可能来自于同时期作者黑林（Peter Heylin）所著的《小宇宙志》。整个论证过程既有严密的逻辑，又有周详的考据，可谓树立了渊源学研究乃至比较文学研究的一个典范。此外，德国学者卫礼贤所作的《歌德与中国文化》也是一篇研究西方文学中的中国渊源的有分量的学术论文。此文从文本、文献等多个角度出发，考证了歌德曾受到孔子学说、中国元代戏曲、中国古体诗的影响。

三、渊源学的研究现状和前景

渊源学研究体现了比较文学的法国学派重视客观实证、精于逻辑论证的学科精神，也借重了美国学派宽阔的视域，通过寻根溯源将看似单一的、孤立的、彼此没有关联的文学现象联系起来，从而巩固了我们把握世界文学的宏观视野。通过渊源学研究，不仅可以使我们的研究视野上升到文学史观的层面，也使得我们在对各国文学交流史进行整体把握的同时，对一国文学的特征形成更为深刻、全面的认识。例如通过研究越南文学在中国古代文学中的渊源，有助于我们剖析越南文学中深厚的汉文化特征；又如通过外国文学中的中国文学渊源多追溯到古代哲学和古典文学著作这一现象，可以反思中国悠久的文化渊源，以及中国近现代文学更多地受到西方文学思潮影响这一现状。

事实上，中国比较文学所坚守的"和而不同"的多元文化对话理念以及日益成熟的文化研究和双向阐发研究手段正是渊源学研究所需要借鉴的研究态度和研究方法，有助于渊源学研究在通过实证方式回根溯源的同时，结合影响和接受过程中产生的流变现象，对文本进行审美视野高度的观照。只有将实证的手段和审美的视野结合起来，才能够合理考察作家的成长过程和作品的创作过程，其研究成果才能够指导实际的创作实践。

当然，我国目前的渊源学研究仍然有待进一步深入。

首先，对比较文学渊源学的理论进行系统专门研究的著作还比较缺乏，基本是在个案研究的同时兼引梵·第根对于渊源学的一些阐释。事实上，梵·第根对于渊源学的阐释并不十分清晰，尤其是在渊源的分类方面。后起学者所提供的几种分类方式如文学—非文学分类法或者形式—素材分类法等等，虽然为渊源学研究提供了一定的思路和渠道，但是都不尽成熟和完善。

其次，在实际操作过程中，运用文本资料多于运用文献资料，其中对于文本资料的研究也多是单向的，例如通过某外国作家创作论、传记、回忆录等研究其对另一国作家作品的借鉴，却对后者自身的发展渊源和流传情况忽略不计，如此一来，研究成果必然显得单薄、缺乏意义。像杨周翰先生所作《弥尔顿〈失乐园〉中的加帆车》这种先根据文本推测"加帆车"可能的渊源所在，再分别梳理"加帆车"在西方文献和中国文献中的渊源，考证两条线索中发生联系的事实交接点，最后得出结论的方法，才是比较文学渊源学研究应当借鉴的科学路径。

第三节　媒　介　学

一、媒介学的渊源、定义及特征

(一) 渊源

媒介学（mésologie）一词来自于法语，词源出自希腊文的"mesoos"，词义为"居间者"或"中介者"。法国人最先将这一词语用于比较文学研究，用以研究不同国家之间所发生的文学关系过程中的中介活动。法国学派认为，国与国之间文学影响关系的产生，必然存在放送者和接收者，在放送者和接收者之间，又必然有一个传递者。这个传递者就是媒介者。它可以是人，也可以是事物。媒介者把一国或民族的文学作品、文学理论或文学思潮传播给另一国或民族，使它们之间产生影响的事实联系。

（二）定义

有关媒介学的定义，不同学派有不同的论述。法国学派是以事实联系为主要研究对象的，媒介学是他们首当其冲的研究焦点。1931 年，梵·第根在《比较文学论》中认为，在两个民族文学交流的方式中，"媒介"应给予重要的地位。媒介为外国文学在一个国家的扩散，为一个民族文学吸收采纳外国文学中的思想、形式提供了便利。在两种或两种以上文学发生相互关系的"经过路线"中，从"放送者"到"接收者"，往往是由媒介者来沟通的。媒介可以是个人，也可以是团体，包括朋友的集团、文学社团、沙龙、宫廷等"社会环境"，还可以是论文、报刊、译文等。1951 年，基亚在《比较文学》中介绍了比较文学的七大研究领域，将"世界主义文学的传播者"列在首位，并对其作了详细的论述。基亚认为，媒介学研究的对象是"有助于国与国或文学与文学之间了解的人士或典籍"，这些人和物包括五类：语言知识或语言学家，翻译作品或译者，评论文献与报章杂志，旅游与观光客，一种因为地理与文化特殊情况所造成的国际公民。①1983 年，布吕奈尔等在《什么是比较文学》中从"人及其见证"和"工具"两个方面，用丰富的实例论述了旅游者、旅游的影响、集体的作用、印刷品的文学、翻译与改编等一系列涉及文学的媒介。

倡导平行研究的美国学派的比较文学学者对媒介学也给予了关注和论述。韦斯坦因在《比较文学与文学理论》中提及了"放送者""接收者"和"媒介者"，特别提到了大众传播媒介（广播、电视、电影等）对接收者接受外国文学知识所起的作用。

1993 年，英国比较文学学者苏珊·巴斯奈特（Susan Bassnett）在《比较文学》中主张将比较文学当做翻译研究的一个有价值的研究领域，突出文学翻译在比较文学中所具有的重要地位。由于翻译是媒介学中的主要传播方式，巴斯奈特的论述无疑对媒介学的理论和实践具有重要的启示作用。

从 20 世纪 20 年代比较文学的兴起到 80 年代的兴盛，我国比较文学学者融汇了西方各学派的理论，对媒介学作了借鉴式的论述。1984 年，卢康华、孙景尧在《比较文学导论》中将媒介学定义为"研究不同国家文学产生影响的具体途径和手段"②。1993 年，赵毅衡、周发祥的《比较文学类型研究》将媒介学定义为"研究文学借以跨越国界进行传播的中介活动的学问"③。曹顺庆的《比较

---

①[法]基亚著；颜保译.比较文学[M].北京：北京大学出版社，1983：18-34.
②卢康华，孙景尧.比较文学导论[M].哈尔滨：黑龙江人民出版社版，1984：156.
③赵毅衡，周发祥.比较文学类型研究[M].石家庄：华山文艺出版社，1993：50.

文学教程》这样定义："媒介学（Mésology）是与影响研究有关的术语，它是影响研究的重要组成部分，研究外国作品进入本国的方式、途径、手段及其背后的因果规律。"①从这些定义可以看出，中国比较文学学者将媒介学限定在影响性的文学关系范围内。

通过梳理和分析，可以认为，媒介学是对国与国文学和文化间的关系的研究，它主要以一个国家的文学对另一个国家的文学发生影响的方式、手段、途径以及原因和效果等为主要研究内容。

（三）特征

媒介学研究的是国与国文学和文化间的关系。这就意味着，比较文学媒介学具有以下几个方面的特征。

1. 实证性

媒介学作为比较文学影响研究的一个重要组成部分，同比较文学形成的内在逻辑和法国学派的影响研究密切相关。比较文学的诞生深受 19 世纪法国的实证主义哲学影响。在这一哲学的渗透和影响下，法国的比较文学学者从一开始就注重研究和考证"国际文学关系"，力图寻找事实联系。第一个系统阐述法国学派观点的梵·第根从"放送者""传递者""接收者"这条路径探寻到比较文学的三个研究内容：渊源学、媒介学、流传学。这就从理论上为探讨各国文学和文化间的事实联系的研究奠定了基础。此后，确定法国学派体系的卡雷和基亚继承和发展了梵·第根的理论，认为比较文学不是文学的比较，而是"国际文学关系"。基亚说："比较文学是国际文学关系史。比较学者跨越语言或民族的界限，注视着两种或多种文学之间在题材、思想、书籍或情感方面的彼此渗透。"②作为三个研究内容之一的媒介学包括对中介活动的传递动机、环境和传递者本身的考察，对传递活动中的制约因素的查找，对传递的效果研究等，这些活动具有实证性。它从译介、借代、模仿、改编等方面去考察文学之间的联系，并力图用实际材料证明这种关系是否确实存在的事实联系，探讨媒介活动具体起了哪些交流、扩散、交换作用，受到了哪些文化、政治、经济及媒介自身特点的影响。总之，媒介学所研究的事实是列入社会整体的一系列因素的作用和影响。

2. 变异性

中介就是符号解码和符号化的过程，传递者先将放送者的意义进行解码，即

①曹顺庆.比较文学教程[M].北京：高等教育出版社，2006：89.
②[法]基亚著；颜保译.比较文学[M].北京：北京大学出版社，1983：4.

对原符号的识别、理解、阐释，然后再转换成语言、文字、图像等符号，最后到达接收者。其中，解码、再编码的过程必然经过传递者文化的选择和过滤而变形，其中包括误读、过度阐释等，也有融合。放送者是传递行为的发起人，通常处于主动地位；接收者也不是单纯的被动者，而是通过自己的选择、误读、过滤等反馈行为接收信息，具有自身的主动性。无论媒介者是个人、群体还是环境，必然是通过传递者的信息接收和反馈而展开的社会互动行为。变异就是在这种社会互动行为中产生的。如狄更斯（Charles Dickens）的 The Old Curiosity Shop 被翻译成《孝女耐儿传》，哈葛德（Sir Henry Rider Haggard）的 Montezuma's Daughter 被译成《英孝子火山报仇记》，克力斯第·穆雷（Christie Murray）的 The Martyred Fool 被译成《双孝子噀血酬恩记》等。原文和译文明显存在着变异。但林纾有意对原文进行"附饰"和"补充"，利用译语文化的"孝"来解构原文，由此产生了误读和误译。正是以林纾的"讹"为"媒"，陌生的客体文化被介绍到中国来，为中国读者所认识和熟悉。又如印度佛经在中国的传入，中国人用自己的话语，将儒家、道教文化等传统文化与佛教对话而使印度佛教产生了变异，结果形成了中国佛教的禅宗。由此可见，媒介的介入为主体文化带来了新的表现形式，有助于主体文化中建构和催生出新的文学和文化样式，也给媒介学的研究不断带来生机。

二、媒介学的研究范围和对象

比较文学媒介学的研究范围和对象主要围绕媒介方式、媒介学的研究类型、媒介效果和媒介本身等来展开。

（一）媒介方式

媒介方式的分类有两分法、三分法、四分法几种。基亚在《比较文学》中采用的是人和书籍两分法，但在人中又包含有"环境"。中国学者中，赵毅衡、周发祥和陈惇、刘象愚以及孟昭毅的划分几乎一样，都采用人、文字材料和环境三分法。曹顺庆的《比较文学论》采用了四分法，将人分出了个人和团体两个类型。这些分类大体相同，学界已达成共识。由此，本书认为媒介方式主要有个人、文字和环境三类。

1. 个人媒介

个人媒介是指把一国文学作品、文学理论或文学思潮传播给另一国的中间活动的译者、作家或其他人。依据个人在文学传播活动过程中的作用，个人媒介又可分为三类：第一，"放送者"国家的个人媒介，即主动将本国文学传播给他国的人。如 1955 年萨特（Jean Paul Sartre）和西蒙·德·波伏娃（Simone de Beauvoir）访问中国的文化之旅，导致了萨特作品和思想在中国的传播和"萨特热"。第二，"接收者"国家的个人媒介，即主动将外国文学传播到本国的人。季羡林对印度的《沙恭达罗》等的翻译，鲁迅对俄国的《死魂灵》等的翻译，都大大地促进了中印、中俄文学和文化的交流。第三，第三国的个人媒介，即既不是"放送者"国家，也不是"接收者"国家，而是通常所说的"居间者"或"中介者"，他们将一他国文学传播到另一个他国，成为他国之间的中介和桥梁。如著有《19 世纪文学主流》的丹麦文学史学家勃兰兑斯（Georg Brandes），研究了 19 世纪英国、法国、德国的文学，并把自己的研究论述介绍给欧洲各国，让欧洲各国了解认识 19 世纪文学主流。

2. 文字媒介

文字媒介是最常见的一种媒介类型，指各国文学与文化交流、传播的文字记载，如译本、评介文字、史实文字、游记、报刊杂志、随笔杂文等。译本的数目种类繁多，不可胜数。西方的翻译家翻译了大量的世界各国的优秀文学作品，法国著名小说家兼英国文学翻译家夏多布里昂（François-René de Chateaubriand）翻译的英国文学作品，法国诗人波德莱尔（Charles Baudelaire）翻译的美国文学作品，美国文学家菲茨杰拉德（F.Scott Fitzgerald）翻译的法国文学作品，俄国著名诗人普希金（Alexander Pushkin）和莱蒙托夫（Mikhail Lermontov）翻译的英德法等国的作品，美国诗人庞德（Ezra Pound）翻译的中国唐代诗歌。同样，中国的翻译家们也译介了大量他国作品，涉及政治、经济、宗教、文化、科技、军事等。在游记方面，《马可·波罗游记》对西方人了解、认识中国起了极好的推动作用。在史实方面，《1898—1949 年中外文学比较史》（修订本上、下卷）（范伯群、朱栋霖）、《西方翻译简史》（增订版）（谭载喜）、《中国翻译文学史》（孟昭毅、李载道）、《中国科学翻译史》（黎难秋）等著述涵盖了全面的翻译史、翻译文学史、翻译理论思想史、文学交流史等丰富的研究成果，论述了它们在传播世界文明方面的重要作用。报刊杂志方面，法国的《巴黎报》、苏联的《世界文学丛书》、中国的《译林》《外国文学评论》《中国比较文学》等都是典型的文字媒介。

3. 环境媒介

环境媒介是指各国文学和文化交流、传播的团体、会议或有利于文学文化交流环境、机构或枢纽位置，如文学研究或译介者组成的文学或翻译社团、沙龙、学术会议或杂志社、重要的地理位置等。

1954年成立的"国际比较文学协会（ICLA）"及各国成立的分会，为分享传播研究成果、共同讨论比较文学自身的学科理论建设和开拓已经并且正在作出重大贡献。成立于1953年的"国际翻译家联盟"，是国际权威的翻译工作者联合组织，起着团结各国翻译工作者协会，推动其交流与合作的媒介作用。

历史上法国史达尔夫人（Germaine de Stael）在1795年至1811年间举办的"沙龙"担当过欧洲各国文学间交流的媒介。每三年举办一次的世界翻译大会，成为各国翻译学术界、产业界进行宣传、交流、合作的良好契机和重要平台。

1868年，我国晚清自强运动中由曾国藩、李鸿章等创建设置的江南制造局翻译馆，以及随后出现的翻译出版机构如京师同文馆、商务印书馆、中华局与正中书局等，为传播西方文化做出了重大贡献。

我国著名的丝绸之路，历史上的广州、泉州和意大利的威尼斯，马六甲海峡、直布罗陀海峡等，凭着优越的地理位置和便利的交通条件，在中外文化交流史上起着重要作用。

（二）媒介学的研究类型

把一国文学作品、文学理论或文学思潮传播给他国，其间涉及翻译、改编与改写、评介、模仿与借用等。

1. 翻译

翻译是一种两种语言或多种语言间的跨文化的转换。意大利比较文学家梅雷加利认为，翻译无疑是不同语种间的文学交流中最重要、最富有特征的媒介，应当是比较文学的优先研究对象。

（1）翻译本质。

德国当代著名的翻译家弗米尔（H.J. Vermeer）说："翻译是一种跨文化的转换。译者应精通两种或多种文化，由于语言是文化内部不可分割的部分，译者也就相应地精通两种或多种语言；其次，翻译从本质上说是一种行为。换句话说，它是一种'跨文化的行为'。"①我国学者许钧对中西翻译理论具有代表性的观点进行了系统梳理和总结后给翻译下了定义："翻译是以符号转换为手段，意义再生为任务的一项跨文化的交际活动。"②中西两位学者关于翻译的本质有共同的观点。首先，翻译是一种静态的两种或多种语言转换的活动；其次，是一个动态的

---

①李文革.西方翻译理论流派研究[M].北京：中国社会科学出版社，2004：222-223.
②许钧.翻译论[M].武汉：湖北教育出版社，2003：75.

跨文化交流的行为。因此，翻译实质上是一种语言和文化多种因素综合影响的复杂的社会活动。

（2）翻译过程。

翻译的过程是一个协调原作、作者、译者、译作、读者等多个要素及其相互之间一系列关系的创作过程。整个的翻译过程是一个连续的彼此制约的整体，具体体现在社会环境、文化语境、个人素质三个因素对翻译行为的制约。

社会环境指译者所处的一定社会的政治、经济、意识形态的状况。社会环境不同，翻译的内容与策略也不同，翻译的风格也就各异。如欧洲文艺复兴时期，为重新复兴古希腊和古罗马文化，当时的学者选择了与社会需要和风气趋同的古希腊和古罗马作家的重要作品，包括欧里庇得斯（Euripides）、西塞罗（Marcus Tullius Cicero）、贺拉斯（Quintus Horatius Flaccus）等的作品。中国"五四"时期鲁迅与弟弟周作人合译的《域外小说集》主要选择了大量受压迫的北欧弱小民族、苏俄等国作品，与当时救亡图存的政治倾向相契合。

文化语境指在特定的时空中由特定的文化积累与文化现状构成的文化氛围，包括生存状态、生活习俗、心理形态、伦理价值等。文化语境对翻译也起着制约作用。如法国翻译理论家安托瓦纳·贝尔曼（Antoine Berman）对德国浪漫主义时期浪漫派的翻译内容选择和翻译策略做了研究，发现德国浪漫派的翻译目的在于通过翻译来吸收他国文化的精华弥补自身文化语境的不足以滋养自身文化。

个人素质指个人的学养、审美心理、个性和语言表达水平等素质。这些素质影响着译者的目标追求和翻译结果。如在翻译拜伦诗歌时，梁启超用元曲体，马君武用七言古诗体，苏曼殊用五言古体诗，而胡适则用离骚体。各自的译诗呈现出了不同的拜伦诗风貌和不同的诗人形象。

总之，翻译是通过语言文字的转换把原作引入一个新的文化圈，使原作的文学样式和文化得以在新的文化圈里交流和传播，延长了原作的文化和文学的生命。正如谢天振所说，翻译使得一部又一部的文学杰作得到了跨越地理、超越时空的传播和接受。

2. 改编与改写

改编是指将一种文学作品的文学样式和体裁改变成另一种文学样式和体裁的中介活动，它涉及媒介的改变，如将小说改成电影或剧本，将散文改为音乐来表达。这种改编多是在已有译本的基础上进行的，实际上是对原作的"二度变形"。如将莎剧《李尔王》改编为中国的越剧、京剧，将中国的诗歌《木兰诗》改编成美国迪士尼动画电影《花木兰》。

改写与改编有所不同，它注重将一种文学样式和体裁的文学作品缩短或扩写，一般不改变原作品的样式和体裁，如将长篇小说缩短为短篇小说，或反之。如法国作家伏尔泰（Voltaire）根据《赵氏孤儿》的法译本改写成五幕话剧《中国孤儿》，除了"搜孤""救孤"这一基本情节模仿《赵氏孤儿》之外，其他如时代、剧情、人物、结局、创作意图等各方面都做了极大的改写。

改编者或改写者根据不同的目的和需要，会对原作的内容和形式做出较大的改动而适应受众的审美趣味和心理接受能力，迎合时代和文化的要求，最终给原作创造了更大的受众群，延伸了原作的传播。如我国著名剧作家田汉和夏衍分别在 1936 年和 1943 年把托尔斯泰的长篇小说《复活》改编成剧本，两个改编本都抹去了原作的宗教色彩，作品的基调、风格等与小说《复活》有很大的差异，它们被中国化了。法国作家伏尔泰改写的《中国孤儿》，引起了欧洲各国对东方文化的特殊兴趣，加深了人们对东方文化认识和了解，也丰富了法国乃至欧洲的文化资源。

3. 评介

评介指评介者运用一定的文学理论和批评方法对文学作品及与其相关的其他文学现象做出评价并以一定的媒体公布于众，如书报、杂志、网络等。评介者在运用理论和方法评介文学作品及与其相关的其他文学现象进行科学分析、推理、归纳、综合时，往往将自己的先见、经验、判断、体会、倾向性等带入其中，评介本身是一种评介主体经过审美判断的精神创造活动，具有一定的主观性。同时，评介者是用当下的文学观念为标准对文学作品和现象进行观照、审视，并为当下的文学的发展和创作服务的。茅盾说过："介绍西洋文学的目的，一半果是欲介绍他们的文学艺术来，一半也为的是欲介绍世界的现代思想——而且这应是更注意些的目的。"①例如，在五四新文学运动时期，茅盾撰写了通俗性的介绍外国文学的读物《世界文学名著讲话》《汉译西洋文学名著讲话》等，用 19 世纪著名丹麦文学批评家勃兰兑斯的方法对能代表西洋文学发展史各个时期的文学思潮、流派、作家及其作品通俗地作了历史的鸟瞰和评价。茅盾与沈雁冰、郑振铎等新文化运动的倡导者们对外国文学的评介，对我国现代文学、特别是现代小说的发展，产生了极其深远的影响。

---

①茅盾.茅盾文艺杂论集（上集）[M].上海：上海文艺出版社，1981：28.

4. 模仿与借用

模仿指作家尽可能地将自己的创造个性服从于另一个作家，一般是服从于某一部作品，但又不同于翻译在细节上处处忠实于原作。模仿有拙劣的模仿和创造性的模仿。对拙劣的模仿，学者们持否定态度，对创造性的模仿则持肯定态度。普希金认为模仿并不一定是思想贫乏的表现，它可能标志着一种"对自己的力量的崇高的信念，希望能沿着一位天才的足迹去发现新的世界或者是一种在谦恭中反而更加高昂的情绪，希望能掌握自己所尊崇的范本，并赋予它新的生命"①。普希金在《波尔塔瓦》中表现彼得大帝时就借用了18世纪的英雄诗体，在悼念拜伦的《致大海》中模仿了拜伦诗的诗体形式。我国的巴金走向现实主义的第一步也是模仿外国文学的内容和形式。他用模仿写出来的作品包括《灭亡》《新生》《死去的太阳》《沙丁》《爱情三部曲》等，最后才形成自己独特的创作风格。

借用指创作者对他人文学作品中的题材、故事、情节结构、创作方法等内容和形式的一种"横的移植"。美国比较文学学者约瑟夫·T.肖（Joseph T.Shaw）说："借用是作家取用现成的素材或方法，特别是格言、意象、比喻、主题、情节成分等。借用的来源可以是作品，也可以是报纸、谈话报道或评论。借用可以是一种暗指，隐隐约约表明其文学上的出处；也间或有某种仿效的成分。……批评家和学者的任务则是指出新作中借用的素材与老作品有什么关系——借用的巧妙之处。"②约瑟夫·T.肖就借用的概念、来源、方式和技巧作了清楚的说明。中外有成就的作家往往是先通过学习借用前人的文学作品而逐渐形成自己的独创风格和特色的。莎士比亚在借鉴中完善并深化了自己的创作，无论在主题、题材、风格、表现手法等诸多方面都远远胜于古希腊悲剧作家的创作。中国剧作家洪深的《赵阎王》与曹禺的《原野》，被称为美国剧作家奥尼尔（Eugene O'Neill）《琼斯皇》的两个"中国翻版"。洪深借用了《琼斯皇》将剧中人内心幻觉具象化、舞台化的表现主义的戏剧技巧，包括结构、细节、伏笔等；曹禺创造性地借用了鼓声、化用了表现主义的技巧。

（三）媒介效果的研究

媒介效果是指通过媒介活动传播出去的信息给他国文化和文学带来的影响和变化。媒介效果按接收者的角度可分为个体效果和综合效果。

---

①张隆溪.比较文学译文集[M].北京：北京大学出版社，1982：36.
②张隆溪.比较文学译文集[M].北京：北京大学出版社，1982：37.

比较文学的理论认知与应用研究

1. 个体效果

个体效果指媒介中介活动在接收者身上引起了生活方式和生产方式（包括认知、情感、态度、行为、创作等方面）的变化。通常以接受者个体为分析单元。在中诗西渐过程中，美国诗人庞德根据著名汉学家费诺罗萨（Ernest Fenollosa）的笔记译成《神州集》（Cathay），受到中国唐诗的意象的启迪，创立了意象派；德国诗人歌德根据流传在德国的汉诗的德文译文的影响，模仿了中国古诗的诗风；美国诗人斯奈德（Gary Snyder）受到英译的唐诗的影响，注重的是唐诗中所体现的那种追求人与自然、社会与精神和谐共存的生态视野。

2. 综合效果

综合效果指媒介中介活动对接受者和整个社会产生的所有效果的总和，这种效果通常表现为一种长期、潜在的效果。媒介活动不仅仅给个体带来影响和变化，更重要的是给整个社会带来深远的变化，加快传送者文化和文学融入接受者文化和文学的步伐，促进双方文化和文学的交流和融合。印度佛教由于西方传教士和中国僧人的来往交流，通过直接口传、笔译等方式传入，与中国的儒家、道教文化逐渐适应融合，最后中国化而形成了中国的禅宗。19世纪末、20世纪初，中国古典诗歌随着东西方政治、经济的频繁往来和双方学者的互访交流大量传入美国，引发了一股翻译和评论的热潮。1913—1923年间，美国出版刊登了大量的中国古典诗歌英译本和对中国诗的评论。如美国《诗刊》刊登了意象派的主要成员弗莱契（J.G. Fletcher）的东方诗《蓝色交响乐》（The Blue Symphony）和庞德的《神州集》、艾米·洛厄尔（Amy Lawrence Lowell）与艾斯库夫人（Florence Wheelock Ayscough）合作翻译的《松花签》（Fir-Flower Tablets）。作为个人媒介的评介者、译者和作为文字媒介的译本、诗作及作为环境媒介的杂志社（《诗刊》杂志社）、团体（意象派）等的共同作用，加速了对中国古诗的翻译和创作，催生创造了西方意象派诗歌理论，推动了欧美的现代派运动。

媒介效果研究对媒介学来说，是一个重要而又有难度的研究领域。一方面，媒介效果一直在发生，媒介也不是媒介效果的唯一动因，可能存在其他的动因，如媒介意图、宗教信仰、意识形态、文化模式等因素的制约影响。另一方面，媒介效果最终是可以通过观察来证实的，这需要一个不断积累、完善和发展过程。

（四）媒介本身的研究

媒介本身即媒介的本质，也就是指媒介在人类社会发展中的地位和作用。在这个领域，较有影响的是加拿大学者马歇尔·麦克卢汉（Marshall Mcluhan）的学说。他在 1964 年出版了《了解媒介——论人的延伸》，提出了"媒介即人的延伸"的论断。目前，媒介本身的研究是一个有待挖掘的有益的园地。

三、媒介学的研究方法

比较文学媒介学研究的是某一国文学和文化在另一国或多国流传过程中的变化和增衍，找出文学文化间的事实联系。在本质上，媒介学是一种跨文化的文学关系研究，并且始终以实证性的素材挖掘和对比作为研究基础，因而它的研究方法主要有实证法和历史—比较法。

1. 实证法

实证法就是通过观察，提出研究假设，确定研究范围，将相关素材进行分析，验证先前的假设，最后得出结论。这是一个艰巨细致的考证与辨析、全面探究与分析的过程。如中国学者卫茂平为了弄清中德文学关系的相互影响，沉潜于中德文献中清理研究中德文学关系多年，先后奉献出了《中国对德国文学影响史述》和《德语文学汉译史考辨：晚清和民国时期》两部专著。他引翔实的资料细加对照，实证地对中德文学关系作了立体而精深的开掘，并且令人信服地廓显了上海作为出版之都在汉译德语文学史上的地位和影响。他严谨而清晰地勾勒出德语文学汉译活动的发生、发展过程，又精细剔析时政与图存意识对译者目光的影响。例如对歌德译介个案的分析，不仅详述歌德作品的翻译与接受状况，而且检讨译介得失及相关的讨论，对歌德传记的翻译、中德有关歌德的论集、冯至研究歌德的专著《歌德论述》的评论直截了当、真诚客观。又如中国唐代寒山诗作为媒介在美国的传播，首先要对当代诗人斯奈德选择寒山的动因、寒山对斯奈德的影响、寒山诗在美国受热捧的社会环境等因素详加考证和分析，然后才能得出结论。

2. 历史—比较法

历史—比较法是通过对不同历史阶段的文学文化现象的异同点进行比较和分析，来揭示文学文化现象在流传过程中的变异及其成因。它可分为纵向比较和横向比较。

（1）纵向比较。

纵向比较就是对一个国家的文学文化现象在另一国或多国流传的过去和现在进行比较，弄清这种文学文化现象在他国流传的历史及变异。例如十四行诗的流传。十四行诗起源于 13 世纪意大利的西西里诗派，到彼特拉克（Francisco Petrach）时达到完善并被称为意大利体十四行诗或彼特拉克十四行诗。其形式一般分为两部分，前八行为一部分，韵律为 abba abba；后六行为一部分，韵律为 cde cde 或 cde dce 或 cdcdcd。后来意大利体十四行诗由于彼特拉克的原因而流行于文艺复兴时期的欧洲各国，成为文艺复兴时期欧洲最重要的一种诗体。英国的十四行诗又自成一派。英国托马斯·华埃特（Thomas Wyatt）与萨里伯爵（Henry Howard, Earl of Surrey）一起创作十四行诗，将意大利十四行诗进行了节奏和韵律上的变动，多用 abab abab abab aa 或 abab ab ab abab cc 或 abab abab cbcb dd 或 abab cdcd efef gg 押韵方式。萨里伯爵奠定了英国十四行诗的格式，但真正完成十四行诗的英国化进程并使之固定下来的是莎士比亚，因而英国十四行诗又称作莎士比亚体，其韵脚排列为 abab cdcd efef gg，成为英国十四行诗的主流。但在十四行诗的英国化过程中，还存在一些变体，如斯宾塞体（Spencerian）和弥尔顿体（Miltonic）。在中国，十四行诗经由闻一多、徐志摩等新月派诗人的介绍来到中国，由冯至、朱湘等完成了中国化的转变，出现中国化的变异。十四行诗从其起源到兴盛再到流变，经历了六百多年的时间，在世界文学中占有重要地位。又如浮士德故事的媒介流传。从中世纪的民间故事《浮士德博士的生平》到文艺复兴时期马洛（Christopher Marlowe）的《浮士德博士的悲剧》，再到启蒙主义时期歌德的《浮士德》和托马斯·曼的《浮士德博士》，不同时代、不同地域的作家作品中的浮士德形象有所变异，但都赋予了浮士德故事以审美增值意义，给读者不同的审美感受，传递着文学和人类的心理、精神世界。

（2）横向比较。

横向比较则是把同一文学文化现象在不同国家的流变相比，从中找出异同及其变异的成因。当然，同一文学文化现象在不同国家流变而出现变异是一个复杂的现象，往往是多种因素综合作用而形成，但一种文学文化现象的传播是离不开媒介者这个中介的。各国不断的交流拉近了世界各国的距离，个人媒介和环境媒介在文学文化的传播中起着至关重要的作用。如浪漫主义文艺思潮起源于法国，后来很快传播并流行于世界各国。由于世界各国政治、经济、文化发展不平衡，浪漫主义思潮和文学在各国的发展也不完全相同。19 世纪的德国处于封建专制社会，政治、经济落后，雨果（Victor Hugo）的《〈克伦威尔〉序言》中追求的文艺自由和社会自由在德国"耶拿派"的改造下，使浪漫主义文学在德国的追求变为带有缅怀过去的歌颂中世纪、追求宗教神秘的色彩。在英国，由于工业革命完成，资产阶级处于统治地位，浪漫主义流派出现了以华兹华斯（William Wordsworth）为代表的追求朴素、纯真、歌颂大自然秀美的"湖畔派"和以雪莱（Percy Bysshe Shelley）、拜伦（George Gordon Byron）为代表的同情革命、辛辣讽刺社会"激进派"。在俄国，由于处于封建农奴专制、经济落后社会，出现了以普希金为代表的歌颂自由、反对专制暴政俄国的浪漫主义文学。在处于新兴、国力上升时期的美国，则出现了真正讴歌乐观、年轻、富有北美大陆的"美国精神"的浪漫主义诗人惠特曼（Walt Whitman）。又如中国民间故事《赵氏孤儿》在欧洲的传播与变异。法国作家伏尔泰期望借中国道德文化与中国社会礼法来构筑法国理想的社会制度与政治秩序，把《赵氏孤儿》中姓氏宗族之间的血海深仇改写为社会文明之间的尖锐冲突。英国作家墨菲（Arthur Murphy）的改编则用来宣扬自己爱自由、爱祖国的思想。他们的翻译和改编，让欧洲人领悟到了中国古老戏剧的审美魅力和文化内涵，展现了中华文化的巨大魅力，使中华文化不仅为本民族而且也为全世界所共享。

四、媒介学的发展前景及意义

（一）研究现状

比较文学媒介学是伴随着比较文学的法国学派的出现而产生的。1931年梵·第根在《比较文学论》中提出"媒介"以来，媒介学的研究取得了重大的进展。从前文中提到的法国学派、美国学派及中国学者对媒介学的论述来看，学者们都非常重视媒介学在跨文化间的文学和文化传播、交流中不可替代的作用。但是，媒介学的研究有待进一步深入。首先，对比较文学媒介学系统专门的研究还较少，基本上是以论述媒介方式或途径为主，没有形成相应的系统理论。其次，材料挖掘不够。中外文学文化交流的各种记载，是我们宝贵的媒介学研究资源。文字史料、历史文物、地理和社会环境等起了媒介与影响作用，虽有不少研究成果，仍然有许多问题值得深入研究，尤其应该注意的是，我们对中外交流中外国对中国的影响方面的材料挖掘较多，而对中国在国外的影响的材料挖掘则较少。同时，随着媒介的迅速发展，为媒介学的研究提供了新的课题。我们对人物媒介和文字媒介的研究较多，对影视媒介研究得不够，对网络研究则更少。再次，媒介本身的研究也值得研究。如麦克卢汉的"媒介即人的延伸"，带来了对媒介本质的新认识。

（二）前景与意义

媒介学经过多年的发展，已成为比较文学不可或缺的一部分。随着社会的进步和媒介学研究的不断深入，媒介学具有广阔的发展前景。首先，大量的宝贵材料的挖掘与更新，开拓出比较文学媒介学研究的新空间。其次，传媒的多样化及技术手段日新月异的提高，如网络、影视艺术、广播电视等这些媒介学研究的诱人视点，为媒介学研究提供了新的研究资源，尤其是网络文学为新型的文学演进创造了一个前所未有的活动平台，也为真正实现文学创作主体与接受主体的充分交流和互动开辟了令人乐观的途径。再次，译介学的出现，不仅研究翻译对文学文化的传播、交流和创新的促进作用，而且研究文学文化交流中的变异现象及其动力机制，这突破了传统媒介学的学术范式，丰富了媒介学的研究理论体系。最后，媒介本身的研究带来对媒介本质的新的认识，从而推动媒介学的新发展。

媒介学研究的内容十分丰富，范围宽广。通过对各种媒介的研究，不仅可以清楚认识互相影响互相交融的国际文学文化关系及其影响发生的动因机制，也能够发现接受者和放送者之间的文学文化的相似性与差异性，增进不同文化之间的认知、了解，最终促进不同文化间互识、互补、互证的双向交流，来共同营造一个和而不同的多姿多彩的文化世界。

第四节 主 题 学

一、主题学的研究史和定义

(一) 研究史

主题学源于 19 世纪末的德国民俗学研究，其后在质疑声中曲折向前，并最终凭借其强健的学术生命力，在 20 世纪中后期成为比较文学学科必不可少的分支领域。

德国民俗学以民间故事和神话传说的演变为研究中心，在对这些出自于不同时代不同作家的作品进行整理、分析、归类和总结的过程中，学者们不可避免地运用了比较思维，且涉及了诸如友谊、时间、宿命等方面的课题，这样主题学便与比较文学产生了逻辑和事实上的联系。但是主题学自诞生之日就夹杂着不和谐因素，正如韦斯坦因所言，历史地看，成为主题学（thematology）或题材史（stoffgeschichte）的这门学科从一开始就受到强烈的怀疑，要克服这些根深蒂固的偏见似乎是困难的，因为从克罗齐到德国的精神史（geistegeschiche）和英美的新批评，许多人相信题材（stoff）不过是文学的素材，只有在一出特定的戏剧、一部史诗、一首诗或一部小说被赋予形式之后，它才能获得审美效用。

克罗齐从美学角度看问题，反对一切与艺术表现相矛盾的概念研究（如实证主义研究），而侧重于题材分析的主题学就恰被归类为实证精神的产物，所以他极力排斥主题学。法国学派的巴尔登斯伯格虽然肯定了主题学的实证主义方法论，但却认为主题学缺乏科学性，他认为，这种研究似乎对材料比对艺术更感好奇，对隐秘的遗迹比对艺术家的创造性更感兴趣；在这里，人们对杂乱东西的关心胜过事物的特征。因此，当谈到真正的文学作品时，流浪的犹太人，伊诺克·阿登，浮士德原型，或唐璜等，都可能被作为这种研究的对象，但其目的则几乎和艺术活动的目的相反。法国比较文学界的巨擘阿扎尔（Pau Hazerd）则进一步指出，主题学的实证方法还不够纯粹，并不能保证研究范围集中于文学之间的具体联系和影响关系上。的确，要研究不同民族、不同作家、不同作品中主题、题材、意象等的流变和异同及其背后的成因，除了要针对有直接关系的文学现象，还势必要触及没有直接关系的对象。例如，要对"多余人"进行主题学研究，普希金笔下的叶甫盖尼·奥涅金、二叶亭四迷《浮云》中的内海文三、郁达夫《沉沦》中的"他"等等都在网罗范围之内。显然，这样的研究不要求对象之间有必然绝对的联系，作品本身的审美价值应是关注的焦点。

但是视平行研究为准则的美国学派中依然有人排斥主题学，在韦勒克与沃伦合著的《文学理论》中不设主题学专章，甚至在书后的索引中都没有出现"题材"或是"主题"的字样就是证明。在他们看来，文学性色彩淡薄无疑是主题学最令人诟病之处，它提不出任何问题，当然也就提不出批判性的问题。材料史（stoffgeschichte）是文学史中最少文学性的一支。主题学受到法国学派和美国学派双重非议的原因与自身的兼容特点密不可分，它的研究方法既含有注重材料考据和实证分析的"影响研究"，又有强调文学审美和文本内部分析的"平行研究"，这也因此导致了学者对其定位的不清晰。

诘难一方面给主题学带来了严峻挑战，另一方面也使其在磨难中不断绽放出自身价值和魅力。早在20世纪30年代，法国学者梵·第根就公开赞同主题学，并积极探讨定义，"把题材、主题、典型的研究类别称为'主题学'"①。20世纪60年代及以后，主题学在德、法、美等国家大放异彩，催生了一批重量级的学者和作品。60年代，德国学者编撰了主题学词典，随后于1966年出版了理论专著《题材和题材史》。在法国，《比较文学中的主题研究和方法论》一书为后来的主题学研究奠定了学术基础。在美国，哈利·列文（Harry Levin）的专著《主题学和文学批评》于1968年诞生。同年，《比较文学与文学理论》著作中设章分析了主题学的历史、内容和形式。20世纪70年代同类作品《比较文学研究引论》辟"主题与渊源"专章讨论了主题学的价值。20世纪80年代中期，主题学研究格

---

①[法]梵·第根著；戴望舒译.比较文学论[M].上海：商务印书馆，1937：17.

比较文学的理论认知与应用研究

外突出，不仅吸收借鉴了许多方法论，如形式主义、原型批评、文化人类学、接受美学等，也在此指导下取得了可观的研究成果。

我国的主题学研究同样始于民俗学研究。20 世纪 20 年代顾颉刚先生的《孟姜女故事的转变》、钟敬文的《中国印欧民间故事之相似》和赵景深的《中西童话之比较》等运用比较文学的思维来分析中外民间故事的流变和成因，共同开创了中国主题学研究的先河。方重和杨宪益分别是 30 年代和 40 年代的突出的研究者。

20 世纪 70 年代主题学在国内日趋活跃。陈鹏翔、李达三首先明确使用了"主题学"这一理论术语，并有意识地将"主题学"作为一种研究方法引入本土。1978年，李达三在《比较文学研究之新方向》中专门介绍了主题学。1979 年，陈鹏翔的 Autumn in Classical English and Chinese Poetry：A Thematological Study（《中英古典诗歌里的秋天：主题学研究》）中探讨了母题、意象和套语等主题学相关范畴。大陆在这方面的代表当首推钱钟书的《管锥篇》，该巨著在中西对比中探索了我国主题学的基本材料构成，涉及了很多重要的母题和主题。

20 世纪 80 年代及以后，主题学研究呈现快速发展势头，在理论和实践上均取得了突破性成果。陈鹏翔、谢天振、乐黛云等都是主题学理论阐发方面的佼佼者。实践方面，刘象愚的《中国游侠》、龚鹏程的《大侠》等从较新的主题学角度入手研究，令人耳目一新。90 年代，运用文化人类学、神话原型批评等方法论的陈建宪、刘守华、叶舒宪等取得了可喜的成就。还有一些学者将眼光聚焦在本国文学上，也游刃有余地实践了主题学的研究思维和研究方法，代表学者有以古代文学为研究对象的王立和以现当代文学为研究对象的王富仁、谭桂林。

脱胎于民俗学的主题学经过将近一个世纪的努力，终于在考验中自 20 世纪60 年代末获得长足发展，并因此成为比较文学学科的重要组成部分，且牢牢吸引住世界学者们的眼球，成为比较文学研究中最令人神往的题目。

（二）定义

由于主题学一直处于既褒又贬的生存和发展境遇中，所以国内外学者对主题学的界定仁者见仁，目前尚无统一的定论。法国的梵·第根将主题学命名为 Thématologie，指出它是"对于各国文学互相假借着的'题材'的研究，是比较文学底稍稍明晰的探讨所取的第一个形式"[①]。由美国知名学者合编的《比较文学大纲》将主题学定义为这样一种研究："打破时空的界限来处理共同的主题，或者，将类似的文学类型采纳为表达规范。"二者均意识到了主题学的跨越性，也明确地

---

①[法]梵·第根著；戴望舒译.比较文学论[M].上海：商务印书馆，1937：99.

将研究内容指向"题材"或"主题"，但是覆盖面并不广。日本的学者大冢幸男则较为全面地总结并强调了这一点，他"把一种对文学的主题、人物典型以及成为文学题材的传说中人物等的研究，称之为主题学或题材学"①。可惜的是，对研究的跨越性却语焉不详。

　　国内学者对主题学的定义也是各有差异，众说纷纭。陈鹏翔先生是最早倡导主题学研究的学者之一，他对主题学的学科定位、基本内涵、方法论和实践意义等作了初步梳理。他认为，主题学研究是比较文学的一个部门，它集中在对个别主题、母题，尤其是神话（广义）人物主题作追溯探源的工作，并对不同时代作家（包括无名氏作者）如何利用同一个主题或母题来抒发积愫以及反映时代，做深入的探讨。另一位对引进、拓展主题学理论做出重大贡献的是谢天振。他对主题学作了如下规定："严格说来，主题学只能是比较文学的一个组成部分，它着重研究同一主题、题材、情节、人物典型跨国或跨民族的流传和演变，以及它们在不同作家笔下所获得的不同处理。"②陈鹏翔和谢天振的观点比较精确而完整，大部分后来者都据此汲取灵感，如孙景尧、陈惇、杨乃乔、孟昭毅和曹顺庆等。杨乃乔对主题青睐有加，他将主题学定义为研究主题的学问，"主题学是比较文学的一个门类，顾名思义，是对于主题的比较研究。即，研究主题跨文学之间的流变"③。孟昭毅则将与主题有关的因素纳入到了主题学研究范围，"主题学研究同一主题思想及其相关因素在不同民族或国家文学中的表现形式或被处理的方式，并进一步辨析、阐发之所以产生不同点的那些民族或国家的文化背景、道德观念、审美情趣等方面的异同"④。不过他没有把题材放入主题学的框架下，而是以章的形式单列为"题材学"，从而和"主题学"成并列关系。当然，亦有不少学者继承并丰富了陈、谢的看法。陈惇、孙景尧将主题学表述为："主题学研究讨论的是不同时代、不同民族的不同作家对同一主题、题材、情节、人物典型的不同处理。"⑤在分析比较上述观点的基础之上，可以认为：主题学是比较文学的分支领域，研究的是同一主题、母题、题材、情境、意象等在不同的国家、文化间的流变，以及作家们对此的不同处理，并努力通过异同研究揭示出个人、民族背后的心理特征和审美追求。

---

①[日]大冢幸男著；陈秋峰，杨国华译.比较文学原理[M].西安：陕西人民出版社，1985：65-66.
②乐黛云.中西比较文学教程[M].北京：高等教育出版社，1988：184.
③杨乃乔.比较文学概论[M].北京：北京大学出版社，2002：214.
④孟昭毅.比较文学通论[M].天津：南开大学出版社，2003：169.
⑤陈惇，孙景尧，谢天振.比较文学[M].北京：高等教育出版社，1997：115.

二、主题学的研究范围和内容

梵·第根将主题学内容划分为局面与传统的题材、实有的或空想的文学典型和传说与传说的人物三部分。迪马分为以下五类：典型情境、地理题材、描写对象如植物动物非生物等、世界文学中常见的各类人物形象、传说中的典型。国内学者对主题学研究范围和内容的分类，可以从其对主题学的界定中窥知一二。他们大都侧重于某一个或某几个层面，但大体上均涉及了主题研究、母题研究、题材研究、人物研究和意象研究以及情境研究、惯用语研究等。综上所述，在划分主题学研究内容时既要抓住主题学的本质特点，又要尊重学术传统，故这里主要分为主题研究、母题研究和题材研究三个方面。

（一）主题研究

1. 主题研究与主题学研究的区别

顾名思义，主题学研究当然要研究作品的主题，这是毫无异议的，但是我们必须要认识到主题学研究并不等于一般的主题研究。主题指的是具体作品中由题材、情节或典型人物以及意象体现出来的主要内容和中心思想，是作家主观意图和态度倾向的概括。一般主题研究关注的是个别作品主题的呈现，重点是研究对象的内涵。主题学研究则将研究对象的外在形式作为焦点，重点分析的是不同作家对同一主题、题材等的不同处理。关于两者的不同，已有不少前辈学者做了较充分详实的论述。

可以看出，主题学研究和一般主题研究无论从源头还是从研究范围和内容上看，都有着根本的不同。为了能进一步了解这种区别，下面以浮士德为例来详释。如果要对歌德《浮士德》进行一般主题研究，大多会围绕浮士德形象去剖析他的性格和思想，从而揭示出作品的主题。如有人认为浮士德是资产阶级先进知识分子的代表，作品反映的是对封建社会和宗教统治的批判；有人则认为浮士德是积极进取、自强不息精神的代表，作品主题倾向于展示人类对美好生活和理想世界的渴求和探索。但若从主题学角度来分析，学者们首先关心的应是这个人物的原始出处，以及出自何人笔下，接着努力找出所有塑造浮士德形象的作品，以勾勒人物形象的演变轨迹，并进一步洞悉流变背后的动力机制。浮士德形象散见于不同时代不同作家之手，有中世纪民间故事书《浮士德博士的生平》、文艺复兴时期英国马洛（Marlowe）的《浮士德博士的悲剧》、启蒙主义时期德国歌德的《浮士德》和英国多萝西·塞耶斯（Dorothy L.Sayers）的《魔乱》及德国托马斯·曼的《浮士德博士》等。这些文本可简述为同一个故事，即浮士德通过出卖某些宝贵的东西来和魔鬼订立条约，以获得某种满足。但是大同之下的差异性才是主题学研究的重点，每个浮士德形象是否不同？有着怎样的独特性？产生这些不同色彩的背后原因又是什么？《浮士德博士的生平》中的浮士德反对知识、鄙视人生努力，具有中世纪的时代性；《浮士德博士的悲剧》中的浮士德是人文主义者的化身，他渴求知识、征服自然、痛恨僧侣、积极追求理想的实现和实现理想的道路；《浮士德》中的浮士德则成为一种精神的象征，是启蒙主义时期人道主义精神的象征。不难发现，这样的研究对我们分析相同对象所获得的不同处理，特别是那些没有事实关系的对象，揭示其所反映出的作家文学特色、民族文学特点，是大有裨益的。

2. 不同国家文学共同主题的比较

文学即人学，文学以人类境遇和情感为核心，不同文学作品往往呈现出共同的生命形式和生命体验，从而蕴含起共同的主题。如爱情与责任冲突的主题：日本紫式部的《源氏物语》中，源氏是失朝纲还是占情场的冲突；印度迦梨陀娑的《沙恭达罗》中，豆扇陀是离去治理朝政还是留守陪伴沙恭达罗的挣扎；中国《诗经》中，女性是追求婚姻自由还是忤逆父母之命的抉择；罗马诗人维吉尔（Publius Vergilius Maro）的《伊尼德》中，主人公为了完成建国使命不得不牺牲掉对狄多爱情的不舍。又如大家族沉浮的主题：中国巴金的《激流三部曲》、法国罗曼·罗兰（Romain Rolland）的《约翰·克里斯多夫》、左拉（Emile Zola）的《卢贡·马加尔家族》、苏联高尔基（Maxim Gorky）的《阿尔达莫诺夫家的事业》、德国托马斯·曼的《布登勃洛克一家》、埃及迈哈福兹的"家族小说"等都大笔勾勒了家族的盛衰起浮，并进一步反映了广阔的社会背景和历史变迁以及人生无常。

如果说上述两个共同主题是关于人生观、价值观等的宏观态度，那还有一些是通过具体人物、具体事件来传达思想观念的共同主题。例如，以底层人物、小人物为对象言说不幸命运、获取认同的主题：鲁迅塑造的落魄旧知识分子孔乙己（《孔乙己》）、英国哈代（Thomas Hardy）描写的乡村勤劳女苔丝（《德伯家的苔丝》）、法国小仲马（Dumas Fils）笔下的底层名妓茶花女（《茶花女》）、俄国普希金勾勒的维林（《驿站长》）和美国欧·亨利（O Henry）的苏贝（《警察与赞美诗》），以及丹麦作家安徒生（Andersen）那家喻户晓的卖火柴的小女孩（《卖火柴的小女孩》），还有奥地利作家卡夫卡的格里高尔（《变形记》）等等都从小人物切入，通过树立被侮辱被损害的形象令读者同情，且为他们的坎坷命运鸣不平。当然，主题学视野下的同一主题比较并不仅局限于搜集罗列研究对象的相同点，围绕研究对象分析与之相关的研究主体与研究对象主体间性、研究对象主体与研究对象主体间性的文学关系才是根本，亦即我们仍要把关注点放在同一主题的不同之处，并进一步去探析形成此因素的动力机制。莎士比亚的《罗密欧与朱丽叶》与王实甫的《西厢记》是两部主题基本相同的名剧，表现了封建时代青年男女对爱情的渴望和追求，均呼吁"有情人终成眷属"，但实际上两者并不全一致。结局上，莎剧中的一对恋人双双付出了生命的代价，属于典型的西方悲剧；王剧中的主人公终于在风雨后见到彩虹，以典型的中国式大团圆结尾。人物上，莎剧中的主人公要比王剧中的人物更热情、奔放，对爱情同样是执着、忠贞，但以含蓄为美的东方女性崔莺莺顾虑较多，内心的挣扎和精神苦闷不断；而朱丽叶则坚定、勇敢许多。

比较不同国家文学的共同主题，具有重大的现实意义。这种求同存异的思维，一方面与世上事物存在的形态和性质一致，既可以揭示人类的共同情感，又可总结文学发展的普遍规律。另一方面，它以主体间性的定位增强了各民族、各文化间对话、沟通的基础，而这正是比较文学实现不同文化中文学互识、互证和互补的前提。

3. 不同国家文学承衔主题的载体的比较

在上述《罗密欧与朱丽叶》和《西厢记》例子中，比较出的异质因子各有不同，但它们却以人物、事件、题材、情境等载体的身份共同指向同一主题，故与其说要比较主题的异同和成因，不如说是分析上述载体的差异。通常情况下，叙事作品的主题主要体现在人物、事件或环境上，而抒情作品中往往通过意象传递出来。人物、事件或环境与主题关系较直接，如昭君形象演变带来的主题差异、豆扇陀欲走还留的困惑引起的主题转折和《激流三部曲》中社会革命导致的主题倾斜等等。

另外，意象和主题的关系也很紧密，不容轻视。意象是指具有特殊审美意味的文学形象或文化形象。这里的"特殊审美意味"主要强调的是文化性，因为在不同民族文化中拥有不同含义的意象远比拥有相同或相似含义的意象来得更鲜明，更有文学价值。如月亮的意象。月亮在中国作品中可谓是相思的代名词，苏轼咏"人有悲欢离合，月有阴晴圆缺，此事古难全"；李白叹"床前明月光，疑是地上霜。举头望明月，低头思故乡"；杜甫曰"露从今夜白，月是故乡明"；张九龄言"海上生明月，天涯共此时"。而且由于传统含蓄美、阴柔美的影响，"相思"表现出的情绪多是孤独的、神秘的。月亮在西方作家手中则有强烈的个人色彩，多是生活化的、直观的。威廉·华兹华斯（William Wordsworth）把月亮想象成孩子："一弯新月，爱神的一颗星/你们俩为傍晚添辉增光/只隔着一小片天空相望——/你们说吧，免得我分不清/哪位是侍从，哪位是女王？"[1]雪莱则把月亮比拟成女郎："像一位瘦弱苍白的濒死女子/裹着轻罗面纱，凭迷糊脑子里/朦胧而虚妄狂乱的胡思乱想/领着她步履蹒跚地走出闺房/月亮升起在黝黑的东方天边/只是寒碜的白蒙蒙一片——"[2]又如龙的意象。在中国文化中，龙是权威和神圣的象征，它至高无上且不可挑战，故常常有"天子""望子成龙""人中龙凤"之说。但在西方文化里，龙却有一个截然相反的内涵，一般是凶残的、邪恶的怪物或妖魔，因此不少作品中出现了消灭龙的情节，如英国英雄史诗《贝奥武甫》和德国英雄史诗《尼伯龙根之歌》。

　　承衔主题的载体的比较是对主题分析的具化，能将主题研究从束之高阁的神坛理论分析转向实践的文本分析，从而使研究主体和研究对象不再抽象化。就主题研究来说，借助具体人物、事件、题材、情境等介质的性质和状态以及变化的曲线图，将多层次呈现出主题的独特性和丰富性，促进文学间性关系研究的平等对话与交流。

（二）母题研究

1. 定义

　　母题是什么？德国学者认为："母题这个字所指明的意思是较小的主题性的（题材性）单元，它还未能形成一个完整的情节和故事线索，但它本身却构成了属于内容和形式的成分，在内容比较简单的文学作品中，其内容可以通过中心母题概括为一种浓缩的形式。一般来说，在实际的文学体裁中，几个母题可以组成内容。"[3]另有学者进一步补充，如此定义："主题可以指从诸如表现人物心态、感情、姿态的行为和言辞或寓意深刻的背景等作品成分的特别结构中出现的观点，作品的这种成分，我们称之为母题；而以抽象的途径从母题中产生的观点，则可称之为主题。"[4]我国学者乐黛云做了更为具体的阐释："主题学研究中的母题，指的是在文学作品中反复出现的人类的基本行为、精神现象以及人类关于周围世界的概念，诸如生、死、离别、爱、时间、空间、季节、海洋、山脉、黑夜，等等。"[5]

[1][英]华兹华斯著；黄杲炘译.华兹华斯抒情诗选[M].上海：上海译文出版社，2000：361.
[2][英]雪莱著；吴笛译.雪莱抒情诗全集[M].杭州：浙江文艺出版社，1994：289.
[3][美]韦斯坦因著；刘象愚译.比较文学与文学理论[M].沈阳：辽宁人民出版社，1987：138.
[4][法]约斯特著；廖鸿钧译.比较文学导论[M].长沙：湖南文艺出版社，1988：235.
[5]乐黛云.中西比较文学教程[M].北京：高等教育出版社，1988：189.

西方文学中常见的母题有仇恨、嫉妒、乱伦、决斗、探险等，我国文学常见的母题有忠君、孝敬、仁爱、义气等。

2. 母题与主题的异同

母题和主题是两个极易混淆的概念，如果要界定母题的内涵，不如从比较两者的异同入手。母题在一定程度上源自原始文化的永久性主题，是主题赖以生长的基础，是潜在的主题。而主题常常通过若干母题的组合表现出来，是母题的具体化和表现形式。例如"仇恨"的母题。这一母题出自于希腊传说中的人物美狄亚，衍生出了不同的主题。在欧里庇得斯（Euripides）的《美狄亚》中，美狄亚是个敢爱敢恨的烈女子，她可以不顾一切地爱上伊阿宋，也可以果敢地报复抛弃自己的丈夫，该剧表现了作者批判不合理婚姻制度和男女地位不平等的主题。但在德国当代女作家克里斯塔·沃尔夫（Christa Wolf）的《美狄亚·声音》中，美狄亚是位才貌双全的人道主义者，她的理性、独立、博爱处处体现出基于女性主义立场的作者的认同和赞美。回头来看，欧里庇得斯的《美狄亚》中的主题并不只有"仇恨"这一个母题，另外还有"爱情""嫉妒""义务"等母题，正是这些母题的排列组合，才有了主题的整体面貌。

母题和主题的区别较复杂，主要体现为以下几个方面：

从具体文本作品看，母题是叙事句中较小的基本单位，主题是叙事句中的较大单位或复合句。如《俄狄浦斯王》中"命运"的母题和"命运不可战胜"的主题。

从主客倾向看，母题往往以词汇、概念的形式出现，不提出任何问题，有较强的客观性，如战争、流浪、谦恭、智慧、叛逆、通奸、兄妹婚等。主题是作品的中心内容，代表了作者的态度，呈现出较强的主观性。只有经过作者处理后的母题，才会上升到问题和观念的高度，表达出一定的立场和意义，从而走向主题。如"善有善报"的母题和"善必有善报"的主题。"家"的母题和巴金《家》中批判社会的主题以及《四世同堂》中表现的爱国主义主题。

从运动形态看，母题是有限的，是常项，所以多有普遍意义，如爱恨、生死离别、聚散离合等。主题理论上是无限的，是变量，故只是个别表达。同一母题可以形成不同的主题，如"出游"母题，在《西游记》中阐释的是弘扬佛法、追求灭欲，但在电影《大话西游》中则是消解传统、欲望肆溢、解构英雄与妖孽的对立。

3. 不同国家文学母题的比较

（1）人物母题的比较。

母题与人物息息相关，但不是所有的人物都具备母题色彩，只有具有一定的象征意义和典型色彩，才能称之为"人物母题"。人物母题研究旨在探寻某一象征人物的流变及其在演变中体现的作家传承与创新，以及折射出的社会大环境。比如贞德。贞德在法国历史上是位军事才能突出的民族英雄；在莎士比亚《亨利六世》中她是位被作者讽刺的魅惑妖妇；马克·吐温（Mark Twain）的看法则与法国历史上的观点一致；法国人阿纳托尔·法郎士（Anatole France）的《贞德传》中更强调宗教因素对贞德革命运动的影响，他认为贞德是个非凡的悲剧人物。分析同一形象在历史长河中的性格起伏，具有一定的深远意义，这构成了我们分析民族的文化差别、审美差异和道德观的基础性前提。

人物母题可划分为两类：其一，神话传说中的人物。这些人物的内涵几乎得到后世人的公认，他们的名字就等于母题。如雅典娜和姜子牙是"智慧"母题的代表、丘比特和月老是"爱神"母题的代表、圣母和女娲是"仁慈"母题的代表、西绪福斯和精卫是"锲而不舍"母题的代表、俄狄浦斯是"恋母"母题的代表、普罗米修斯是"救世主"母题的代表等。其二，文学中的类型形象。有些作家塑造的人物形象性格鲜明突出，往往是某类人的代言，极具代表性。如代表"吝啬"的莎士比亚的夏洛克（《威尼斯商人》）、莫里哀的阿巴贡（《悭吝人》）、巴尔扎克的葛朗台（《欧也妮·葛朗台》）、果戈理的泼留希金（《死魂灵》）；代表"巾帼英雄"的圣女贞德、花木兰；代表"烈女"的春香（《春香传》）、蔡人之妻（《列女传》）；代表"风流郎"的光源氏（紫式部《源氏物语》）、贾宝玉等。

（2）情境母题的比较。

情境（situation），也可译为"局面""形势"或"情景"。它通常被理解为人的观点、感情或行为方式的集合，它们产生或产生于几个个人参与的行动，也就是说，指的是人物在某个时刻的交错关系，即情节、事件、行为方式的组合或者相关环境因素。如"三角恋""仇人子女相爱""私订终身后花园、落难公子中状元"等。

母题依赖于情境，它的产生离不开情境，其本身是情境的模式化和概括。相同情境可以产生不同母题。如龟兔赛跑的情境。这一情境在中国民间故事中形成了"骄傲""毅力"的母题，但在印第安人故事中却蕴含着"狡猾""谋略"的母题。同时，不同情境也可产生相同母题。爱情母题在中西方有着不同的生成情境，它在中国文化下受制于儒家规范，多是三纲五常的伦理爱情，换句话说，即表现的是夫妻间的举案齐眉、相敬如宾，代表夫妻有民间传说《天仙配》中的董永和七仙女、《白蛇传》中的许仙和白蛇；不过，爱情在西方所依托的情境则相对自由，特别是对婚外恋持宽容、祝福的态度，这点在中国几乎是不可能的，如列夫·托尔斯泰的《安娜•卡列尼娜》中安娜和沃伦斯基的美好恋情、电影《魂断蓝桥》中罗伊和玛拉荡气回肠的凄美爱情。

（三）题材研究

1. 定义

题材研究是主题学研究的老成员，早期的主题研究就直接被称为"题材史"，可见其地位之重要。弗伦泽尔曾这样解释题材："一个存在于这一作品之前轮廓清晰的故事脉络，一个'情节'，它是一种内在或外在的经验，一部由另外一个作家加工了的作品，或者甚至是一件想象的产物，用文学方式进行了处理。"①所以可以说，题材指的是可以构成一个完整故事或情节的素材。只有被文学作为表现对象的那部分素材，才会成为题材。

2. 题材和主题的异同

题材和主题的关系最为密切，这从早期的定义就可窥知，可以说，没有题材就没有主题学研究。题材往往蕴含着一个或多个潜在的主题，之所以说是"潜在"的，因为尽管题材是人类理性对素材选择、推敲的积淀，但总要依赖作者的生发、诠释才够完整。研究题材的目的就是为了更好地服务主题。题材研究在比较视域中着上了浓厚的民族文化色彩，它以同一题材在不同文化语境中的流变为横坐标，以其在不同文化语境中的形态异同为纵坐标，延展出自己的研究范围。

3. 不同国家文学同一题材的比较

同一题材在跨国别、跨文化甚至在没有事实关系的情况下，能以变体的面貌传播开来，从而延长生命。例如人变成动物的题材。《山海经》中炎帝之女变身精卫，《促织》中人变成蟋蟀，还有"庄周梦蝶""梁祝化蝶"等在我国文学中都是常见题材。西方文学中人变成动物的例子最早可追溯到古罗马作家阿普列尤斯（Apuleius）的《变形记》，小说中主人公变形为一头驴。其他还有卡夫卡《变形记》中格利高尔变成一只大甲虫和尤涅斯库（Lonesco）《犀牛》中人物变为犀牛等等，这些都可归为同类题材。又如几乎渗透在各个文化体系中的"大洪水"题材，印度神话中摩奴和鱼的故事、希伯来神话中诺亚方舟的故事、希腊神话中宙斯发洪水惩罚普罗米修斯的故事、中国文学中大禹治水的传说等都和洪水有关。

---

①北京师范大学中文系比较文学研究组.比较文学研究资料[M].北京：北京师范大学出版社，1986：337.

这些题材囿于时地限制并不存在事实上的流传和相互影响的可能,但通过比较可以发现各文化主体不约而同地使用同一题材的背后是民族文化思维特点、审美特征和体悟方式不同的体现,是文学差异性和丰富性的根源。表面来看,中外作家对人变成动物题材的运用只是动物种类有别,但这种不同暴露的却是中华民族对蝴蝶代表爱意、西方作家对甲虫蕴含讥讽的认可。

同一题材在不同文化语境中的演变和影响可以普罗米修斯盗火受罚的英雄故事为典型例子。这一题材突破时空限制,为后人有选择地继承,其中较有名的是埃斯库罗斯(Aeschylus)的同名悲剧三部曲和雪莱的诗剧《被缚的普罗米修斯》。传说中普罗米修斯的结局是,赫拉克勒斯背着宙斯偷偷将他解救出来,即并不是宙斯主动放过普罗米修斯。埃斯库罗斯将这一结局稍作调整,在三部曲的第二部中宙斯命令赫拉克勒斯释放了普罗米修斯。埃斯库罗斯之所以这样做,是因为他把普罗米修斯看成民主派的化身,人物的行为是他希望调和民主派和贵族派之间矛盾的心愿的体现。雪莱不赞成埃斯库罗斯那种保守的态度,他将故事的结局再次改为普罗米修斯的绝对胜利,且是依靠个人的力量争取到的胜利。因为雪莱所处的时代和埃斯库罗斯不同,他对反封建的斗争更激烈、更彻底。如此看来,题材的流变分析更细致,它涉及流变中人物形象的变化、情节的取舍和环境的突出与淡化以及形态变化背后的成因。如果说研究没有事实关联的同一题材是对文学差异性的偏爱,那么可以说,研究相互影响下的同一题材则加深了不同文学和不同学科间的同一性的理解。

需要说明的是,目前题材研究的对象多指向民间故事题材和神话题材,这可以从相关作家的研究实践中得到印证。将研究对象集中于这两类题材有其必然因素,因为民间故事也好、神话传说也罢,它们都是人类早期生存境遇的浓缩,有着许多共通之处。

以上分别论述了主题学研究的三个主要方面即主题研究、母题研究和题材研究。但是在研究实践中则很难将它们截然分开独立进行,很大程度上这些因素都是相辅相成的,事实证明也只有互相参考的研究才能更客观、更具说服力。另外,主题学研究还有其他的研究层面,如套语、惯用语等。

三、主题学的研究现状和前景

在西方,主题学有相当长的一段时间都处于争议当中,但20世纪80年代之后它获得了长足进展,主题学方法论层出不穷,形式主义、原型批评、文化人类学、接受美学、女权主义等西方思潮都为主题学研究者以宽容的心态引进、吸收、消化。

我国的主题学研究一路高歌走来，但有喜也有忧。从理论上看，理论阐发领域鲜有人涉足，贡献突出的研究学者的依然是那些在 20 世纪 80 年代崛起的前辈，如陈鹏翔（《主题学研究与中国文学》）、谢天振（《主题学》）、陈惇（和刘象愚合编《比较文学概论》）、乐黛云（《比较文学原理》）。另外，学者们对母题和主题的关系已经阐释得比较翔实，但是母题和题材、母题和情境、主题和题材、题材和主题等的理论关系，大家或语焉不详，或一笔带过，尚未给予足够的重视。

从实践上看，运用文化人类学、神话原型批评等西方方法论的学者们，成绩引人注目。民俗学意义上的，如陈建宪《神祇与英雄——中国古代神话的母题》、刘守华《比较故事学》。神话学、文化人类学意义上的，如季羡林《〈罗摩衍那〉在中国》、叶舒宪《英雄与太阳——中国上古史诗的原型重构》。还有一批学者将眼光收回并定格在本国文学上，也闯出了一片新天空，比如，王立出版了至今仍影响较大的《中国古代文学十大主题——原型与流变》，之后，其四册系列专著《中国文学主题学》面世，集中于侠文学和悼祭文学，重点分析了意象、题材等主题学的核心内容，极大丰富了主题学的实践研究。之后他进一步扩大分析对象，将"复仇"和女性文学纳入研究体系，彰显了主题学研究的无限潜力和美好前景。王立的研究对象针对中国古典文学，以证主题学的中国文学和文化起源，从而确立主题学的民族文化根基。不仅从学术上探索了中国主题学的渊源，更从民族文化精神上确立了中国主题学的本质特征。不过，这批学者的研究方法也有一定的局限性，他们针对的只是本民族的文本，与我们所倡导的以主体间性为特点的比较研究还有一定距离。如果只是一味停留在本文化内，势必会削减研究视野的宽度和深度，从而影响研究成果的客观性和普遍性。只有全面认识自身，然后放眼世界，比较文学的主题学研究才有可能步步高升。

第五节　比　较　诗　学

比较诗学是比较文学的一个比较年轻的研究领域。

在古代西方，广义的诗泛指文学；所谓"诗学"，并不单指关于诗的理论，而是指一般的文学理论。这一名称起源于古代希腊。当时流传下来的最早的、也是最有权威性的文艺理论著作是亚里士多德的《诗学》（Poetics），此后，西方古典文艺理论著作习惯采用这类名称，如古罗马最重要的文艺理论著作叫《诗艺》（Ars

Poetica，贺拉斯著），17 世纪法国古典主义理论的经典是《诗的艺术》（L'art Poetique，布瓦洛著）。这些都不是单纯的诗歌理论著作，而是一般文学理论著作。于是，"诗学"也就成了文学理论的"雅号"。至于"比较诗学"（Comparative poetics）则是近 20 年来比较文学发展过程中新提出的名称，专指不同民族不同文化体系的文学理论的比较研究。

不同体系的文学理论之间的比较研究早已存在。从中国来讲，王国维、蔡元培、鲁迅、宗白华、朱光潜等都曾对中外文学理论进行过比较研究。但是那时的研究是分散的、零碎的、缺乏系统的。随着比较文学的发展和深入，人们感到，当必须对民族文学之间的异同现象做出进一步分析，并追求其形成根源的时候，就会超出作家作品本身的范围，而从社会历史、文化背景、民族审美意识特征等方面去寻找原因。研究者如果从本民族的审美意识、审美习惯出发去理解和评价另一个文化体系和文化背景下产生的作品，往往会得出不恰当的结论。特别是当欧洲中心论被打破，东西方文学的比较研究，也就是不同文化体系、文化背景的文学比较受到重视的时候，这种情形更加突出。人们不再满足于原有的研究水平，而作更深层的追求，即从文学的比较研究进入到文学理论的比较研究。

同时，随着比较文学领域的拓展，原先的实证主义框框的被打破，审美评价和综合研究进入比较文学的领域，就必然要把文学理论的比较研究引入比较文学的领域。比较文学既然以打破民族文学的界限、探讨文学的共同规律为己任，那么就不能忽视文学理论的比较研究。因为，只有通过这样的研究，从整体上认识文学、理解文学，才能揭示出真正能够涵括全人类文学发展的具有普遍意义的规律性的东西。

1963 年，艾田伯发表他著名的《比较不是理由》时，为比较文学的发展设计了一个远景规划，其中首次提出了"从比较文学到比较诗学"的设想。他明确地指出，比较文学一旦摆脱历史考据的羁绊而成为一种综合性的（历史的和美学的）文学研究时，比较诗学就被提到历史日程上来：历史的探寻和批判的或美学的沉思，这两种方法以为它们自己是势不两立的对头，而事实上，它们必须互相补充；如果能将两者结合起来，比较文学便会不可违拗地被导向比较诗学。[①]

他认为，对于具体文学进行细致的比较研究而归纳出"一个由诸不变因素构成的系统"，这样的系统与那些从形而上的原理中演绎出来的理论不同，是真正具有实用价值的美学，它可以告诉人们，真正的艺术必须具备的特性，从而具有指

---

①干永昌，廖鸿钧，倪蕊琴.比较文学研究译文集[M].上海：上海译文出版社，1985：116.

导意义。这种系统如果是用极为严格的标准制定出来的，它可能会有助于使当代文学从那种错乱、混杂、丑态中摆脱出来。比较文学也不再是被动地研究历史陈迹，而能对当代文学的发展做出自己的贡献。

美籍华裔学者、美国斯坦福大学教授刘若愚在比较诗学的倡导和东西方诗学比较的实际研究上做了许多工作。在他之前，有学者就提倡东西方文论的比较研究，并提出了"共同诗学"的名称。这一名称并不科学，因为东方或西方文学理论内部就有不少分歧，东方与西方的文学理论之间更有许多差异，要想建立"共同"的诗学，几乎是不可能的。刘若愚认为，建立统一的美学难以做到，而对东西方文学理论进行平行比较是完全可行的。尽管这里会有许多困难，但经过这样的努力便可以为东西方文学批评观的融合做出准备。他建议不用"共同诗学"的名称而采用艾田伯的"比较诗学"的提法。1973 年，他完成了《中国的文学理论》一书，把自己的理想付诸实践，取得了很好的成果。在此书的结论中，他强调了比较诗学的必要性："考虑到不同文化和不同时代之间在信仰、自尊、偏见和思想方法方面的差异，我们必须力求跨越历史、跨越文化，去探求超越历史和文化差异的文学特征和性质、批评的观念和标准，否则，我们便不应当从整体上去谈文学（literature），而只能谈孤立分散的种种文学（literatures），不应当从总体去谈'批评'（criticism），而只能谈孤立分散的种种'批评'（criticisms）。"[①]在这本书的"导论"中，他对于比较诗学的目的和价值，作了更为透辟的说明：

我相信，对历史上互不相关的批评传统作比较研究，例如对中国的批评传统和西方的批评传统作比较研究，在理论的层次上比在实际的层次上会有更丰硕的成果，因为特殊作家和作品的批评，对于不能直接阅读原文的读者是没有多大意义的。而且某一具有自身传统的文学的批评标准，也不能应用于其他文学；反之，对于属于不同文化传统的作家和批评家的文学思想的比较，则或许能揭示出某些批评观念是具有世界性的，某些观念限于某些文化传统，某些观念只属于特定的文化传统。反过来这又可以帮助我们发现（因为批评观念通常是建立在实际的文学作品基础上的）哪些特征是所有文学所共有的，哪些特征限于用某些语言写成、或产生在某些文化传统上的文学，哪些特征是某种特定的文学所独具的。因此，对于文学理论的比较研究，可以更好地理解所有的文学。[②]

对于西方学者，刘若愚希望他们注意中国的文学理论，不再仅仅以西方的文

[①][美]刘若愚.中国的文学理论[M].成都：四川人民出版社，1987：206.
[②][美]刘若愚.中国的文学理论[M].成都：四川人民出版社，1987：3-4.

学经验为基础去建构一般文学理论。而中西比较诗学研究的目的是"对一个最后可能的普遍的世界性的文学理论的形成有所贡献"①。

刘若愚关于"比较诗学"的提法，得到广泛的赞同。许多美籍华裔学者与中国学者自 20 世纪六七十年代以来，在这一方面做出了积极的努力，取得了初步成果，已发表的著作如古添洪的《记号诗学》、王建元的《雄浑观念：东西美学立场的比较》、郑树森的《文学理论和比较文学》等。美国加州大学圣地亚哥分校教授、比较文学系主任叶维廉更把自己在这方面的研究成果结集出版，旗帜鲜明地取名《比较诗学》。目前，"比较诗学"的名称已经取得了普遍的承认和运用。大陆学者也一再提倡文学理论的比较研究。钱钟书认为比较诗学是一个重要而且大有可为的研究领域。

叶维廉《比较诗学》中的《东西比较文学模子的应用》一文，对于开展比较诗学研究提出了一些重要意见。在文章中，叶维廉吸收语言学家沃夫关于"文化模子"的理论，提出不同文化系统决定着不同的美感运思及结构行为，形成不同的所谓文学"模子"的理论，根据这一理论，他认为，在进行不同文化背景的文学的比较研究时，不应该用一方既定的文学"模子"去硬套到另一方之上，为了寻求共同的文学规律，必须采取两个模子同时进行的方法：

要寻求"共相"，我们必须放弃死守一个"模子"的固执。我们必须要从两个"模子"同时进行，而且必须寻根探固，必须从其本身的立场去看，然后再加以比较加以对比，始可得到两者的面貌。②

叶维廉根据这种模子说，在他的一系列文章中反复地论证了这样两个观点：第一，在中西比较文学的研究中，要寻求共同的文学规律、共同的美学据点，不能停留在一般的表层的类比，必须深入到每一个批评导向里的理论，找出它们各个在东方西方两个文化美学传统里生成演化的"同"与"异"，在它们互照互对互比互识的过程中，找出一些发自共同美学据点的问题，然后才用其相同或近似的表现程序来印证跨文化美学汇通的可能，并在比较的基础上，重新架构批评理论的基础。这就是比较文学必须导向比较诗学的道理。第二，文化的交流正是要开拓更大的视野，互相调整、互相包容，文化交流不是以一个既定的形态去征服另一个文化的形态，而是在互相尊重的态度下，对双方本身的形态作寻根的了解。这就是中西比较诗学的基本态度：比较是为了探求不同文化体系文学"汇通"的

①[美]刘若愚.中国的文学理论[M].成都：四川人民出版社，1987：3.
②叶维廉.《<比较文学丛书>总序》[M].台北：东大图书公司，1983：15.

据点，而不是用一种理论去强求另一种理论。所以在中西文论比较中，不能以某一方的理论为基础，用自己的"模子"去推测或理解对方的观点，应该两个"模子"并进。基本的途径是"互照互省"，通过比较既找出共同的规律，又辨认出各自的特点。这样的比较研究，不是比高低，而是比特点；不是为证明某方比另一方高明，用这一方来否定另一方，而是为进一步的综合打基础.为互相之间的学习与借鉴，寻找客观的根据。

由此可见，比较诗学研究与一般文艺理论研究不同，它要求研究者有更加广阔的视野，有国际的角度，有比较的自觉意识，关键的一点是他们要超脱本民族文化体系的"模子"，站在更高的层次上来探求人类文学的"共同规律"。这是很不容易做到的，但是，又必须做到。不然用一个固定"模子"去看待另一个民族和另一个文化体系的文学理论，用一种理论"模子"去要求另一种理论，或者把一种理论往另一种理论上套，都不可能发现人家的特点，也找不到具有普遍意义的规律，因而也谈不到什么比较研究。

开展比较诗学研究对我们来讲，最重要的是中西诗学比较。这里首先碰到的一个困难就是中国文论与西方文论各自都有一套理论体系，连术语都互不相关。西方文艺理论自从亚里士多德以来一脉相承，而且具有分析性、逻辑性等特点。它讲究完整的体系，术语运用也有一定规范。中国文艺理论则不然。中国的批评家多半是实践家和鉴赏家，他们在文学批评的实践中，创造了一系列独具特色的术语概念，如"神韵""性灵""境界""风骨""气"等，这些术语与概念适合中国文学的特点，讲出了许多深刻的道理，但是缺乏系统的理论阐述，而且具有直观性、多义性的特点。同一术语可以表达不同的概念，不同的术语实际上又可能表示同一概念。以曹丕《典论·论文》为例，在论述文学的本质时，他说：

文以气为主，气之清浊有体，不可力强而致。譬诸音乐，曲度虽均，节奏相检，至于引气不齐，巧拙有素，虽在父兄，不能以移子弟。

这里的"气"，讲的是基于个人气质的个人天赋或才能。但是，在同一篇文章中，曹丕讲到徐幹"时有齐气"，在另一封信中，他讲到刘桢有"逸气"。这两个"气"显然不是指作家的才华，而是指作家的风格，然而两处用法又有不同，表示两种不同的内容，前者指地方风格，后者指个人的精神风貌。

东西方文论之间这种理论体系和术语概念上的差别以及中国文论的复杂情况，使有的学者曾对东西方文论比较研究的可能性发生怀疑。韦斯坦因说："我不否认有些研究是可以的，例如艾金伯勒（即艾田伯）提倡的音韵、偶像、肖像插图、文体学等方面的比较研究，但却对把文学现象的平行研究扩大到两个不同的文明之间仍然迟疑不决。因为在我看来，只有在一个单一的文明范围内，才能在思想、感情、想象力中发现有意识或无意识地维系传统的共同因素。……这样，像里尔克和马卡多或者里尔克和斯蒂文斯之间的比较研究从比较文学的角度才较易辩护，而企图在西方和中东或远东的诗歌之间发现相似的模式则较难言之成理。"[1]这种担心已经被许多比较学者的成就所否定，韦斯坦因本人也改变了自己的看法。事实证明，中国的文学理论和西方的文学理论都是人类社会意识活动的结果，它们有许多相同的地方，中国人和西方人有共同的审美爱好，有共同的艺术实践，也必然会产生相同或相近的美学思想和美学原则。因此东西方的文学理论之间存在着共同的规律。这种共同的规律，只有通过比较才能认识。当然，二者之间也存在着很大的差异，这种差异，也只有通过比较来加以考察和区别，从而更清楚地认识各自的特殊规律。这就是比较诗学存在的基础和价值。

怎样进行中西诗学比较研究？钱钟书说："如何把中国传统文论中的术语和西方的术语加以比较和互相阐发，是比较诗学的重要任务之一。"[2]他指出了当前东西方比较诗学面临的一项最重要的工作。当然术语的比较研究与范畴的比较研究是不能分开的。一般的做法是先找出对应的范畴和术语，比较它们含义上的异同之外，总结这些对应范畴的联系与区别，然后把这种比较所得上升为理论，得到一种综合性的意见，从中引申出具有普遍意义的结论，并用现代科学的语言来加以阐述。

钱钟书个人的研究为我们做出了示范。他在《谈艺录》与《旧文四篇》中已有比较诗学的许多精辟见解，《管锥编》更是有意识地成功地运用了比较研究的方法，澄清了或者阐发了许多古典文论中的重要范畴。如卷三中注释陆机《文赋》，引用了理查兹、朗吉弩斯、席勒、韩波的观点，中外文论相互印证，使双方的含义相得益彰。又如《管锥编》卷四中，详细地考察了"神韵说"。钱钟书指出：中国古典文论中的神韵说源自谢赫，从"气韵"到"神韵"，从论画到论诗，在文艺创作上也形成了一种风格。"神韵"的真正含义是讲究含蓄不露，留有余地，无论写景写情，都要避免"工细""详尽"，应该使观者从所写景物冥观出未写之景物，从所道之情事默识出未道之情事，这样，才能含蕴深远，耐人玩味。钱钟书在文章中列举了谢赫以来，画论、诗论中有关的论述，同时比较了古印度主韵诗派的意见，古代西方学者狄米特里乌斯的说法，以及狄德罗、儒贝尔、利奥巴迪的说

---

[1][美]韦斯坦因著；刘象愚译.比较文学和文学理论[M].沈阳：辽宁人民出版社，1987：5-6.
[2]北京师范大学中文系比较文学研究组.比较文学研究资料[M].北京：北京师范大学出版社，1986：92.

法，引证了叔本华的意见：作文妙处在说而不说，正合古希腊诗人所谓"半多于全"之理。切忌说尽，法国诗人所谓"详尽乃使人厌倦之秘诀"等，说明这是一种中外文论的普遍意见。然后，他总结这种艺术手法说："曰'气'曰'神'，所以示别于形体、曰'韵'，所以示别于声响。'神'寓体中，非同形体之显实，'韵'袅声外，非同声响之亮彻；然而神必托体方见，韵必随声得聆，非一亦非异，不即而不离。"①但是钱钟书并不认为这种手法是十全十美的，他援引了中国古代的一则寓言和一则文论说明了另外一个道理："《百喻经》第一则云：'有愚人至于他家，主人与食，嫌淡无味，主人为益盐。既得盐美，便自念，言：'所以美者，缘有盐故；少有尚尔，况复多也！'便空食盐（参观《吕氏春秋·用民》以'盐之于味'，喻'无有而不足专恃'）；贺贻孙《诗筏》：'写生家每从闲冷处传神，所谓颊上加三毛也，然须从面目颧颊上先着精彩，然后三毛可加。近见诗家正意寥寥，专事闲话，譬如人无面目颜颊，但具三毛，不知果为何物！'南宋画、神韵派诗末流之弊，皆'但具三毛'、'便空食盐'音欤。"②这样，钱锺书不仅以其渊博的学识，论述了神韵说的源流和基本内涵，而且评价了它的得失，发扬了中国文论固有的辩证观点，更全面地阐述了艺术创作的这一普遍规律。

王元化的《〈文心雕龙〉创作论》也有许多比较诗学的成果，其中《刘勰的譬喻说与歌德的意蕴说》可以说是一篇成功之作。文章把刘勰与歌德对艺术形象的理解进行比较，一方面指出刘勰的"拟容取心"说与歌德的意蕴说有某种类似之处，即把艺术分为内外两个方面，内在意蕴显现于外在形状，外在形状指引到内在意蕴；另一方面又指出他们二人对于一般与个别的关系的理解是不同的。文章并不停留在表层的对比上，而是联系他们的思想体系进行深入的剖析，指出刘勰由于受到他的客观唯心主义思想体系的制约而导致这样一种偏向："作家不是通过现实的个别事物去表现从它们自身揭示出来的一般意义，而是依据先入为主的成见用现实的个别事物去附会儒家的一般义理，把现实事物当作美刺箴诲的譬喻。因而，这里所反映出来的个别与一般的关系，也就变成了一种譬喻的关系了。"③歌德的意蕴说没有这种主观色彩，他反对那种从主观出发的譬喻文学，但是他又走到了另一个片面，要求作家在创作时只表达个别而毫不想到或者提到一般，从而否定了文学创作过程中一般对个别的作用。王元化在文章的后半部分，运用马列

---

① 钱钟书.管锥编（第四册）[M].北京：商务印书馆，1979：1365.
② 钱钟书.管锥编（第四册）[M].北京：商务印书馆，1979：1365.
③ 北京师范大学中文系比较文学研究组.比较文学研究资料[M].北京：北京师范大学出版社，1986：465.

主义的认识论原理对文艺创作过程进行分析，深刻地阐明了其中个别与一般的辩证关系。这篇文章论题不大，篇幅不大，却给以方法论的示范。

刘若愚的《中国的文学理论》是中西诗学比较的一部力作。它对中西文论的术语范畴进行了广泛的比较研究，但是，他并不着眼于个别的术语范畴，而是企图整理出中国文论的体系，把个别术语、范畴放在两个不同的体系中来进行比较研究，阐明其意义，辨析其异同。为了对中国文论进行分类整理，他借用美国学者阿勃拉姆斯在《镜与灯：浪漫派理论和批评的传统》中指出的著名的艺术四要素的理论，并加以适当的调整，提出了一个新的图表（见图4-1）：

图 4-1　文论四要素

这四要素之间的相互关系构成了整个艺术过程的四个阶段：①宇宙影响感发作家，作家对之做出反应；②由于这种反应，作家创作出作品；③作品与读者见面，对读者发生影响；④读者因阅读作品的经验而调整其对宇宙的反应。整个艺术过程形成了一个完整的圆圈。同时，这个过程也以逆方向在进行。根据这一图表，刘若愚对中国文论的批评见解，提出一系列问题，根据这些见解对他所提出的问题的回答，以它们在整个艺术过程中的位置，来阐明这一概念术语的内在含义。刘若愚认为，这张图表和有关问题，可以通过把我们引导到得以寻求更为精确意义的意义总领域，从而帮助我们澄清术语的含混模糊，并揭示出其底层概念。在这一基础上，可以与相应的西方文论作比较研究。在刘若愚的这些研究中，不管其结论和解释是否完善，他的那种使中国古典文论科学化的尝试总是有益的，单就方法论而言，也可以给我们很多启示。

除了对范畴术语进行比较研究之外，对中西文论的总体特色的比较研究，也是学者们很感兴趣的一个课题。这里需要说明一点，比较诗学的这方面研究往往和比较美学结合在一起。比较诗学与比较美学是两个不同的研究领域，但是，它们有互相交叉的部分，正如文学理论和美学是既互相区别、又互相联系的两门学科一样。实际上，国内比较美学的讨论主要涉及的还是艺术哲学范围内的问题，所以它与比较诗学较为接近。目前，关于中西美学思想总体特色比较研究的讨论，集中在两个问题上，一是关于中西文论的审美特点的区别，二是中西文论表现形态的不同。

争论之中，不少人认为中国的文艺理论的总特点是"表现"，而西方的艺术和文论的总特点是"再现"，把这一点看作中西审美特点的主要区别之一。周来祥在比较东西方古典美学理论时说①：从体系上看，西方偏重于再现，东方则偏重于表现，具体表现在四个方面，第一，东方和西方都以古典的和谐的美作为美的理想，但西方偏重于形式的和谐，东方则偏重于伦理内容的和谐。第二，东方和西方都强调再现与表现的结合，但西方更偏重再现、摹仿、写实；东方则更侧重表现、抒情、言志。在西方，亚里士多德以摹仿为基础建立起《诗学》的体系，他的理论在欧洲称雄了几千年。在中国，"诗言志"是一个最古老的观点，是我国古典美学体系的基础。中唐以前在总的表现原则下，更强调写实，晚唐以后，写意越来越成为主导的倾向，从形似中求神似转化为神似中见形似，甚至从传神演化为写心。第三，东方和西方虽然都强调描写具有普遍性、必然性的事情，强调类型性的典型化原则，但由于西方再现艺术（戏剧、小说）特别发达，相应地发展了艺术典型的理论，我国由于表现艺术的繁荣，相应地创造了艺术意境的理论。情与理的结合成为中国古典美学的一个优良传统；艺术意境的理论是中国古典美学对世界美学思想的一个可贵的贡献。第四，东方和西方虽然都强调真、善、美的统一，但西方侧重真与美的结合，中国更侧重美与善的结合，强调文艺的教化作用。晚唐以来，随着写意倾向的发展，日益把诗画作为抒情表意、陶心养性，提高人们道德情操的精神境界的手段。总之，西方偏重于再现、摹仿的哲学认识论的美学，东方偏重于表现、抒情的伦理学和心理学相结合的美学。蒋孔阳则从社会历史背景、思想渊源、文艺实践和语言文字结构等四个方面来比较中西美学思想的差异，他也认为：西方的美学思想偏重于"摹仿说"，中国古代的美学思想偏重于"表现说"。

有些论者不同意这种观点，他们强调问题的复杂性，认为每个时代的审美原则都是多样化的，而非一元化的，如中国先秦的《诗经》和《楚辞》，近代西方纷繁众多的文艺流派，都很难纳入再现与表现的公式之中。有的论者指出现代以来，中国与西方的审美与艺术方面都发生了奇异的相互逆转的现象。中国的艺术审美背离了古典的表现的审美原则，而趋向于西方古代的再现的原则；西方的艺术审美抛弃了传统的再现的审美原则，而倾向于中国古代表现的审美原则。

①周来祥.东方与西方古典美学理论的比较[J].江汉论坛，1981（2）：37-42.

关于中西美学的表现形态的比较研究中，有一种意见认为：西方美学是思辨理性形态的，而中国古典美学是经验的；西方的美学是哲学化的，有严密的逻辑体系，中国的美学是经验的，伦理化的，大都散见于一般哲学论著以及诗论、诗话、文论、画论、乐论之中，很难有一个整体的结构和组织。甚至有人认为：中国古代只有"潜美学"而没有美学；中国的美学概念还没有真正提升到范畴的高度，它是直观的、经验的、模糊的、歧义的。另一种意见不赞成上述观点的绝对化倾向，认为中国传统美学虽然直观表述很多，但它既不是单纯经验性的也不是单纯思辨性的，而是处于二者之间，感性的直观和理性的思辨、微观的审察和宏观的把握相互交融，因此它看起来是感性的直观的，缺乏系统的分析论证，同时却又包含着不比西方美学逊色的深广的哲理，而且有其内在的理论结构。全部问题在于我们要善于从中把那些和感性的直观直接结合在一起的深刻的理论分析出来，给以现代科学语言的阐述。

比较诗学的领域是极其广阔的，随着学科的深入发展，在范畴比较与总体特色比较这一细一巨的两极研究之间，还将衍生出更多的课题。

为了更好地进行比较诗学研究工作，季羡林曾经做出提醒，要注意学习的重要。他认为，从全世界文学艺术的历史来看，文艺理论真能持之有故，言之成理，确有创见而又能自成体系的，只有三个地方：一个是中国，一个是印度，一个是从古希腊、古罗马一直到今天欧洲国家所在的广大地区。这是我们要分析研究的主要对象。这些理论有同有异。我们应该简练揣摩，逐渐摸索出一些线索，逐渐找到一些规律，逐渐能使用明确的、科学的语言把这些线索和规律表达出来，为了做好这种研究工作就要学习。这里包括四个方面的学习：第一是学习马克思主义文艺理论，第二是学习中国古代文论，第三是学习欧洲文艺理论，第四是所要研究的那个国家的文艺理论。除此以外，还要学一点心理学，特别是文艺心理学，学一点艺术史，学一点有关的自然科学，知识面越广越好。当然，学一点哲学也是不应该忘记的。

第五章　文学与其他文化理论间性关系研究

第一节　文学与原型批评

一、原型批评的定义、渊源和特征

（一）定义

所谓原型批评是 20 世纪西方文论史上出现的一个文学批评流派，主张以神话为出发点，从宏观上研究文学艺术自身的、内在的意象类型、结构模式和原则，并从整体上探寻文学类型的共性和演变规律。因此，原型批评也称神话批评。

（二）渊源

与其他各类文学批评流派相类似，原型批评的发展也经历了一个过程，它是在多种理论的基础上形成、发展的。总体说来，原型批评有效地借鉴了文化人类学和心理学的研究成果，形成了与马克思主义文艺批评、精神分析批评"三足鼎立"的形势。

1. 弗雷泽与《金枝》

原型批评的诞生与西方神话学的兴起有着密切的联系，然而对神话概念的理解却经历了由贬义到褒义的漫长发展过程。方特耐尔（Bernard Fontenelle）和维柯（Giambattista Vico）对神话的独特解释揭开了现代神话学的序幕。从此，西方社会对神话有了重新的认识，人们企图在神话中得到拯救现代人灵魂的良方，并在人文艺术领域出现了一种回归原始的倾向。正是在这种精神的召唤下，神话原型批评得以诞生。但是，真正在人类学领域对原型批评发生实质性影响的却是弗雷泽（J.G.Frazer）和他的 12 卷本巨著《金枝》。

詹·乔·弗雷泽，英国剑桥大学教授，文化人类学的代表人物。他一生著述颇多，有着广泛的学术影响，而《金枝》则在其著作中最负盛名。这部著作以庞大的体系建立了神话、仪式和文学的初步联系，对原型批评的产生起到了至关重要的作用。

在《金枝》这部研究巫术、宗教信仰和史前神话的巨著中，弗雷泽提出了著名的"交感巫术"理论，以此表现原始民族思维和行动的原则。所谓"交感巫术"，反映的是原始人类的一种思维方式。在原始人的世界观中，人与自然之间始终存在着某种交互感应，他们认为模仿某物并达到某结果，可使被模仿的事物达到预想中的变化（相似律），操纵某物并达到某种结果，可对原来接触过该物的人施与影响（接触律）。因此，原始人类通过各种仪式活动，把自我的情感、愿望与意志投射到自然中去，以达到对对象的控制目的。

弗雷泽认为，自然界的季节循环变化同样反映在古代神话和仪式中。四季的循环更替、植物的死而复生，都使原始人联想到了具有这一特征的神，因此，他们认为植物生命之所以不断地循环，是因为有一位年年都要死去，继而从死中复活的神主宰着。那么关于神死而复生的神话和仪式，实际上就是对自然节律和植物更替变化的模仿。

通过研究和考察，弗雷泽发现不同民族和地区的神话仪式有着高度的相似性。在彼此并没有明显联系的陌生地方，人们也以类似的方式表达原始思维。比如，象征死亡与复活的神在希腊被称为"狄俄尼索斯"，而在叙利亚被称为"阿多尼斯"，在埃及被称为"俄西尼斯"，在小亚细亚被称为"阿提斯"，最后演变成为《圣经》中死而复活的基督。

在弗雷泽的影响下，文化人类学中的"剑桥学派"成为原型批评学派最早的一个学派。顾名思义，"剑桥学派"是指以剑桥大学为中心而结成的由英国人类学家和古典学家组成的文学研究团体，而这其中比较著名的是剑桥大学的教授鲍特金（Maud Bodkin），她提出文学艺术与仪式的起源是同一的，这无疑对原型批评产生重要影响。

2. 荣格与集体无意识

如果说，弗雷泽为原型批评理论在人类学领域奠定了一块基石，那么荣格则为原型批评提供了心理学上的依据。

荣格，瑞士著名的心理学家和精神病学家。他曾在精神分析学派大师弗洛伊德门下学习，然而并没有沿着其师所开辟的康庄大道继续前行，而是在既有继承又有批判的基础上另辟蹊径，形成了自己的分析心理学理论体系。

与弗洛伊德的精神分析学理论相比，荣格认为"力比多"不仅是性的能量，而应是具有普遍的、广泛意义的生命能量；针对弗洛伊德将人的意识领域划分为意识、前意识和潜意识的理论，荣格继续对潜意识的领域进行划分，他认为潜意识不仅包括弗洛伊德总结出来的个体无意识，还包括集体无意识。他认为，集体无意识与个人无意识不同，它从来没有在意识里出现过，也不是由个体习得的，是完全通过遗传而存在的。并且，个体无意识的绝大部分由"情结"所组成，而集体无意识主要由"原型"所组成。也就是说，集体无意识潜藏在个人意识的底层，是天然存在的具有普遍性的原始先民的集体记忆。人的意识与集体无意识比起来若冰山一角，集体无意识才是人类各种活动的源泉，这当然也包括文学艺术。

荣格将集体无意识理解为心理结构中最为深刻、隐秘的部分，积聚着自人类有史以来所有的经验和情感能量，任何个体都不能通过意识而感知。为了说明集体无意识的存在，荣格引入了"原型"这个概念，他认为情结大部分是个人无意识的内容，原型则是集体无意识的内容。

"原型"，英文是"archetype"，解释为"最初的模式"。早期被广泛应用于宗教、神学以及哲学中。在神学、宗教领域中，"原型"指人类物质世界的精神本源；在哲学领域，"原型"与柏拉图提出的"理念""范式"相类似。而荣格则是最早把"原型"概念应用到心理学领域的。关于原型，荣格的相关理论认为，神话学研究称他们为主旨；在原始心理中他们与列维·布留尔(Levy-Bruhl, Lucien)的"集体表象"概念相类似；在比较宗教学领域，它们被一些学者定义为"想象类型"。阿道夫·巴斯蒂安（Adolf Bastian）在很久以前就称它们为"元素"或"原始思维"。

荣格认为，原型是深层集体无意识的内容，它在经历历史的不断变迁之后，逐渐从具体可感的图像转化为无内容的知觉和行为的模式。并且，原型是领悟的典型模式，每当我们面对普遍一致和反复发生的领悟模式，我们就是在与原型打交道。

荣格将原型分为两大类：原型形象和原型情境。他指出阴影、人格面具、智叟、阿尼玛和阿尼姆斯等与人类形象相关的原型就是原型形象。而"追寻"原型这种表现一种行为模式或是表现典型环境的原型是原型情境。

在荣格看来，原型是集体无意识的外化，文学艺术所表现的就是含有无意识内容的原型意象，而其魅力恰恰来自于对集体无意识的表现。艺术是一种天赋的能力，他抓住一个人，使它成为它的工具。艺术家不是拥有自由意志、寻求实现其个人目的的个人，而是一个允许艺术通过自己实现艺术目的的人。

荣格与弗洛伊德的理论观点有许多分歧之处，这导致了师生关系的破裂，不过荣格建立起的分析心理学理论体系足以弥补他心理上的缺憾，集体无意识理论和原型概念也成为后来原型批评的理论来源。

（三）特征

原型批评将文学看作一个有机的整体，是一个自给自足的体系。新批评"细读"的微观批评方法只能对个别文学进行分析、研究，发现文学艺术的个别现象和规律，却不可避免地忽略了文学作品之间的联系，忽略了文学所具有的广阔的结构性，这对发现文学艺术的普遍形式和规律无益，因此，原型批评派反对将作品肢解为碎片的"细读"式研究，而主张将文学看成是一个整体。

原型批评的特征主要表现在两个方面：其一，宏观性。原型批评派以人类学的理论及视野为基础，重视对文学作品进行"远观"研究，具有宏观全景式的特点。《批评的解剖》一书中提出的"向后站"的文学研究方法很好地体现了原型批评研究的宏观性。诺斯罗普·弗莱（Northrop Frye，加拿大著名文学批评家，执教于多伦多大学）反对将单个的作品看成是孤立于其他作品的对自然的模仿考察，他要求把题材、体裁、主题结构放到文化整体中去考察，认为文学同神话、信仰、宗教仪式及民俗密不可分。其二，系统性。这是原型批评的整体特征的另一方面。弗莱认为，每个作家的作品都无一例外地在文学传统大范畴之内进行创作。在《作为原型的象征》中，弗莱曾提到，由于原型是可交际的象征，所以，原型批评首先考虑的是一种作为社会性的事实和交际模式的文学；通过对传统和文体的研究，原型批评试图将单篇诗作放回到作为一个整体的诗歌系统中去。通过原型，文学作品从看似互不关联的状态神奇地整合为一个跨文化的有机的整体，使单个作品在宏阔的背景下产生了意义。

二、文学与原型批评关系的研究内容、方法

1957 年，诺斯罗普·弗莱所著的《批评的解剖》问世，这是一本旨在探求原型发生以及置换规律的文学批评著作，标志着原型批评理论的成熟。与此同时，弗莱本人也被看作是原型批评派的集大成者。

《批评的解剖》体系庞大，将原型界定为：在文学批评中，反复出现在文学作品中并表现出同一性，反映人类普遍心理的、典型的叙述模式、行动方式、性格类型、主题和形象，它们将彼此看似独立的文学作品相互联系起来，使之成为一个整体的单位。因此，原型批评方面的理论主要包括以下几点：

（一）研究内容

1. 文学系统模式

原型批评理论认为，文学源自于神话，那么文学的运动发展形式和规律也必

然可以从神话中得到答案。文学是神话的"移位",而所谓"移位"就是变形,神话若要在不断进步的社会中继续存在,就必须借助于恰当的表达方式,于是它变身为文学的形式,也称"置换",这是弗莱理论的一个重要内容。比如,弗莱认为,希腊神话中死而复生的结构成分同样也存在于莎士比亚喜剧中。司谷物女神的女儿普罗塞皮娜被冥王劫往阴间为妻,后经宙斯干预,她一年有八个月可回人间。《无事生非》中的希罗、《辛白林》中的伊摩琴等也有类似死亡的经历,但是由于现实世界中不容许有真正的死而复生,所以她们的死只能是类似死亡,而非真正的死亡。所以,在文学作品中,最基本的情节和人物范式就蕴涵于神话中。

导致原型发生置换的原因主要有时代背景、作家个性、民族文化等因素,因此,研究原型置换的原因对发现文学背后的增值意义有重要作用。比如,有论者在对屠格涅夫(Ivan Sergeevich Turgenev)与沈从文小说进行比较研究时,就发现"月亮—美女"原型在屠格涅夫和沈从文小说中均有显现。他认为,在《罗亭》《贵族之家》《前夜》等作品中娜达丽亚、丽莎、叶琳娜这些美丽女性身上闪烁着智慧的魅力之光,而在沈从文的《边城》《月下小景》《媚金·豹子与那羊》中,翠翠、白脸女孩、媚金的美却来自于女性的身体美,智慧、知识只能妨害于这种美丽的展现。同样是对女性和爱情的歌颂为何会有如此大的区别,原因就在于二人对这"月亮—美女"原型进行了不同的置换。在俄国,贵族以崇尚女性美为时尚,同时,社会经济的发展使部分妇女的才智得到了充分的表现,因此屠格涅夫自然更欣赏有智慧的女性;而在中国边地湘西,险峻的生态环境使人们对女性的关注和欣赏局限在她们天赋的生殖和创造能力上。作为湘西本土文化之子的沈从文,自然受到这种传统的民族观念的影响。①

弗莱在历史循环论基础之上提出文学循环论。历史循环论的观点早已有之,而德国学者施本格勒(Spengler)在《西方的没落》一书中,将人类文化的更替与四季做对比,认为人类文明总是在不断地重演着发生、成长、衰老和死亡的有机生命原则。在这个基础之上,弗莱提出文学的历史同样也遵循着这种周而复始的演变模式。于是从历史的眼光看,他把整个文学史看作是神话发生置换变形的五个阶段②:

(1)如果主人公在性质上超过凡人及凡人的环境,他便是个神祇;关于他的故事叫作神话,即通常意义上关于神的故事。这种故事在文学中占有重要地位,

---

①赵小琪.屠格涅夫和沈从文小说中的自然人文景观[J].外国文学研究,1992(3):6.
②[加]弗莱著;陈慧译.批评的解剖[M].天津:百花文艺出版社,2006:45.

但通常并不列入规定的文学类型之内。

（2）如果主人公在程度上超过其他人和其他人所处的环境，那么他便是传奇中的典型人物；他的行动虽然出类拔萃，但仍被视为人类的一员。

（3）如果主人公在程度上虽比其他人优越，但并不超越他所处的自然环境，那么他便是人间的首领。他所具有的权威、激情及表达力量都远远超过普通人，但是他的一切作为既受社会批评制约，又得服从自然规律。这便是大多数史诗和悲剧中那种"高模仿"类型的主人公，基本上便是亚里士多德心目中那类主人公。

（4）如果既不优于别人，又不超越自己所处的环境，这样的主人公便仅是普通人中间的一人：大多数人可以感受到主人公身上共同的人性，并要求诗人对可能发生的情节所推行的准则与自身经验中的情况保持一致。这样便产生"低模仿"类型的主人公，常见于多数喜剧和现实主义小说。

（5）如果主人公论体力和智力都比我们低劣，使我们感到可以睥睨他们受奴役、遭挫折或行为荒唐可笑的境况，他们便属于"讽刺"类型的人物。

这五种模式分别对应于五种文学类型，即神话、传奇（童话）、高级模仿（悲剧）、低级模仿（现实主义）、反讽文学。人类文学就是按照这个顺序沿着这样一个环形轨道运行，由神话向反讽发展，然后再回到神话。而当代的文学则发展到了讽刺文学阶段，是各种文学形式循环的结果，也是向神话回归的过渡阶段。可见，这五种模式是循环往复、首尾衔接并不断发展的。

2．原型意象

弗莱认为，文学诞生于神话和仪式，而原型是探寻宗教、神话、文学发展规律的核心概念。对"原型"的解释，弗莱既有继承又有创新，他认为"一种典型的或重复出现的意象。我用原型指一种象征，它把一首诗和另一首诗联系起来，从而有助于统一和整合我们的文学经验。"[①]"是指一个或一组文学象征，他们在文学中为作家反复的运用，因而形成约定俗成的东西。"[②]

在汉语界，对文学原型概念也有相应的阐述，其中1975年台北出版的《文学欣赏与批评》中由徐进夫翻译的概念是较为领先的。该概念认为，Archetype原型，经常反复出现于历史、宗教、文学作品或民俗习惯之中，以致获得显著之象征力的一种意象、题旨或主题模式，依照雍格（荣格）派心理学的解释，原型或"原型意象"，系经常出现于潜意识心理之中的神话形式的构造要素。

---

①[加]弗莱著；陈慧译.批评的解剖[M].天津：百花文艺出版社，2006：99.
②吴持哲.诺思洛普•弗莱文论选集[M].北京：中国社会科学出版社，1997：341.

比较文学的理论认知与应用研究

原型批评将原型意象分为三个意象群，分别是神启的意象、魔怪的意象和类比的意象。神启的意象属于神话的世界，是对人类理想世界的隐喻表达，比如宗教中的天堂，对应于神话模式；魔怪意象则是与之完全相反的世界，充满可怕的梦魇、丑恶，表现了人内心的恐惧和不安，通常表现为地狱等可怕的世界，对应于反讽模式。神启的意象和魔怪的意象都是未经任何改变的原始的世界，而他们之间的运动和变形又产生了居于二者之间的类比意象。类比意象包括天真的类比、自然和理性的类比以及经验的类比。天真类比的意象展示的是一个理想化的世界，包括具有魔力的慈祥的智慧老人、温顺的动物、美好的景物等等，对应于传奇模式；自然和理性的类比表现的是一个崇高的世界，在这里有理想化的国王、堂皇的宫殿等，对应于高模仿；经验的类比展示的是人类的实际际遇，天真世界的花园让位于农场、淙淙溪水演变为具有毁灭力量的大海，对应于低模仿。

在文学作品中，原型意象为数最多。例如，太阳意象一直活跃在中国文学家的作品中，远古神话有"后羿射日"和"夸父逐日"，《诗经》中有"其雨其雨，杲杲出日"等太阳原型意象，楚辞《九歌·东君》里有"暾将出兮东方，照吾槛兮扶桑"，汉乐府中有"日出东南隅，照我秦氏楼"，唐代李白有"日照香炉生紫烟，遥看瀑布挂前川"，现代诗人闻一多则有《太阳吟》，艾青也在《向太阳》中把"太阳"当作理想与未来的载体。母亲原型意象也较为普遍。女娲是汉民族祖先中的母亲原型，后来文学作品《为奴隶的母亲》中忍辱负重的母亲、《大堰河——我的保姆》中默默无闻、勤劳善良的保姆，《孔雀东南飞》中的焦母、《牡丹亭》中的杜母、《西厢记》中的老夫人等则是对母亲原型意象的置换。

水原型意象、鲲鹏原型意象、红色原型意象等都反复出现在古今中外的文学作品中。

（1）类型原型。

弗莱认为，由于文学分为五种原型意象，这五种原型意象按照一定规律的运动，便形成了四种基本的叙事结构：

黎明、春天和出生方面。关于英雄出生的神话，关于万物复苏的神话，关于创世的神话，以及关于黑暗、冬天和死亡这些力量的失败。从属的人物：父亲和母亲。这是传奇故事的原型、狂热的赞美诗和狂想诗的原型。

正午、夏天、婚姻和胜利方面。关于成为神仙的神话，关于进入天堂的神话。从属的人物：伴侣和新娘。喜剧、牧歌和团圆诗的原型。

日落、秋天和死亡方面。关于战败的神话，关于天神死亡的神话，关于暴死和牺牲的神话，关于英雄孤军奋战的神话。从属的人物：奸细和海妖。悲剧和挽歌的原型。

黑暗、冬天和毁灭方面。关于这些势力得胜的神话，关于洪水和回到混沌状态的神话，关于英雄打败的神话，关于众神毁灭的神话。从属的人物：食人妖魔和女巫。此为讽刺作品的原型。

这四种叙事结构包括了神的诞生、历险、胜利、受难、死亡以及复活，如同四季循环更替、日出日落一样，因此所有的文学可以追溯到一种神话故事。例如，西方文学中的浮士德故事，我国的夸父神话等均有表现。在《西厢记》中，张生和崔莺莺的爱情经历了萌发、相互试探、相爱、遭遇老夫人阻挠、最后被迫分开，然后突然出现转机而最终男女主人公有情人终成眷属，这个结构暗合了原型批评的文学叙事结构并且普遍存在于我国传统文学关于自由恋爱的作品中。

（2）主题原型。

原型的另一个重要研究内容是主题原型，这类原型是文学作品中比较稳定、比较普遍的内容意蕴，是不同文化中出现的重点关注的论题。

例如，在中国古典文学中古人多借秋天肃杀的景物来抒写悲怀，无论是仕途艰险、相思离别、人生悲慨还是漂泊孤独，都在瑟瑟秋声中流淌着悲凉情绪，为中国文学增加了感伤的人生况味，进而增强了艺术蕴味，形成了流传千古的悲秋主题。自《楚辞·抽思》"悲夫秋风之动容"以及宋玉《九辩》"悲哉秋之为气也，萧瑟兮草木摇落而变衰"开始，"悲秋"主题原型便作为一种集体经验绵延整个中国文学史，于是曹丕有"秋风萧瑟天气凉，草木摇落露为霜"，而杜甫则通过"万里悲秋常作客，百年多病独登台"将秋之衰败与病相连，柳永以"多情自古伤离别，更那堪冷落清秋节"抒写一种相思之情。

与悲秋主题同样延留在中国文学中的主题原型是怀古主题。纵观古今诗坛，咏史怀古之叹不绝于耳，稽古拟古之作层出不穷，苏轼《赤壁赋》《京口北固亭怀古》等等都是咏史的佳作。怀古主题揭示的是人们对古往今来的人事代谢所生发的历史沉思和念旧情绪。

在西方文学中反复出现的主题原型也有很多，如复仇原型，古希腊悲剧《美狄亚》中的"伊阿宋"为父报仇而盗取金羊毛、"美狄亚"为报复负心的伊阿宋而杀死她和伊阿宋的两个孩子都是复仇主题的极端表现。莎士比亚悲剧《哈姆莱特》更是延续了复仇这一主题并使之成了整个戏剧的线索。

而反抗主题则是东西方文学中都普遍出现的一个主题原型，中国古典神话中"以乳为目，以脐为口"对抗黄帝的刑天、古希腊神话中盗火的普罗米修斯等都是反抗主题原型的代表。除此之外，创造主题、不朽主题、叛逆主题等原型也不断出现在中外文学中。

（二）研究方法

原型批评理论将文学纳入到神话的运行体系中，那么任何一部作品就不可能是孤立存在的，而是与其他作品密切相连。因此，在文学批评的方法中，原型批评理论强调批评家不仅要阅读一部作品，更重要的是要在整个文学系统中对作品进行研究。而批评的目的就是把一首诗与另一首诗联系起来因而有助于我们的文学经验成为一体。弗莱把这种有别于新批评"近观"或"细读"的方法阐释为"向后站"理论[①]：

在观赏一幅画时，我们可以站得近一些，对其笔触和调色细节进行一番分析。这大致相当于文学批评中新批评派的修辞分析。如果退后一点距离我们就可更清楚看到整个构图，这时我们是在端详画中表现的内容了；这一距离最适宜观赏荷兰现实主义之类的绘画，在一定意义上，我们是在解读一幅画。再往后退一点，我们就能更加意识到画面的布局。

在文学批评中我们也得经常与一首诗保持一点距离，以便能见到它的原型结构。

"向后站"的实质是略去作品的细节，从大处着眼，发现与其他作品的联系，找到带有普遍性的原型，进而把握作品的总体结构。在运用原型批评理论和方法进行实践的过程中，主要形成以下几种操作方式：

第一，对某一类原型进行追根溯源，进行考证式分析。对原型的研究只有打破文化和国别的界限，才能使其真正发展壮大，因此对文学原型的溯源和考证有重要的意义。例如，在某些文学或文化现象中反复出现特定的数字，往往具有神秘和仪式的含义，因此很有必要对其进行原型的考证。对数字"七"的研究就是一个很好的例子。有论者指出，小说《百年孤独》中，连续七代的乱伦造成了家族的毁灭，《一千零一夜》中，辛伯达经历七次冒险最后成功。各种民间文学中也反复出现数字"七"原型。如何对这个原型进行考证呢？他认为，通过考察"七"在各地代表的不同文化，如《旧约》所代表的基督教文化、《吉尔伽美什》所代表的古巴比伦文化以及"人日"节日所代表的中国文化中的各种意义，我们可以发现数字"七"与各民族的创世神话有密切的关系。而彼此相对封闭的文化区域何以对"七"这个数字产生类似的想法，"七"又何以成为不同民族文化共同的数字原型？追根寻底，我们可以发现原始人类对时空的感受有着相同的地方，"七"是一个代表着宇宙间无限大的循环基数，因而被赋予

[①][加]弗莱著；陈慧译.批评的解剖[M].天津：百花文艺出版社，2006：198.

神秘的意义反复出现在文学中。[①]

这种考证的方式对原型批评以及对作品本身都具有重要的意义，有利于在此基础上进行衍发研究。

对21世纪的新加坡华文文学进行研究，会发现其中反复出现三个原型，即追寻原型、月亮原型、女娲原型。通过对这三个原型进行考察，会发现它们都与中华文化相关，但是又不完全等同于我国文化中的这些原型的内涵，这背后的原因正是原型批评要解释的重要意义。一方面，由于新加坡人大部分属于华裔，他们与中华文化有着血浓于水的联系，但是另一方面，新加坡又是一个独立的国家，在欧美文化的影响下正逐渐形成自己的文化体系。

可见，由于文学的叙述方面是一个有规律可循的演变过程，文学内容的置换更新则取决于每一个时代所特有的真善美标准，因此，对一种原型的研究仅满足于发掘和考证还远远不够，还要求研究人员透过迷雾看清本质，找出导致原型发生置换的原因，从而更准确地掌握作品。比如，不同时期、不同作品中的替罪羊原型、浮士德原型等不都是以完全一致的面貌出现，要想理解这类原型，对原型置换的研究必不可少。

第二，运用原型批评理论对某一作品进行分析，从而挖掘作品的思想精髓和内涵。中国古典名著神魔小说《西游记》历来是批评家的宠儿。对其进行原型批评分析的文章较多，而有些学者另辟蹊径的研究使作品获得了新的内涵。比如，有论者将唐僧师徒历经八十一难，由非佛而成佛的过程看成是成年礼原型模式。成年仪式的含义是指在部落首领的安排下，经过种种考验，克服心理上的不成熟，最终获得进入社会的资格。而取经故事的结构模式是师徒四人在佛祖的安排下克服种种儿童性错误，经过八十一难，九九之数，最终宣告成佛而进入佛社会。与成年礼将使儿童失去童年的快乐一样，成了佛的师徒四人会受到来自内心的更多的约束。因此，《西游记》的叙事模式可以提炼为"儿童犯错——严酷考验——成年命名"。[②]这种在原型视野下对某一具体作品的观照，使得对作品原型的考察更为细致，深化了作品的内涵，对研究具有重要作用。

运用原型批评对曹禺的话剧《雷雨》进行研究，也会得出不同的结论。例如，有论者指出，在周公馆中大少爷周萍就可以看作是杀父娶母的原型，他恰似一个大家庭中的王子，把对女性的占有作为自己的特权，于是他很快就与后母繁漪发

---

①叶舒宪.原型数字"七"之谜——兼谈原型研究对比较文学的启示[J].外国文学评论，1990（1）：28-34.
②方克强.原型模式《西游记》的成年礼[J].文艺争鸣，1990（3）：26-32.

展成了情人关系，但是他的弑父并没有以最初的神话形式出现，而是将杀父的事实置换为杀父的想法出现在文学作品中。那么为什么会出现这种情况？通过考察古今中外文学中杀父娶母原型的置换规律可以发现，社会文明越进步，这种原型的表达就越隐晦。用原型分析《雷雨》，使对这部通常被用来做阶级分析的作品的研究产生了一定新意。

第三，在原型批评理论的视野下考察某一作家的作品，从而达到对作家的创作风貌的总体把握。比如，为了从整体上把握简·奥斯丁（Jane Austen）的创作，有论者首先运用"远观"的方法，找出其作品中普遍的原型，发现《诺桑觉寺》《理智和情感》《傲慢与偏见》《曼斯菲尔德庄园》《爱玛》以及《劝导》这六部小说反复出现一个共同的原型叙事结构：经过坎坷的生活道路后，女主人公最终获得了爱情的大团圆，找到了幸福。在《傲慢与偏见》中伊丽莎白和达西这一对成见颇深的青年男女，各自在生活旅途中重新认识自我，随后是情深意笃地喜结百年之好。在《爱玛》中则写了一个自视清高的富家女，在为别人婚事的奔忙中，不知不觉地也为自己的婚姻担忧，最后与自己喜爱的人喜结良缘。在原型批评的理论中，喜剧是夏天的神话，是对美好生活的追求和憧憬，因此，爱情大团圆结局的原型表现出简·奥斯丁对 19 世纪初英国中产阶级田园牧歌式的乡村生活的热情讴歌，对人生与自我的肯定的心理需求，从而也决定了简·奥斯丁作品具有浪漫传奇的总体风格。

再比如，从劳伦斯（D.H.Lawrence）多部作品中可以提炼出远古神话中的"大母亲"原型。《儿子与情人》中的葛楚、《可爱的夫人》中的波琳、《白孔雀》中的莱蒂、《恋女》的赫米恩和古娟以及《儿子与情人》中的米丽安，这些女性都具有坚强意志、强烈控制欲，呈现出"可爱又可怕"的双重特点。无论是感情全部投注到儿子身上以填补爱情空白的母亲，还是完美的爱人，都使男人感到窒息。她们的爱给了男人活力，也让男人自我毁灭。劳伦斯作品中的这种"大母亲"原型，反映出劳伦斯受到父权社会男性集体无意识的影响，对母亲和女性持双重态度：她在带来生命的同时又催生了毁灭，既有善良的心地，又有邪恶的灵魂。因此，劳伦斯对女性的刻画包含着对女性既期待又恐惧的爱恨交加的心理。[①]

张爱玲小说中反复出现镜子的原型意象。镜子易碎，因此在古今文学中常常暗示怨偶之间残缺的关系，"破镜难圆"形容夫妻关系难以复合。同时镜子也是反映真实人生、暴露赤裸灵魂的工具。在《鸿鸾禧》这篇小说中，镜子意象出现多

[①]罗婷.原型批评：劳伦斯笔下的女性形象[J].湘潭大学学报（社会科学版），1994（4）：5.

达七次，如通过对比娄太太和邱玉清对镜而照的不同感触，暗示出家庭关系的薄弱无比；《金锁记》中曹七巧借助镜子完成了做媳妇向做婆婆的过渡；《红玫瑰与白玫瑰》映照出租界洋场中灵魂的虚伪和无耻；《倾城之恋》中白流苏在冰冷的镜中照出自己残缺的青春和破碎的心，便悲壮地投入到为自己找一个夫家的征程；《沉香屑·第二炉香》中罗杰自杀前在镜子里看到了自己破碎的婚姻。镜子是张爱玲借以表现虚伪婚姻关系、反映冰冷现实的工具，由此可见，张爱玲对爱情、对两性关系的态度是失望的，爱情也如同镜子一样是易碎的、靠不住的。[①]

三、原型批评的意义、局限和发展前景

（一）原型批评的意义

原型批评理论的诞生结束了新批评一统天下的局面。在此之前，新批评理论一直主宰着文学批评界，但是，它过于强调文学的内在因素，孤立地研究单个作品，忽视文学与社会的联系，是一种微观的形式主义。文学批评如果切断自己在神话体系中到文化和历史到根子，它就会很快丧失生命。[②]所以，进入 20 世纪，原型批评以一种独特的姿态进入文学批评领域，它以崭新的角度研究文学，突破了旧有的文学研究模式和方法，为文学批评和文学理论的发展开创了一条崭新的道路。

原型批评是跨学科和跨文化研究的典范。相对其他文艺理论，原型批评是建立在跨学科研究、跨文化研究基础之上的。它将人类学、心理学、结构主义语言学以及哲学等有机地融合，整合成一个庞大的体系，将不同民族、不同地区、不同文化系统的文学艺术统一在更广阔的范围内，建立起世界文学的普遍联系，极大地拓展了理论视野。

原型批评对文学的研究持有深重的文化关怀目光。它借鉴荣格集体无意识理论，认为文学就是"移位的神话"，是现代人对欲望和幻想的艺术表达，是对人类原始心理经验的长期积累的书写。在人类文化研究整体性观点的启示下，原型批评建构了自己的一整套文学批评理论体系，把一向孤立的文学研究引向了广阔无垠的人类文化世界，逐渐发展为一种比较完备的文学批判法则。原型批评摆脱了新批评只见树木不见森林的脱离文化根源的单纯文本分析，试图以回归文化世界

[①]杨曙.月亮、镜子——原型批评视角下的张爱玲小说[J]. 绥化学院学报，2006（5）：71-75.
[②][加]弗莱著；吴持哲译.神力的语言——"圣经与文学"研究续编[M].北京：社会科学出版社，2004：3.

的开阔视野来解释文学，增强了对社会的深层关注。因此，在某种意义上说，原型批评理论在西方文学批评理论的发展史上起到了继往开来的伟大作用，扩大了文学接受理论的内涵和外延，使文学批评理论由比较单一的形式关怀向饱含文化意义的人文关怀迈进。

（二）原型批评的局限

原型批评并不关心作家的创作个性，它将文学模式作为研究的重点，而认为作家创作个性妨害于模式的研究。艺术家是一位具有更敏锐感觉的"人"，他是一个"集体的人"(Collective man)，是一位承领和塑造人类无意识及心智生活的人。而个人色彩在艺术中是一种局限甚至是一种罪孽。弗莱认为包括乔叟（Geoffrey Chaucer）、莎士比亚（W.William Shakespeare）、弥尔顿（John Milton）在内的文学大师都在模仿和抄袭。但是，这一点遭到了批评家们的质疑。比如，美国文论家 M.H.爱布拉姆斯（Meyer Howard Abrams）认为这种阅读法取消了文学作品的个性，甚至完全抹杀了文学作品的本质。

原型批评旨在找寻作品中的原型意象或原型模式，却忽视了文学的审美属性和价值判断。这种以形式和模式作为其意义核心的批评方法，在所难免地会忽视文学中的历史内容、伦理判断以及美学价值等内涵，就如同把栩栩如生的文学变成一株枯死的大树，体系虽庞大却全无生气。如果说，新批评是一种微观的形式主义研究，那么神话原型批评则是一种宏观的形式主义研究，在漠视或无视文学内容上，两者如出一辙。

原型批评理论具有浓厚的神秘主义色彩。它将文学整体纳入到神话的体系下进行观照，将神话作为文学的起点和归宿，把一切文学故事归结为神话的翻版，自然会给文学现象蒙上一层神秘色彩。另外，原型批评把文学归结为原始文化心理和文学传统的产物，尤其是荣格认为原型是靠遗传获得的，然而到目前为止，科学界还没有证据证明集体无意识这种非物质性的经验可以遗传，而弗莱对原型假说的解释也较晦涩、含混。因此，以此为基础的神话原型批评也就不可避免地存在不可论证的危机。

弗莱受施本格勒历史文明循环论的影响，形成了"文化循环论"。他将文学归为文学模式的循环和文学意象的循环，整个文学史是从神话、浪漫故事、悲剧、喜剧再到讽刺这五种基本模式的依次更替，并且一轮循环之后，又开始新一轮的循环，永不停止。然而这种"文化循环论"如同"历史循环论"一样，其理论本身是站不住脚的。原型批评将文学等同于神话，并认为文学最终会回归神话，这种简单的重复和回归，实际上是违反了辩证法的发展观，否认了文学的发展和进步。

（三）原型批评的发展前景

尽管原型批评存在着一定的局限性，但是应该看到原型批评并不是一个故步自封的理论体系，而是在与批评实践的相互作用中不断地创新。

弗莱之后，美国批评家维克里（John B.Vickery）在 20 世纪 60 年代编写了《神话与文学：当代理论与实践》，这是一本大力倡导人类学、流传颇广的论文集，在此理论指导下，他陆续推出《格雷福斯和白色女神》《〈金枝〉的文学影响》等著作，密切了原型批评与人类学的联系。尤其是在他在 20 世纪 80 年代出版的《神话与文本》则主张把关注的中心放在每一位作家对原型所作出的个性化改造和复杂多变的想象反应上，发展了原型解读方法，一定程度上避免了原型视角的单一性。

在我国，原型批评的理论研究相对比较薄弱，但是也不乏一些成果，如童庆炳的《原型经验与文学创作》、付道彬的《中国生殖崇拜文化论》等都颇有创建。在原型批评的实践上，我国的研究成果颇丰，尤其是将原型批评理论应用于对中国古典文学的重新阐释方面取得了较大成果。原型批评理论与中国文学尤其是中国古典文学具有很强的内在契合性，因此运用原型批评研究中国古典文学具有很大潜力。比如，在我国古典诗歌中反复出现的"黄昏""残阳""落叶""月亮"等意象原型，"悲秋""怀古"等主题原型中蕴含的深层的原始意义，对描述中国文化的精神发展史有重大意义。另外，我国的古典小说也可以通过原型批评进行阐释，获得新意。例如，方克强的《原型题旨：〈红楼梦〉的女神崇拜》就是一篇将原型批评与古典名著相结合的例子，文章将作品划分为三个神话，即女娲补天的神话、太虚幻境的神话和木石前盟的"还泪"神话，从而揭示了女性文化的复归。同时，在我国学者努力探讨如何立足于中国本土学术的深厚土壤融合外来治学方法的大背景下，原型批评成为我国国学的"第三重证据"，丰富了"三重证据法"。比如，在对《诗经》和《楚辞》的研究中就发挥了很大作用。

另外，在实际的批评实践中，原型批评也通过与结构主义、接受美学、女权主义等批评模式相结合的方式不断完善自己。如在《"顶冠"的原型性结构意图——西方文学象形符号的一个说法》这篇论文中，就从结构主义、语言学、符号学、原型批评等各个角度进行剖析，挖掘内涵。因此，借助于跨文化、跨学科的外力的推动，原型批评的发展前景一片光明。

第二节　文学与叙事学

一、叙事学的渊源、定义与特征

（一）渊源

叙事学又称叙述学，发轫于 20 世纪 60 年代的法国。叙事学诞生的标志为在巴黎出版的《交际》杂志 1966 年第 8 期，该期是以"符号学研究——叙事作品结构分析"为题的专刊，它通过一系列文章将叙述学的基本理论和方法公之于众。但是，直到 1969 年，"叙事学"（narratologie）之名才在兹韦坦·托多罗夫(Tzvetan Todorov)的《〈十日谈〉语法》一书中出现。

叙事学的理论根基来源于结构主义。结构主义注重对文本内部各部类的特点、组合规律的共时性分析，这一特点深刻影响了叙事学。20 世纪 60 年代，作为一种发展势头强劲的文艺批评流派，叙事学在普洛普(Vladimir Propp)、热拉尔·热奈特(Gérard Genette)、查特曼(S.Chatman)、罗兰·巴特(Roland Barthes)、格雷玛斯(Algirdas Julien Greimas)和布雷蒙(Claud Bremond)等人的努力下发扬光大。按照美国叙事学家普林斯(Gerald Prince)的分类法，可以将他们归为三个类型：

（1）以普洛普为代表的致力于探讨文本故事表层结构规律的叙事学家；

（2）以热奈特为代表的致力于探讨文本"话语"层次表达技巧的叙事学家；

（3）以普林斯和查特曼为代表的既注重文本故事表层结构规律又关注文本"话语"层次表达技巧的叙事学家。

20 世纪 90 年代是叙事学研究转型的重要时期。一方面，根植于结构主义、形式主义理论的叙事学研究将文本当作一个封闭的整体，完全跟社会、历史、文化等外部诸因素隔离，势必造成某种程度的研究缺憾；另一方面，诸如解构主义、女性主义、后殖民主义等批评流派发展势头迅猛，不能不对叙事学研究造成强烈的冲击。为顺应国际文艺理论研究大趋势，也为了叙事学自身的良性发展，区别于老一辈叙事学家热衷的"经典叙事学"，"后经典叙事学"应运而生。同时，由法国到北美的叙事学研究中心位置的变化也象征着"后经典叙事学"的正式崛起。这批新的叙事学者，强调叙事文本的读者及社会文化语境的作用重新审视和解构经典叙事学的一些理论概念，注重叙事学的跨学科研究。"后经典叙事学"的一大特色在于它强大的吸附、涵括功能。它跟诸如女性主义、接受美学、精神分析等后现代理论良性互动与融通，相比"经典叙事学"来说，具有更加强大的适应能力；这些理论彼此融汇的结果便是女性主义叙事学、认知叙事学、社会叙事学等叙事分支理论的产生。

（二）定义

首次提出"叙事学"概念的托多罗夫认为，叙事学是关于叙事结构的理论。为了发现或描写结构，叙事学研究者将叙事现象分解成组件，然后努力确定它们的功能和相互关系。在托多罗夫看来，叙事学关注的焦点是结构，并且根据他的研究实践，我们还可以发现，他所谓的结构主要是指文本的语法、句法和词汇等表层结构。因此，要想厘清这些结构，必须像拆卸机器零件一般，将文本表层结构的各种组件分解开来，弄清它们各自的特点及相互关系。在七卷本的《大拉鲁斯法语词典》中，叙事学被定义为"人们有时用它来指称关于文学作品结构的科学研究"。新版《罗伯特法语词典》对"叙事学"的解释则是"关于叙事作品、叙述、叙述结构以及叙述性的理论"。这些解释都将叙事学的研究对象定位为文本的内部结构及其相互关系。

一般认为，广义的叙事学是对所有叙事作品进行叙事学分析的理论；而狭义的叙事学是只针对文学作品进行的研究。具体而言，叙事学是一种以叙事作品为主要研究有象，以叙事作品的内部成分或其与外部文化间的影响为主要研究方向，以科学系统的分析方法为主要手段，具有极大包容性的文艺理论。

（三）特征

叙事学具有结构主义和形式主义特征。诚如上文所述，叙事学理论的根基在结构主义和俄国形式主义。结构主义语言学从共时性角度去考察语言的研究方式对叙事学产生了重大影响，而结构主义语言学关注的历时/共时、语言/言语、能指/所指等二元对立结构成为后经典叙事性艺术的基本特征；俄国形式主义理论关于"故事"和"情节"之间差异的研究对叙事学中的叙事作品结构层次的划分产生了重大影响。

叙事学研究具有民族化特征。叙事学研究的对象主要在文本结构，因此对文本语言的研究成为叙事学研究首要的切入点。从时间、语式、语态等语法范畴出发去分析叙事文本是欧洲叙事研究的一大特色，而在欧洲大陆及英美等国，本土的叙事学家更多地关注语言的修辞技巧。叙事学引进到中国，具有本民族特色的诸多语法因素无疑也深深地渗入到本土的叙事学研究，形成了自身的理论特色。

叙事学研究具有交叉性特征。不同于"经典叙事学"的封闭与单一，"后经典叙事学"研究实现了跨学科、跨领域的文本分析。一方面，它对其他文学批评理论加以吸纳融汇；另一方面，它还将其他领域如音乐、绘画、茶艺、戏曲等艺术形式纳入自己的理论体系，增强了自身理论的深度和广度。

二、文学与叙事学关系的研究内容和范围

（一）文学作品的叙述主题

主题是对文学文本的中心意思作抽象概括的归纳总结性语句。比如"对生活的热爱""爱国主义精神"和"爱情的赞美"等。抽象的主题有待于文本人物和故事情节的具体化，并由此被赋予个体性倾向。比如"金钱"一词，就其本身意义而言，指的是一种为交易提供证明的广泛流通的物质，毫无褒贬的感情色彩。可是一旦进入作家的创作视野并反映在文学作品中，便会具有倾向性。一方面，它可以成为救人于危难的必需之物，给人的是温暖和感动。如在《李娃传》中，当书生落魄街巷，偶然遇到曾经的情人李娃时，李娃并没有听从鸨母"当逐之"的建议，而是拿出自己平生积蓄，助书生读书科考。很显然，这里的金钱，在书生和读者的眼里，是爱情、温情的象征。另一方面，它也可以是腐蚀人的灵魂之物。比如在《杜十娘怒沉百宝箱》中，书生李甲见利忘义，将杜十娘以千金之资卖给孙富，致杜十娘沉箱跳河而死。这里的金钱，俨然成了利欲熏心、负情薄幸的代名词。可见，这些本来不带任何感情色彩的主旨词一旦具有了褒贬的意义倾向，便上升为文学文本的主题了。

主题常常与母题对举。母题数量的单一性恰好跟主题数量的多样性形成强烈的反差。因此，诸多文学文本之间的母题也许具有相似性，但主题却完全可以千差万别。同一叙事主题在文学史上会不断重复和演变，在不同时代、不同国家或不同民族的文学里会经常出现，并且被不同的作家所采用。比如"善恶冲突"这一主题在《圣经》中比比皆是，到了莎士比亚的戏剧、哥特小说、浪漫主义小说、维多利亚小说中仍然大量出现。又如"才子佳人的爱情"这一叙述主题，在我国古代文学史中不断被重复和演绎。元稹《莺莺传》的最后对才子佳人的爱情这一事实持否定态度；王实甫《西厢记》却对这种爱情积极肯定。更重要的是，自从《莺莺传》开始，"才子佳人"这一主题便成为古代小说长盛不衰的创作模式，以至于到明清之际，演变成了一个规模巨大的小说流派。

由于受到作家的人格性情、所处社会环境、所接受信息的影响，对同一叙述母题，不同作家会做出不同的接受和处理，从而使其多姿多彩、绚丽夺目。如上

文提到的"善恶冲突"主题，来源于《圣经》，主要通过耶稣和撒旦的冲突予以体现。到了莎士比亚的笔下，善恶的代表分别降格为尘世的普通生灵，比如《奥赛罗》(Othello)中伊阿古对苔斯狄梦娜的陷害。而在马修·刘易斯(Matthew Gregory Lewis)的哥特小说《修道士》(The Monk)中，修道士安布罗斯对安冬尼娅的迫害却将上述"善恶冲突"的主题意蕴加深了。在之前的作家笔下，善与恶的冲突就像黑白两色一样，泾渭分明，褒贬立判。但是，在《修道士》中，安布罗斯本来是个严格按照宗教戒律修身养性的道德之士，可是源自人性本身欲望的冲击与泛滥，他由"善"而"恶"，最终受到了残酷的惩罚。

鉴于叙事主题的以上特点，比较文学的叙事主题研究应具有宏观性、整体性和变异性，应从超乎个别作品的主题之上来宏观把握主题彼此的互动关系，不仅要重视同一主题在历时态中不断重复和演变的相似性规律，也要研究同一主题在共时态中被不同作家接受处理的变异性特征。

（二）文学作品的叙述母题

所谓母题就是指文学作品中反复出现的人类的基本行为、精神现象以及人类关于周围世界的概念，如生、离、死、别，喜、怒、哀、乐，时间，空间，季节，海洋，山脉，黑夜，等等。相对主题的多样和变化而言，母题的数量较少。它除了本身能构成独立的故事外，还可以与其他母题共同组成崭新的故事系统。母题是从故事情节中抽象概括出来的，其本身并不显示出褒贬态度，当它借由一定的表现形式出现时，才会确证自身的道德情感指向。因此，母题在文本中的主要功能在于叙事。

决定文本叙事母题取舍的因素是多方面的。比较而言，民族、地域、文化背景等都是重要的因素之一。比如我国的"别离"母题，如钟嵘《诗品·总序》所言，主要表现在"楚臣去境""汉妾辞宫""负戈外戍""霜闺泪尽"等方面。而这些方面又可用"家国天下"概言之。从这些别离的场面中，我们可以审视出华夏民族重国家、集体、荣誉的文化内涵。由此，我们也能审视出华夏儿女在人生态度、价值取向和感情皈依上的种种特点，而这些特点绝对是其他异质民族所不具备的。

"背叛"历来是西方叙事作品中一个常见的叙事母题和写作传统。如莎士比亚的《麦克白》(Macbeth)就是一部描写背叛的叙事作品，叙述了一个为了欲望的满足而背叛国王的个人悲剧，演绎了西方传统的"背叛与受罚"的叙事母题。在该剧第五幕第五场中，麦克白说：人生"是一个愚人所讲的故事，充满着喧哗和骚动，却找不到一点意义"①。通过剧中人物之口，传达了作者对西方文化传统中关于人性、欲望等重要观念的理解，并进一步借"背叛与受罚"的母题，深层次探讨了人生存的意义以及人类终极走向的哲学命题。

（三）文学作品的叙述视角

叙述视角是叙事学的一个重要范畴，一般而言指创作主体在创作文本时，对叙述事件的角度的把握。它涉及叙述者和叙述文本之间的关系，是叙述者实现叙述行为极其重要的途径和方式。

西方叙事学家在叙事视角方面的探讨，无论从深度还是广度上都是空前的。下面进行逐一进行介绍：

1. 全知视角

相对而言，全知视角是叙述者使用最多的叙事视角。其显著特色是叙述者站在全知全能的角度和立场，对叙述中的人物及其命运、事件走向诸因素无所不知，无所不包。它又被热奈特称为"零聚焦或无聚焦"，即无固定视角的全知叙述，它的特点是叙述者说出来的比任何一个人物知道的都多，可用"叙述者＞人物"这一公式来表示。需要注意的是，"上帝般的全知叙述者没有固定的观察角度，在观察位置上有其独特之处"②。也就是说，无论叙述者是以文本之外的身份还是以文本中的人物身份进行叙述，只要观察的范围是全知全能型的，都算全知视角。使用全知视角叙述的小说不胜枚举，如《水浒传》《静静的顿河》等小说采用的就是全知叙述，小说中的叙述者基本是全知全能的处身于故事发展之外的旁观者。

使用全知视角叙事的优势主要在两方面：首先，灵活的时空跨度。就小说这种文体而言，尤其是长篇小说，篇幅较长，字数很多，决定了它所涵括的内容十分丰富。有鉴于此，一种全知全能的视角更能够全面地审视那些复杂的内容。在这种叙事视角里，叙述的时间可以自由跨越，思接千载，视通万里，拥有绝对自由灵活的叙事方式。同时，叙述的空间也显得广大无边，举凡为了叙述需要，什么地方都可以顷刻即至，且各个不同的地点之间还可以不断转换。其次，丰富的观照侧面。在全知叙事视角中，叙述者不但知道自身及其所能够感知的一切情况，还知道一切常规所不能获悉的情况。这种优势决定了他可以对某个事件从不同的侧面予以观照，从而使呈现在读者面前的该事件异常生动、丰富，犹如一幅活动的立体画卷，纤毫毕现，宛在目前。

---

① [英]莎士比亚著；朱生豪译.莎士比亚全集（八）[M].北京：人民文学出版社，1978：387.
② 申丹.叙述学与小说文体学研究[M].北京：北京大学出版社，2001：200.

但是，全知视角叙事的缺点也不容小视。首先，它降低了文本与读者之间的审美距离。我们知道，一部作品之所以能引起读者强烈的阅读兴趣，就读者一方而言，阅读期待至关重要。但是，全知叙事视角的使用却大大降低了读者的逆向期待。也就是说，在全知叙事视角中，叙述者主动代替读者去思考、探索，从而使得读者适当的求异思维显得多余和没有必要。这样的影响，显然是不利于作品的传播的。

其次，它破坏了读者心里的故事联想。在阅读一部作品的过程中，读者也就相应地在心里建构出一幅属于自己的潜在故事图景。但是，使用全知叙事视角的叙述者却运用所选用叙事视角的特点，不断插入读者的想象空间，破坏读者的故事联想，使得读者的联想兴趣变得索然无味。

2．限知视角

热奈特又称之为内聚焦叙事。"内聚焦"其特点为叙述者仅说出某个人物知道的情况，可用"叙述者=人物"这一公式来表示。

限知视角往往采取第一人称叙述，但它还应包括第二、三人称叙述。（第三人称内聚焦视角与第三人称全知视角的区别在于，前者是限知叙事，后者是全知叙事。但在具体的作品分析中，这种区别往往被忽略。）总而言之，限知叙述者无论是作者本人还是作品中的虚构人物，无论是主要人物还是次要人物，都是允许的。他和其他人物建立各种联系，并对故事人物和事件等起到描述或解释的作用。与全知视角叙事的唯一区别在于，他不能向读者提供自身无法通过有效途径获悉的内容。

限知视角包含三种不同的类别：其中，固定式内聚焦指固定不变地采用故事主人公一人的眼光来叙事，也就是说，在一部作品中，相对某个人物而言，叙述者这一身份永远不变。转换式内聚焦指叙述者让读者直接通过人物的眼光来观察故事世界，这是说，在一部作品中，叙述者的身份是不固定的，他会通过不停地转换来让读者获悉相应的信息。多重式内聚焦指采用几个不同人物的眼光来描述同一事件，即叙述者分别属于几个特定的人物，但他们分别从自身的角度审视同一事件。它与转换式内聚焦的区别在于，后者并不将各自的角度限定在一个事件上。

限知视角叙事的优点和缺点同样明显。首先，限知视角的叙述者既是故事叙述人，又是故事的参与者。叙述人的一言一行、一举一动都跟文本中的其他人物、事件发展息息相关，这种双重身份决定文本的叙述给读者真诚可信的感觉。但是，限知视角叙事的优点又往往成了束缚它发展的缺点。由于这里的叙述只能是来自限定的叙述者，而这个限定的叙述者又只能根据自身所知的有限信息作有限的叙述，势必造成叙述的片面与缺憾。

主人公视角和见证人视角是颇有代表性的限知视角叙事，下面就两种视角的叙事特点进行讨论。顾名思义，主人公视角是指叙述者来自文本故事的主人公。由文本故事中的主人公充当叙述人，至少有两大优势。相对全知视角叙事来说，它显得真实可信，而相对于其他非主人公限知视角叙事来说，它又因为自身在文本中所占分量很重，从而能采用更加丰富多样、灵活自如的叙述手段。主人公视角的局限性在于，叙述者的相关叙述必须跟自身条件比如年龄、性别、教育背景、家庭环境、思想性格等诸多因素相吻合，否则就容易造成主人公所叙题材、叙述的格调与口吻等同其自身情况的错位，从而给读者以不可信之感。

比如在阿来的小说《尘埃落定》中，作家选取了小说中的主人公麦琪土司家的二少爷作为叙述者，因为二少爷"我"是个天生的傻子，从而决定"我"的叙述必须跟傻子这一具有生理缺陷的特征相吻合，也就是说，"我"在叙述中不能运用正常人的思维去看待所处的纷纭世界。以至于当"我"在小镇的妓院里见了妓女身患梅毒，却说那是开在人身上的花。这显然是作家为了迁就叙述者的"傻子"特点而对人体疾病"梅毒"的"陌生化"处理。像这样的例子，在现代小说创作中比比皆是。采取主人公限知视角叙事时，要求作家完全将自己的写作思路融入叙述者的身上，运用叙述者的身份去观察、思考、认知，唯其如此，才能使作品的整体叙述与叙述视角的选择相得益彰、水乳交融。

见证人视角指的是由文本故事中的次要人物担当叙述者的叙事方式。在一部作品中，主人公往往只有一两个，而见证人（次要人物）则可以有很多，这决定了在使用次要人物做叙述者时，可以有多种不同的选择，也就决定了文本中可以出现多种不同的叙述声音。因此，见证人视角与主人公视角相比，就拥有更加丰富、灵活的叙述方式。此外，由于叙述者所处的叙事位置比较客观真实，对于他自由真实地表达自身的所见所思十分有利，同时，作为叙述者背后的作者也便于随时附着其上，对叙述者观照的事物作有益的评价与补充。这种双管齐下、彼此互补的叙事方式显然更能为叙事作品增光添彩。

采用见证人视角叙述时，可以突破叙述者本人的局限，对于那些无法直接获取的信息，可以通过暂时更换叙述人的方式来达到间接叙述的目的。也就是说，在这种叙述策略中，除了一个主要叙述者外，还可以临时加入一些叙述者，而这些临时的叙述是对主要叙述者叙述的一种很好的补充。如在小说《呼啸山庄》中，囿于限知叙事本身的局限性，当故事的主要叙述者耐莉不在场而以下的故事又必须进行下去时，作者巧妙地安排了另外一些见证人接着叙述、补充这些重要内容。在小说第六章，凯瑟琳·恩萧跟希斯克利夫偷跑到画眉山庄，他们在画眉山庄经历的一切耐莉不可能知道，所以作者临时安排了逃回来的希斯克利夫做叙述者，由他将画眉山庄发生的一切告诉了读者。又如，在林登的妹妹伊莎贝拉跟希斯克利夫私奔之后，叙述者耐莉一直待在画眉山庄，那么，读者想知道伊莎贝拉跟希斯克利夫的爱情世界是什么样子的，伊莎贝拉在她完全陌生的呼啸山庄生活得怎么样，很显然是不可能的，于是作者安排了伊莎贝拉偷偷给耐莉写信的方式来补充这一部分内容。

3. 客观性视角

客观性视角被热奈特称为"外聚焦"，指的是叙述者所说的比人物所知的少，可用"叙述者＜人物"这一公式来表示。其实，这种叙事视角也可以称为叙述者即外部观察者的叙述方式。也就是说，作为文本叙述者并不进入其他人物或事件的内部作具体详尽的思考、分析和评价，只是完成一种外部的、客观的描述。它的作用就相当于摄像机，只是忠实地记录视域所及的事物。

表面上看，客观性视角叙事与全知视角叙事和限知视角叙事比较起来具有很大的劣势，它的叙事范围很小，又不能彻底进入事物的内部，也不能作主观性评价。有趣的是，这种不带任何附加色彩的客观性叙事呈现在读者面前时，反而传达出了一种极具穿透力的意蕴。某种程度上，它更能拓展读者的思维空间。例如在法国荒诞派戏剧家尤涅斯库（Eugene Ionesco）的戏剧《秃头歌女》中，马丁夫妇一开始的对白让观众以为他们素不相识，可是越到后来，当观众听到他们"有一个共同的女儿，住同一间房，睡同一张床"时，才恍然大悟，原来这两个人是夫妻。在此，作者完全采用客观性的语言，不带任何暗示和修饰地进行叙述，反而达到了一种奇妙的效果，使得该剧从更深的层次揭示出"人与人之间形同陌路"的冷漠与凄凉。此外，客观叙事者有限的视域、客观的描述不能不给读者留下广阔的思考空间。有关文本故事的诸多信息的缺失有赖于读者阅读时的思索与填充。这种客观叙事方式，对于读者来说，只要不全是障碍与阻拒，就会极大地引起读者的追索兴趣，吸引其持续地阅读下去。在读者方面，一旦自身在积极参与的过程中阅读接受了文本，读者对于文本的体认及其乐趣是无以言表的。进一步而言，这种叙事方式使得读者对文本传达出的审美意蕴的感悟也是无尽的。

客观性视角叙事的优点中也蕴含着某种局限性。完全客观的视角叙事决定了叙述者只能书写视域所及的表层状况，根本不容许他对其丰富复杂的心理世界做全面深入的刻画，否则就有"视角越界"之嫌。此外，由于是纯客观叙述，作者也不能依托叙述者来表达自己的所思所想，如此一来，作品的丰富内涵势必有所降低。

全知视角、限知视角和客观性视角有时候可以同时容纳于一部作品中，从而构成一种叙事繁复、往返回旋的艺术效果。更重要的是，这三种基本叙述角度所属的更多细微叙事角度也经常杂语共生于同一作品中，从而形成视角越界。下面就视角越界的问题进行讨论。

4. 视角越界

这是作者在叙事过程中经常会出现的一种情况。因为每一种视角模式都有其长处和局限性，如果不想受其局限性的束缚，往往只能侵权越界。简言之，即在叙述过程中，突然由一种叙述角度转换成另一种叙述角度。这种视角越界有时是叙述者无意为之，有时则是有意识的。所以在辨析文本中的视角越界情况时，需要仔细审视。比如，在美国作家舍伍德·安德森（Sherwood Anderson）的短篇小说《鸡蛋》（The Triumph of the Egg and Other Stories）中，作者用"出于无法解释的原因，我居然像当时在场目睹了父亲的窘况一样了如指掌"这样一条提示性语言，明目张胆地从限制视角侵入全知视角。

在讨论视角越界时，我们要注意辨析"视角越界"与"视角转换"或"视角模式的转换"的区别。判断一种叙事现象是属于"视角越界"还是"视角转换"或"视角模式的转换"，标准是前者是"违反常规的"或"违法的"，而后两者是"合法的"。这里"违法"的意思是说，发生转换的叙事视角之间，彼此被界定的功能或法则是相冲突的或无法正常转换的。比如，采用第一人称限知角度叙事时，突然转换到全知角度叙事，这就是一种"视角越界"。因为作为第一人称限知角度叙述者，按常理来说，不可能如上帝般全知全觉。相应地，这里"合法"的意思是说，发生转换的叙事视角之间，彼此被界定的功能或法则是可以正常转换的。比如，采用全知角度叙事的叙述者，突然以某个其他人物的限知角度叙述，按照常理，作为一个全知角度叙述者是可以洞悉其他人物的所见所思的，转换成该人物的限知视角叙述并不算违规。

常见的视角越界大致包含三种情形：

（1）第一人称限知视角侵入全知模式。关于这一点，我们已经在上面提到过了。比如在福克纳《喧哗与骚动》中的"杰生部分"，杰生跟母亲去参加父亲葬礼时遇到了毛莱舅舅，本来作者一直使用的是第一人称限知视角，却在此处说"我琢磨，他以为这是在父亲的葬仪上他至少能做到的事吧……"很显然，毛莱舅舅的想法应该是"我"所无法知道的，这种叙事就是典型的视角越界。

（2）从第三人称外视角侵入全知视角。在托马斯•曼（Thomas Mann）《魔山》第六章里，汉斯•卡斯托普离开音乐沙龙去找约阿希姆，发现他正跟玛露霞聊天。这里作者使用的是第三人称外视角，在写约阿希姆跟玛露霞聊天的场景时却说"她呢，却只是偶尔笑一笑，还轻蔑地耸耸肩"，作为第三人称外视角的叙述者居然还能洞悉叙事对象"轻蔑"的情感特征，这正是典型的视角越界。

（3）从全知视角侵入内视角。在陀思妥耶夫斯基（Fyodor Mikhailovich Dostoevsky）《罪与罚》第六章中，主人公拉斯科尔尼科夫在大街上漫游，作者写道："他不知自己为什么拐到 X 大街来了，心里感到纳闷……"，作为全知视角的叙述者却不知道叙述对象的心理活动，于是全知视角变为内视角，这显然是对内视角叙事的一种入侵。

视角越界中还有一种特殊的形式叫"隐性越界"，这里的"隐性越界"显然是针对上述"显性越界"而言，即叙述者采用了别的视角模式的典型叙事方法，但没有超越本视角模式的极限。那么，究竟哪些方式才算是"超越本视角模式的极限"呢？一般说来，仅仅在叙事语气或叙事风格等方面发生的变化都不会构成"显性越界"，而顶多只会构成"隐性越界"。换句话说，当叙述者改变了叙事的语气或风格，但并不改变叙事视角时，就只能算隐性越界。

（四）文学作品的叙述模式

叙事学中的叙述模式研究是最常见的一种研究类别。由于叙事学跟结构主义、形式主义等理论流派的关系密切，所以在讨论叙述模式时，不得不回顾一下这些相关的理论。加拿大文论家洛斯罗普•弗莱（Northrop Frye）在《批评的解剖》（Anatomy of Criticism）中曾经提出过文学的五种模式——神话、传奇、高级模拟、低级模拟和讽刺。他认为这五种模式在历史上是一个周而复始、循环往复的过程。普罗普在《民间故事形态学》中将民间故事划分为三十一种功能，并将其归纳为七种主要角色。他认为所有的民间故事都只能在这些角色和功能中讲述。到了列维•斯特劳斯、斯格雷玛斯等人，他们将焦点聚集到故事的深层结构上，并总结出一些固定的深层模式。时至今日，随着研究者的不断深入研究，一些相对固定的文学叙述模式已经确立；并且，不同的文学体裁，叙述模式也会有所不同。总体说来，文学作品的叙述模式又可分为四种类型：情节模式、心理模式、意境模式和象征模式。

比较文学的理论认知与应用研究

1. 情节模式

情节模式是最先被叙事学家关注的叙事方式之一。在讨论情节模式之前，必须先简要区别一下故事与情节的关系。很多时候，叙事学批评家们都将故事跟情节混为一谈。"故事"指的是作品叙述的按实际时间、因果关系排列的所有事件，而"情节"则指对这些素材进行的艺术处理或在形式上的加工，尤指在时间上对故事事件的重新安排。很显然，故事跟情节的区别在于，前者是按照自然规律（实际时间、因果关系）排列的事件，而后者是对这些事件进行加工后的产品。简言之，是否经过作者的加工是判定故事和情节的标准。

在叙事学家们看来，呈现在读者眼前的文本正是作者对那些按照自然规律排列的故事进行艺术处理后的结果。同时，经过研究发现，不同作者对故事进行艺术处理的方式是有共通之处的。普罗普就认为所有民间故事人物的行动都无法脱离他所总结的 31 种功能。例如，他认为"沙皇送给主人公一只鹰，这只鹰把主人公载运到了另一王国"这一情节模式，你只要将"沙皇、主人公、鹰"这三个角色更换，就能创作出另一部作品，这些事件尽管内容相异，但体现了同样的行动功能，故具有同样的情节。类似的情节模式在不同的文学作品中不断重复和演绎。比如像《俄狄浦斯王》（Oedipus the King）的"命运无法战胜"的模式是这样的：一开始主人公俄狄浦斯被父母抛弃，然后历经磨难与命运抗争，但最终仍归于失败。这一情节模式在哈代(Thomas Hardy)的小说《德伯家的苔丝》（Tess of the D'Urbervilles）中演变成了苔丝历经磨难与命运抗争，最终也归于失败。在司汤达(Stendhal)的小说《红与黑》（The Red and the Black）中，作者是这样组织情节的：小说主人公于连不甘心底层阶级的命运，依靠自己的聪明才智，不断与命运抗争，但最终陷入失败的泥沼。又比如在金庸等武侠小说家的笔下，也存在一些共同的情节模式。最常见的是，一个身世坎坷的少年，在艰难困苦中学成绝世武功，然后在江湖游历中完成人生的洗礼，得遂心中所愿。

由此可以看出，使用类似情节模式的作品具有合理的情节发展线索，更能完整具体地展示作者的创作意图。长期以来，通过无数创作者的不断努力，在持续的提炼淘洗之后，一些共同的情节模式保存了下来。这些情节模式对故事的艺术处理，相对而言都是最合理的，最能体现创作特色、传达创作意图，最能引起读者情感共鸣。但是无可否认，一部作品在情节模式的框定之下，不乏令情节中的人物失去个性的可能。因为在同一个情节模式中的人物，就像上述例子中的"沙皇、主人公和马"一样，随时可以替换，却丝毫不影响情节的发展。

2．心理模式

使用情节模式的文本的一大特色是重情节而轻人物。故文本中的人物被叙事学家称为"功能人物"。可以这么理解，"功能人物"是情节的附庸，完全为了情节而生存，一般而言，"功能人物"是没有自身独立的性格和特色的。但有一些批评家认为，人物才是作品应该关注的重点。在一部作品中，如何表现人物的思想、性格、心理等因素才是作者首要的任务。当大量以刻画人物为主的作品出现之后，对人物心理状况的研究便成了叙事学叙述模式研究的另一个重点。尽管人物的心理是最难把握的一个世界，如果仔细探究这个世界的各个组成部分，科学合理有效地加以分析，还是能够总结出一些颇有启发性的活动规律。

人的心理活动往往具有刺激性、规律性和模糊性等特点，这些特点正是用于鉴证作品心理模式的工具。在大量以刻画人物为主的文学作品中，可以发现，这些特点通过一些共同的运动轨迹表现出来，形成了共同的心理模式。比如在爱尔兰作家乔伊斯（James Joyce）的《尤利西斯》（Ulysses）中，主人公勃鲁姆在 18 小时中的精神历程体现了这样一个心理模式：遭受精神危机的现代西方人，在精神的流浪中，寻找自己的终极家园。法国作家戈蒂耶（Thophile Gautier）的小说《莫班小姐》（Mademoiselle de Maupin）通过主人公莫班小姐女扮男装寻找真正"美"的爱情，最终不得不用极端的决绝来固守"纯情"，从而展示了主人公的心理模式：对纯美的爱情的寻找与固守，只能通过离别与距离才能完成。

在心理模式的研究中，可以清晰地把握作品人物的性格、思想、心理等深层信息，同时，作者也由此细致地传达了他的创作意图。但是，由于对情节的忽视，它缺乏情节模式那样的故事性。

3．意境模式

如果说情节模式关注的是情节，心理模式关注的是人物，那么意境模式关注的就是意境。意境的营造在人、景、情的水乳交融，这些因素分开来看都不是最重要的，但它们的和谐融汇却能达到一种奇妙的效果。这种奇妙的效果最能勾起接受者的无限感喟。在一代代作家的创作中，早已形成了一些共同的意境模式，这些意境模式一旦出现，总能引起人们类似的情感抒发。例如我国古代"月华遍地"的意境，总能引起古往今来的观照者凄情满怀、惆怅无边的感叹。李白的《月下独酌》中，"举杯邀明月，对影成三人"抒写了月下独醉、邀月对饮的孤独与落寞。李煜的《相见欢》中，"无言独上西楼，月如钩。寂寞梧桐深院锁清秋"，西楼寂寂，一月如钩，深院寂寞的梧桐，面对此情此景，怎能不叫人愁肠百结、忧思难忘呢？而同样的场景也出现在苏轼的《水调歌头》中："明月几时有，把酒问青天。不知天上宫阙，今夕是何年。"旷达之中，一丝淡淡的忧愁让人无法释怀。朱淑真的《生查子》中，"月上柳梢头，人约黄昏后"的凄迷意境，也让读者思之凄哽，如影历历。

4. 象征模式

象征模式在作品中的作用是凭借某些具体的事物来表达一种抽象的意义。根据象征物的不同，又可分为具体象征和整体象征两种类型。具体象征指作品中呈现一种具有象征意义的事物。比如在加西亚·马尔克斯(Gabriel Garcia Marquez)的《百年孤独》(One Hundred Years of Solitude)中出现的黄色意象(香蕉)，象征着外部势力的入侵带给当地人的灾难。在卡夫卡(Franz Kafka)的《城堡》中，那个始终像谜一样神秘的城堡象征着压抑人性的异己力量。在这些例子中，具象性的事物香蕉、城堡一旦被融入象征模式的作品里，便被赋予了更深层次的象征意义，使作品具有深层的审美意蕴。整体象征指作品整体架构的设计都呈现出一种象征。比如，在 T.S.艾略特(Thomas Stearns Eliot)的《荒原》(The Waste Land)一诗中，包含一个总体的象征系统，即繁殖神崇拜的传说。作者凭借这一整体象征模式，寓意西方现代社会是一片精神的荒原，荒原上的人要想获得拯救，唯有投入宗教怀抱。《百年孤独》的整个作品架构也体现了一种整体象征模式。小说从小镇马孔多的发展变化写起，直到小说结尾，马孔多在一阵狂风的席卷中无影无踪，这实际上象征了作者所处的拉丁美洲百年历史的孤独与落后的境遇。

（五）文学作品的叙述话语

叙述话语指用于叙述故事的口头或笔头的话语，在文学中，也就是读者所读到的文本。它涉及作者创作与读者接受两个重要的阶段，应该引起研究者的高度重视。长期以来，在传统叙事学家眼里，叙述话语的主要功能就是对人物、情节的描绘与展示，较少注意到叙述话语本身对作品的重要意义。最初的叙事学家并没有将关注的重心真正放在叙述话语上，但是随着人们对叙事学研究的深入，叙述话语研究也取得了重大发展。下面就一些常见的叙述话语类型进行讨论。

1. 直接引语

它是人物语言的实录，一般具有叙述者和被叙述对象的双重身份，相比间接引语而言，具有更多的可信度，因此，在叙述人物语言时显得比较真实客观。一般而言，可以将其分为对话和独白两个类型：对话是直接引语中最常见的形式，它直接展示了人物之间的种种关系。独白指单一人物的话语。在《喧哗与骚动》等西方现代意识流小说中，人物的独白被大量使用。

2．自由直接引语

它是指不加提示的人物对话和内心独白，其语法特征是去掉引导词和引号，以第一人称讲述，叙述特征为抹去叙述者声音，由人物自身说话，在时间、位置、语气、意识等方面均与人物一致。自由直接引语与直接引语的区别在于，它不需要任何提示性语言。例如在《喧哗与骚动》的"昆丁部分"，康普生太太跟丈夫吵嘴时的一段自我辩白就是自由直接引语："我到底造了什么孽呀，老天爷竟然让我生下这样的孩子……"①

3．间接引语

它是叙述者转述的人物话语和思想。间接引语与直接引语的根本区别在于叙述方式即讲话的承担者不同。直接引语是人物自己说话，间接引语则是叙述者在讲话，人物的语言由叙述者报告。比如：她又笑道："我能忘我，你就不能！"（《在悬崖边上》）

4．自由间接引语

这是最常见的一种叙述话语类型。它是一种以第三人称从人物的视角叙述人物的语言、感受、思想的话语模式。它运用凝练、概括性的话语对人物的语言作全方位整体性描述。由于这种语言的变异性太强，它的真实性大打折扣。但是，它往往与叙述者的叙述交织在一起，从而对叙述者控制叙述节奏极为有利。在《包法利夫人》中有一段主人公想象中的跟情人私奔的场面描写，使用的就是自由间接引语。

三、文学与叙事学关系的研究现状和前景

作为文学研究的一种方法理论，叙事学在时代的洪流中经历了起起落落的过程。20世纪60年代是叙事学形成并迅速崛起的时期。20世纪80年代初，叙事学的结构主义、形式主义根源招致后现代文艺批评家的质疑，发展情势急转直下。20世纪90年代中后期"后经典叙事学"的兴起又让濒于危机的叙事学迅速复苏。

叙事学研究本身是有局限的。首先，如上文曾经提到的，作为文艺理论研究的一个分支，叙事学的理论植根于结构主义和形式主义。结构主义、形式主义所

①[美]威廉•福克纳著；李文俊译.喧哗与骚动[M].上海：上海译文出版社，2007：102.

聚焦的对象在于叙事文本，对文本之外的一切都是忽略的，由此决定了它们所能研究的对象十分有限。而这种封闭自给的状态势必给整个叙事学研究带来不利，甚至制约着叙事学的持续发展。其次，叙事学囿于自身的理论依托，完全将文艺研究科学化。文学作品所实现的作者与读者的相互理解、表达和体认，以及由此激发出的审美质素也在这种科学化的理性与抽象中消失殆尽。也就是说，无论一部审美倾向多么强烈的文学作品，在叙事学家的剖析之下，都会丢失那种美的意蕴。对于文学作品而言，一旦完全失去了审美的特质，是没有存在的价值的。

20世纪末期，叙事学传入我国，经过许多叙事学家的努力，在我国取得快速发展。除了对最初的"经典叙事学"展开研究之外，国内还出现了将叙事学理论运用到文化和翻译研究等新的领域。但是，对于西方"后经典叙事学"的研究还相当滞后，这是今天的研究者亟须思考的问题。

由此，可以认为，针对叙事学的理性化特征和文学作品的审美化意蕴，最好的办法是将二者兼顾起来。尽管这样做一时间可能会出现生搬硬套的不利情况。在首届全国叙事学研讨会上，祖国颂教授就提出了"走向文化叙事学"的构想，认为"文化叙事学意在把叙事表现文化事实与文化事实具有叙事功能相结合，把叙事文本与文化现实相结合，把叙事行为与叙事读解相结合，从而把叙事从一种语言行为还原为广泛的文化现象"[①]。叙事学对文化领域这一更为宽广范围的渗入，无疑会使它获得新的无限生机。此外，就"经典叙事学"研究而言，尽管情节模式、叙事语言、叙事角度等均得到了充分研究，相比之下，研究薄弱领域也大量存在。比如，叙事模式中的意境模式、象征模式研究就远远落后于情节模式研究；叙事角度中的全知、限知和客观叙事都有较深入探讨，但对于"第二人称叙事""视角越界"等问题的研究还不太深入。就"后经典叙事学"研究而言，尽管修辞、认知叙事学以及其他艺术形式叙事学研究呈现齐头并进的繁荣局面，但关于这些具体层面叙事相互间关系的研究还没有大量开展。

第三节　文学与诠释学

一、诠释学的渊源、定义与发展

诠释学（Hermeneutik）一词来源于希腊神话中的信使赫尔墨斯(Hermes)。作为信使，赫尔墨斯的主要任务是向人类传达诸神的消息和指示，由于神和人的语

[①]胡明贵.全国首届叙事学学术研讨会综述[J].文艺理论与批评，2005（5）：141-143.

言不通，所以在传达的过程中，赫尔墨斯必须要对神谕进行翻译、解释和说明，正是这三者构成了诠释学的最基本内涵。

诠释学在西方大致经历了三次重要的转向：第一次是从特殊诠释学到普遍诠释学的转向；第二次是从方法论诠释学到本体论诠释学的转向；第三次是从单纯的本体论诠释学到作为实践哲学的诠释学的转向。而纵观诠释学发展的历史，我们又可以将诠释学分为两种类型：方法论诠释学和本体论诠释学。前者的主要代表人物有施莱尔马赫（Friedrich Schleiermacher）、狄尔泰（Wilhelm Dilthey）以及埃米尼奥·贝蒂（Emilio Betti）；后者的主要代表人物有海德格尔（Martin Heidegger）、伽达默尔（Hans-Georg Gadamer）。

（一）方法论诠释学

在施莱尔马赫完成由"特殊诠释学"向"普遍诠释学"的转变之前，康德（Immanuel Kant）和阿斯特（Ast）等人就已经提出了诠释学的主要命题，尤其是施莱尔马赫的老师阿斯特，对施氏的诠释学理念有着非常重要的启示作用。阿斯特认为文字和文本表现了古代精神和生命，我们研究文字文本就是要进入作品的内在精神世界，探索其中所包含的普遍精神。在强调普遍性的同时，阿斯特亦十分重视创作者自己的独特精神和思想，认为我们理解古代文本时还要对作者的个人精神有所把握。他把诠释学与作者的创造联系起来，认为解释是以重建典籍背后的"精神"为最终目的的，并认为人类精神的同质性是我们理解古代普遍精神的根基所在，这是阿斯特对诠释学发展的重要贡献之一，同时也预示了后来施莱尔马赫的观点，即解释是作者精神的重构。此外，阿斯特也意识到了诠释学循环的问题：既然对作为整体的普遍精神的理解需要通过个别来体会，而对个别的理解亦离不开对作为整体的普遍精神的理解，那么两者只能彼此结合且互相依赖，这就是"诠释学循环"的早期形式。

作为阿斯特的学生，施莱尔马赫之所以被誉为"现代诠释学的创始人"，是因为他最先具有现代诠释学的方法论自觉。施氏对诠释学发展的重要贡献之一就在于提出了"普遍诠释学"的思想，将诠释学的对象从圣经和罗马法这样的独特文本扩大到一般的世俗文本，并使其最终成为解释一切文献的一般方法论。在施氏之前的诠释学家大多认为只有在对事物发生误解的情况出现之时，诠释学才有用武之地。但在施莱尔马赫看来，误解是普遍出现的情况，既然如此，诠释学也就无处不在了。也正是这种观点为其普遍诠释学的建立奠定了基础。此外，他认为理解就是重构作者的思想，文本的意义反映了作者的思想和意向，因此我们在理解和解释文本时，就是对作者的思想和意向进行重构。他将重构分为两种，即客观的重构和主观的重构。与此对应，他主张理解的方法亦有两种，即语法诠释和心理诠释。前者关心文本的字面意义，后者则重视对作者心理状态的重构。"心理诠释"是施氏对诠释学的最重要贡献，但问题是：这种试图全心全意精确重构作者本来意图的方法势必会要求摆脱解释者个人的境遇和观点，也就是要求解释者摆脱自身的历史性和成见，因此这一思想具有浓厚的反历史色彩。

这种被施莱尔马赫所忽略的历史性却在狄尔泰的思想体系中占有极其重要的地位。在狄尔泰的理论中，人自身就是一种历史的存在，探究历史的人就是创造历史的人。任何人都无法逃避历史，人们必定是通过不断的诠释过去来理解自身的，因此人是一种"诠释学的动物"，诠释本身就是一种生命的表现。狄尔泰认为普遍的主体并不存在，存在着的只是历史的个人，这种"个人"的生命基础就是"经验"（Erlebnis/experience）。所谓"经验"，就是指先于反思的一种主客浑然无分的生存状态，人的生命、精神、思想在其中得以展现，诠释者可以根据自己的生命经验与被诠释事物中所包含的他人的精神生命发生共鸣，理解由此而奠基。但狄尔泰所谓的生命不单单是指个人的经验，在更高层次上指的是人类社会和历史实在中存在的普遍共同的人性，这种普遍共同的人性在诠释者来到这个世界之前就已经存在着，且将继续存在下去，这是理解的客观性和历史的内在连续性得以保证的基础，这种个人赖以寄居的生命状态就是狄尔泰所说的"客观精神"。除了自然科学以外的任何其他科学都是这种"客观精神"的外化物，比如哲学、美学、艺术、宗教、逻辑学、历史学，等等。正是通过"客观精神"，人们才得以理解自己和他人。很明显，狄尔泰在这里将个别与普遍的辩证法引入历史研究的领域，这样的历史观对其诠释理论的形成有着重要的作用。狄尔泰认为意义并非是一个逻辑概念，而是生命本身的"表现"，生命本身是具有时间性的，它反过来又是以形成永恒的意义统一体为目标，这个统一体正是生命自身在经验之中的自我展现和自我造就。早期的狄尔泰以"内在经验"（Inner Experience）作为人文学科的基础，之后，"内在经验"这一基础被"生活经验"（Lived Experience）和"理解"所取代，并且进一步将心理学引入诠释学的深层。狄尔泰结合了德罗伊森（Droysen）关于"说明"（Explanation）和"理解"（Understanding）的区分，提出了"说明的心理学"和"诠释的心理学"，前者是指对心理现象的因果解释；后者是指以个人生命的整体背景为依托对精神世界的理解。这是一种无法加以证实的精神行为，但是它却有着一种内在的统一性，这种精神的统一性凝聚在文本之中，因此文本就成为作者生命表现之所在，诠释学的使命正是在于保证对于这种

"生命表现"的正确理解。此外，虽然之前康德、阿斯特、施莱尔马赫已经提出过诠释学循环这一问题，但其作为完整的诠释学命题则是由狄尔泰表达出来的：整体必须通过对其部分的理解才能得到理解，而对部分更好的理解则只能通过对整体的理解来实现，这实际就是一个在理解中整体与部分孰先孰后的问题。狄尔泰主张将诠释者的"经验"带入诠释的循环，即经验先于理解，也正是在这点上他取得了突破性的进展。这也为海德格尔和伽达默尔的"前理解"或"偏见"提供了准备。

（二）本体论诠释学

诠释学在海德格尔手中完成了从方法论向本体论的转向。在海德格尔之前，理解的方法凌驾于文本和解释者之上，其最终目的在于通过回归原始语境来重构作者的原意，文本和诠释者最终被置于次要位置。海德格尔继承并发展了胡塞尔（E. Edmund Husserl）的观点，认为人作为存在者与其他存在者不同，它自身就能如其所是地那样显示存在。在他看来，理解并非如施莱尔马赫所说的是一种与作者思想取得一致的能力，也不是如狄尔泰所说的是一种深入个体内心并把握某种生命的表现，而是作为"此在"的人的存在方式，语言则被看作是"存在"之家，由此，海德格尔实现了诠释学从认识论向本体论的转向，并且使作为"此在"的诠释者和语言成了诠释学中最重要的因素。

海德格尔用"此在"（Dasein）将"人"与其他的存在者（Beings）区别开来，他认为此在是为它的存在本身而存在，也只有此在才能领悟存在，并且以这种领会的方式存在着，而这正是它自身的存在规定，因此，此在相对于其他任何存在者都具有优先的地位。在海德格尔看来，不论是人文科学还是自然科学，都是此在的存在方式。因此，诠释学就是关涉到此在的存在论，即基础存在论的一项工作。通过诠释，存在和此在本来的意义和结构就会向此在展现出来，这就为进一步对此在以外的存在者进行存在论研究提供了条件，并且也为一切存在论探索提供了条件。

若想诠释存在的意义，首先就要对此在进行分析，但是并不能在对此在的分析中找到存在的"普遍性"，因为海德格尔认为此在处于一种被抛入状态。在他看来，解释是有其前提的，这个前提就是理解的前结构，即前理解。简单地说，前理解就是人们在理解某事物之前的理解状态，是历史对人的占有方式，海德格尔将其分为"前有"（Vorhabe）、"前见"（Vorsicht）和"前把握"（Vorgriff）。被理解的东西在理解之前就已经作为某种东西而存在了，它已经赋予了某物以明确性，

比较文学的理论认知与应用研究

一切的诠释活动都是在"先见"中产生的。但问题是如果所有的理解都依赖前理解，在前理解之前又有前理解，这样理解就会陷入一种永久的追溯过程，这便是诠释的循环。这种循环看起来似乎是一种无法避免的恶性循环，但是海德格尔认为虽然这种循环不可避免，但是绝不是恶性的循环，他认为，决定性的事情不是从循环中脱身，而是依照正确的方式进入这种循环。对于这种"正确的方式"，海德格尔说："在这种循环中包藏着最原始的认识的一种积极的可能性。当然，这种可能性只有在如下情况下才能得到真实的掌握，那就是：解释领会到它的首要的、不断的和最终的任务始终是不让向来就有的先行具有、先行视见与先行掌握以偶发奇想和流俗之见的方式出现，它的任务始终是从事情本身出来清理先行具有、先行视见与先行掌握，从而保障课题的科学性。"[①]这也就是说，解释者在理解的过程中要不断地考察存在于其先见之中的预期意义，以便发现这些先见是否基于事物本身，是否为正确的前理解，而非流俗之见。

在上述阶段，海德格尔诠释学理论的重心是对"此在"的分析，但在后期海德格尔的思想中，语言问题越来越受到重视，他甚至忽略了"此在"而直接从语言的表现力开始阐述其思想。语言问题之所以在海德格尔思想里后来居上，是因为他越来越意识到此在必然被抛入语言之中，且永远无法摆脱语言的束缚。语言是超越人的自我理解的"命定"（Determinierung），它不再用来表达此在展开的状态，而最终成为"存在之家"。在海德格尔看来，"谈及"比"说话"更为重要，并认为理解就是"聆听"（Hearing），聆听构成了话语，它取代了解释（Interpretation）成了回归本源的最佳途径。这些思想对后来的伽达默尔产生了深刻的影响。

伽达默尔继续发展了他的老师海德格尔的思想，并且与施莱尔马赫和狄尔泰的诠释学传统相联系，正如保尔·利科所说："伽达默尔的本文类似于重写的羊皮纸，其中，就像是多层涂抹的厚厚的透明物，总有可能区分出一层浪漫主义，一层狄尔泰派，一层海德格尔派。每一层都能看到伽达默尔的东西，同时，每一层也都反映在伽达默尔通常当作他自己的观点中。"[②]伽达默尔将海德格尔的"前有""前见"和"前把握"看作是理解的前结构，此种前结构以及对这种前结构的确认便保证了解释的正确性。他认为前结构包括三个基本要素，即"偏见"（先见）"权威"和"传统"，其中"偏见"成了其思想的出发点。在伽达默尔看来，偏见并不意味着一种错误的判断，它并非总是虚假的，偏见是历史赋予人的一种理解

---

①[德]海德格尔著；陈嘉映、王庆节译.存在与时间[M].北京：三联书店，1999：179.

②[法]保尔·利科著；陶远华译.解释学与社会科学[M].石家庄：河北人民出版社，1987：70.

情景，是人与历史连接的纽带，历史在人理解自身之前就已经实现了对人的"占有"，既然如此，那么个人的偏见也就必然成为其存在的真实历史的一部分，所以伽达默尔才说："历史不属于我们，我们属于历史。"[①]但同时伽达默尔也认为偏见既有肯定的价值也有否定的价值，他把偏见分为两种——"合法的偏见"和"盲目的偏见"（后者是指人们割断与历史的联系而只根据自己的现实经验得出的见解），两者总是同时存在的，我们所能做的就是在理解过程中不断地去除盲目偏见所造成的遮蔽，在此意义上我们可以说不论是合法的还是盲目的偏见，都可以使人直接或间接地到达理解。既然这种偏见是历史实在本身并且是理解的条件，那么否定盲目的偏见就是否定理解。如何将合法的偏见与盲目的偏见区别开来呢？伽达默尔在此引入了时间距离（Zeitenabstand）这一概念。海德格尔之前就已经论述过此在的时间性存在方式，伽达默尔进一步将其发展："……时间不再主要是一种由于其分开和远离而必须被沟通的鸿沟，时间其实乃是现在植根于其中的事件的根本基础。因此，时间距离并不是某种必须被克服的东西。这种看法其实是历史主义的幼稚假定……事实上，重要的问题在于把时间距离看成是理解的一种积极的创造性的可能性。"[②]也就是说，只有从时间距离出发，我们才能摆脱盲目的偏见，才可能达到对于事物的客观认识，才能使作品的意义向我们显示出来。

伽达默尔诠释学体系中的核心概念是"效果史意识"（Wirkungsgeschichtliches Bewusstsein，英译 Effective-historical consciousness）。什么是"效果史"（Wirkungsgeschichte）呢？伽达默尔说："真正的历史对象根本就不是对象，而是自己和他者的统一体，或一种关系，在这关系中同时存在着历史的实在以及历史理解的实在。一种名副其实的诠释学必须在理解本身中显示历史的实在性。因此我就把所需要的这样一种东西称为'效果历史'。理解按其本性乃是一种效果历史事件。"[③]简单来说，"效果史"就是指历史传统的现在性和有效性。伽氏认为这是一种诠释情境（Situation）的意识，我们永远身处于这种情境之中，并且我们对这种情境的认识永远是未完成的，因为我们作为一种历史存在的本质决定了这种对自身认识的不完满性。此外，诠释情境也受制于一定的"视界"（Horizon），这种视界是由变动不居的偏见构成的，它自身也处在不断改变的过程之中。理解就是处于不同情境的视界相互交流和融合，这种"视界的融合"

---

① [德]伽达默尔著；J.维恩舍默，D.G.马夏尔译.真理与方法（英文版）[M].纽约：纽约十字路出版社，1989：276.

② [德]伽达默尔著；洪汉鼎译.真理与方法（上）[M].上海：上海译文出版社。2005：384.

③ [德]伽达默尔著；洪汉鼎译.真理与方法（上）[M].上海：上海译文出版社。2005：387.

（Horizontverschmelzung）就是"效果史意识"的根本任务。

语言在伽达默尔的诠释学体系中占有十分重要的地位，有人称其理论为"语言论——本体论诠释学"。伽达默尔认为，语言对于我们来说绝不是认识和把握世界的工具，而是构造世界的经验本身，语言不仅"占有"了人，而且还"占有"了其他一切事物，正如保尔·利科所说："人类经验的普遍'语言性'——这个词是对伽达默尔的 Sprachlichkeit 一词的大致翻译——的意思是，我与一个传统或多个传统的所属关系贯穿于对符号、作品和文本的解释，文化遗产正铭存于符号、作品和文本中，并待人去解释"[①]。语言与我们发生着关系，却不是我们的认识对象，在伽达默尔看来，一个文本之所以成为我们诠释的对象而非"认识的"对象，原因就在于诠释者向它提出了问题，理解一部文本就是理解向这个文本提出的问题，诠释者和文本是一种对话的关系，处在一种问与答的不断循环之中，若没有诠释者提出问题，那么文本便失去了生命力。但是由于诠释者与文本都被各自的视界所限定，所以这种问与答的游戏并不能随意进行，而是只有当解释者被主题推动着、在主题所指示的方向上做进一步的询问时，才会出现真正的对话。这就是"效果史意识"的真谛所在。

与伽氏关于语言的理论同样值得一提的是他的"游戏说"。在他的理论中，语言和游戏具有一种本质上的对应性，任何一种对话方式都可以用游戏概念做出描述。首先，伽达默尔认为游戏的真正主体并不是游戏者，而是游戏本身。语言也是超越于言说者，亦超越于主体性行为。其次，游戏也不是"对象"。正如语言不是认识的对象一样，游戏者也无法将游戏当作一种对象去认识，而只能作为游戏者的一种存在方式。再次，游戏始终是游戏本身，它是自身的往复运动，游戏的意义在于不断地循环生成，也就是说游戏既无开端，也无终点，它消除了功利性和目的性，因此游戏者表现出一种纯粹的轻松，存在本身就在此轻松之中呈现出来，艺术作品也在此作为一种存在方式一同呈现。伽达默尔的"游戏说"在美学史上占有相当重要的地位，其贡献也许不亚于"效果史意识"对诠释学发展的贡献。

（三）对本体论诠释学的认识论批判

虽然伽达默尔的诠释学思想代表着诠释学的主流，但还是遭到了强有力的批判。大致来说，对伽达默尔哲学诠释学持批判态度的声音主要来自于三个方面：认识论批判、意识形态批判和解构理论批判。此处主要论述的是以意大利学者贝蒂（Emilio Betti）、艾柯（Umberto Eco）和美国学者赫施（E.D.Hirsch）为代表的

[①][法]保尔·利科著；陶远华译.解释学与社会科学[M].石家庄：河北人民出版社，1987：62.

认识论批判。

与狄尔泰一样，贝蒂也从"精神的客观化物"（Objectivation of Mind）出发，认为精神的客观化物就是"富有意义的形式"（Sinnhaltige Formen），这种富有意义的形式在解释者与这种形式的创造者之间架起了一座桥梁，使得我们可以通过这种形式对他人精神进行重新认识和重新构造，并进一步主张诠释者应排除个人因素，尊重作者的原意，坚持理解的客观性。贝蒂的诠释学思想与施莱尔马赫和狄尔泰相比并没有明显的创新之处，但贝蒂在对哲学诠释学进行批判时提出的一些看法倒是对后来进行认识论批判的学者具有启发作用，如他对意义（Bedeutung，英译 Meaning）与会解（Bedeutsamkeit，英译 Significance）所做的区分，贝蒂认为前者是指对象确实怎么样，这是被给予的确定意义；而后者则是根据现实的具体情况由解释者创造出来的意义，诠释学应该是不可变的他人精神和解释者之间的一种对话，如果我们混淆了意义和会解，那么这种对话便不可能发生，理解也就不可能。这种意义和会解的区分给了赫施很大的启发。

赫施十分关心解释的有效性问题，这在他的著作《解释的有效性》中有着详尽的论述，他认为自然科学和人文科学都是以真理为最终追求目标且这一目标是可以实现的，正是这一目标的一致，有效保证了诠释的有效性。他指出解释的有效性面临着三种挑战——极端历史主义、激进怀疑主义和文本自足主义，其原因就是上述三种主义混淆了"意义"与"会解"的区别：意义是文本所固有的，并且是稳定的、客观的、不变的，而会解则是可变的。赫施想尽力表明的就是，尽管作品的意义是由作者的精神活动所决定的，并在读者身上得以实现，但作品意义本身却根本不能与作者或读者的精神活动同日而语。也就是说，不仅不同解释者的主观心理活动会导致各种不同的解释，甚至连作者自己在面对自己的文本时所做的解释都是会解。但是无论如何，文本的意义是解释过程中唯一不变的东西，所有的"会解"都要以此"意义"来作为评判标准，并且不断向其趋近。如此看来，作为衡量会解标准的"意义"似乎永远无法把握，而"会解"本身的可变性也似乎会导致理解的无效。对此，赫施认为"意义"的主要功能在于保证会解的有效性，而其本身则只是"缺席的存在"，出场的永远都只是会解。

艾柯十分重视文本的作用，认为开放性的阅读必须受到文本的制约，他所提倡的开放性阅读必须从作品文本出发（其目的是对作品进行诠释），因此它会受到文本的制约。艾柯诠释学理论的根基正在于文本之中。他提出了"作品意图"这一概念，并认为作品意图既不受制于"作者意图"，也不会影响"读者意图"的发挥，断定文本的诠释是否有效的唯一依据就是作品意图。但同时，艾柯也呼唤着

"标准读者"（标准读者就是那种按照本文的要求，以本文应该被阅读的方式去阅读文本的读者）的到来，因为他也认为作品意图的建构离不开读者的阅读、理解与诠释，文本只有在读者的阅读、理解和诠释中才存在，这一点是与现代解释学相一致的。此外艾柯还对"诠释"与"过度诠释"、"诠释文本"（Interpreting a Text）和"使用文本"（Using a Text）等一系列概念作了区分。所谓的"过度诠释"就是对文本的"无限衍义"的过度开采和任意滥用；"使用文本"则是指解释者出于各自不同的目的而对文本的自由使用，这种使用往往不受严格的限制。在艾柯看来，过度诠释和使用文本都不是正确的诠释方法，他们都否认了诠释的客观性和有限性，都是对"作品意图"的曲解。

二、文学与诠释学关系的研究内容与方法

比较文学作为一门跨民族、跨语言、跨文化和跨学科的学科，向世人展示了前所未有的开放性。中国文化源远流长，既有自己的独特内质，同时又蕴含了十分丰富的异质文化因素，而对于异质文化的消化吸收，包含了长期以来国人自己的理解和创造。这个事实，既给今日的比较文学研究者提供了许多研究课题，同时也带来了新的挑战。无论如何，清理中外文学与文化交流史上"自我"与"他者"、"原意"与"会解"、"接受"与"创造"等问题之间的密切关系，仍然是我们当前的主要任务之一。这里，我们将从诠释学的视角提取三个重要因素——诠释者的诠释立场、意义生成和用意义生成方式来论述诠释学与比较文学之关系的内容和方法。

（一）对诠释者"诠释立场"的研究

诠释立场是指我们据以理解传统和现实的意义基点，这种诠释立场决定着意义生成的方向。不同的诠释者有着自己独特的立场，因此同一文本在不同诠释者看来其意义往往是不同的。诠释者是意义生成的中心环节，之所以称之为"中心"，是因为：从历时的角度看，传统文化是有赖于诠释者才得以展开和落实的；从共时的角度看，诠释者往往都是在所处时代之精神的影响下，为了解决时代所赋予的新问题转而去传统中挖掘资源，从而使传统生成新的意义以适应时代需要的。在诠释者身上，会通了纵横两重文化维度，实现了古今视域的融合。值得注意的是，诠释者并不单纯是时代精神的传声筒，诠释者个人的独特生命经验也势必会成为意义生成过程中十分重要的因素。综上所述，诠释者的诠释立场的形成原因就包括：知识传统、时代精神和个人因素。

1. 知识传统

从知识传统方面来看，人们永远生存于传统之中，传统通过语言和言语作品来表现，人类的生存离不开对这些作品的理解和解释，在这种理解和解释之中人们展开了自己的人生，建构了自己的文化体系，并为历史和传统的进一步发展提供了新的契机。以中国先秦"百家争鸣"时期为例，各家各派思想并非无源之水、无本之木，其形成一定会受制于之前的知识传统。葛兆光认为，在先秦诸思想流派的思想形成之背后，有一种共同的知识系统作为背景，在支持他们各自的思想拥有合理性。这里"共同的知识系统"即是我们所说的知识传统。这种知识传统可以分为两种类型：文本传统和非文本传统。文本传统是指以书面形式流传下来的对后世文化产生深远影响的文本，如《易》《诗》《书》《礼》《乐》等，这些文本在流传的过程当中不断地被诠释。以《论语》和《孟子》为例，其中随处可见孔、孟对于这些文本的引用与阐发，这里仅各举一例：

子贡曰："贫而无谄，富而无骄，何如？"子曰："可也。未若贫而乐，富而好礼者也。"子贡曰："《诗》云：'如切如磋，如琢如磨'，其斯之谓与？"子曰："赐也，始可与言《诗》已矣。告诸往而知来者。"（《论语·学而》）

孟子见梁惠王。王立于沼上，顾鸿雁麋鹿，曰："贤者亦乐此乎？"孟子对曰："贤者而后乐此，不贤者虽有此，不乐也。诗云：'经始灵台，经之营之，庶民攻之，不日成之。经始勿亟，庶民子来。王在灵囿，麀鹿攸伏，麀鹿濯濯，白鸟鹤鹤。王在灵沼，于牣鱼跃。'文王以民力为台为沼。而民欢乐之，谓其台曰灵台，谓其沼曰灵沼，乐其有麋鹿鱼鳖。古之人与民偕乐，故能乐也。"（《孟子·梁惠王章句上》）

值得注意的是，在《论语》和《孟子》中有些相关论述表明了他们已经意识到了这种知识传统对于他们思想的影响，比如孔子说"兴于诗，立于礼，成于乐"（《论语·泰伯篇第八》）"不学诗，无以言……不学礼，无以立"（《论语·季氏篇第十六》），孟子说"颂其诗，读其书，不知其人可乎？"（《孟子·万章下》）。非文本传统是通过另外一种方式对思想的形成产生影响的，比如地理条件、约定俗成的风俗习惯、社会文化氛围等等。还以孔孟为例：鲁、邹两地分别是孔、孟的出生地，《庄子·天下篇》有云："其（明）在于《诗》《书》《礼》《乐》者，邹鲁之士、缙绅先生多能明之。"可见两地礼乐之风浓厚。孔、孟在这种社会环境中成长，必定受这种非文本传统的影响，刘向《列女传·母仪》中所记载的"孟母三迁"故事就很能说明问题。

2. 时代精神

从时代精神方面来看，它对于意义生成所产生的影响主要体现在：新的时代精神使得这个时代所关心的问题焦点发生了变化，人们会为解决新的时代赋予的新问题转而向传统寻求答案。乐黛云的《尼采与中国现代文学》一文就很清楚地论述了时代精神和意义生成的关系。在文中，作者着重考察了尼采（Friedrich Wilhelm Nietzsche）的思想在不同时期对中国现代文学产生的不同影响，并从时代精神的角度探究了产生这种不同影响的原因。乐黛云认为尼采对中国现代文学的影响主要体现在四个阶段——辛亥革命前、"五四"前后、1927年以后和20世纪40年代，并说："辛亥革命前，人们从尼采找到的是具有伟大意志和智力的'才士'，希冀雄杰的个人可以拯救中国的危亡。'五四'前后，人们心中的尼采是一个可以摧毁一切旧传统的光辉的偶像破坏者，他帮助人们向几千年来的封建统治挑战，激励弱者自强不息。1927年后，由于革命形式的发展，进步思想界已经很少提到尼采。到了20世纪40年代，为适应国民党法西斯统治的政治需要，尼采又在国统区一部分知识分子中广为传播……可见一种外来思想能不能在本国产生影响，产生什么样的影响，其决定因素首先是这个国家内在的时代和政治的需要，全盘照搬或无条件移植都是不大可能的。"[①]这里所说的"国家内在的时代和政治的需要"就是时代精神，而"产生什么样的影响"就是生成何种意义，由此可见时代精神在意义生成过程中的重要作用。

3. 个人因素

从诠释者个人的角度来看，由于不同的诠释者都有着自己独特的成长环境、家庭背景、求学经历和政治立场等对其视域产生了决定性影响的因素，并且不同的时代精神也是通过诠释者为中介来对意义生成产生作用的，因此不同的诠释者对同一思想会有不同的解释。还以乐黛云的《尼采与中国现代文学》为例，文中可以看出虽然鲁迅、茅盾和郭沫若作为不同的诠释者对尼采思想的理解略有不同，但是他们试图改造国民精神并挽救民族于危亡之中的立场是一致的，因此尼采的"重新估价一切"、超人学说和权力意志论在他们看来就是拯救中国于水火之中的强有力武器，这是一种积极的、进步的、适应时代发展需要的意义。但尼采的学说在20世纪40年代初期以陈铨为代表的战国策派眼中却有着全然不同的意义，他们站在维护旧秩序的立场上对尼采思想进行了重新诠释，认为：超人是理想中的人物，国家和社会只能由超人来领导而不能由群众来做主，只有超人才能充当

[①]乐黛云.比较文学与中国现代文学[M].北京：北京大学出版社，1987：94.

社会的改革家；超人是勇敢的战士，弱者理应被淘汰，也理应受到超人的统治。战国策派的目的就在于维护现有的秩序，宣传这种统治的合理性，他们对尼采思想的这种诠释与"五四"时期鲜明的革命精神完全不同。不同的人在不同的时间和空间，对同一个对象的解释是不同的，时间空间在永无止境地延续和变化，因此，解释也是一个无限展开的过程。

上述的知识传统、时代精神、个人因素并非是各自独立的因素，而是一个互动联系的有机体。因此，诠释立场也是一个处于不断变化过程之中的概念。

（二）对"意义"和"意义生成方式"的研究

作为一门关于意义生成的理论，诠释学对"意义"是如何界定的呢？众多的诠释学家们都给出了自己的看法。施莱尔马赫就将"意义"分为作品的字面意义和作者的原意两个层面；狄尔泰认为"意义"是生命本身的"表现"，与施氏一样，他也主张诠释的目的在于重现作者的原意；赫施将意义分为作品的"意义"与读者的"会解"；艾柯则将作家、作品、读者三个要素都纳入视野之中，分别对应的是"作者意图""文本意图"和"读者意图"，其中作品意图是艾柯诠释学理论的根基；到了伽达默尔，关于"意义"的理论日趋充实起来，他以"前理解"（偏见）这一概念将"世界"与作家、作品、读者三者统一起来，这里的"世界"指的是诠释者被"抛入"的历史传统和时代精神。

不论怎样，"意义"都是在各种"关系"当中生成的，这种关系主要体现在诠释者与文本传统、现实世界的遭遇与融合之中。以《论语》为例，影响其意义生成的因素就包含在各种"关系"之中，这一关系不仅表现在与知识传统（如《诗》《书》《易》等）和时代精神（如为乱世开出"药方"等）的关联之中，还体现在文本内部诸要素之间的关系之中。这种内部的"关系"，首先表现在作为核心概念的"仁""礼"与以其为核心而展开的各种其他概念的关系之中，展开的诸概念（如德、义、智、敬、忠、孝、悌等）围绕在"仁"和"礼"周围，与之交会并互相印证，意义在其中相互彰显；再深入一层来说，这种"关系"同样既体现在核心概念内部又体现在被展开的诸概念内部。以"仁"和"礼"为例，作为《论语》中的统贯之道，两者的关系就可以从孔子"克己复礼为仁"（《论语·颜渊》）和"人而不仁如礼何？"（《论语·八佾》）的论述中清楚地看出来。

有了"意义"，就会有这种意义的"生成方式"。"意义生成方式"简单来说就是在诠释的过程中通向"意义"的方法和途径。它与诠释立场对意义生成的直接因果关系不同，表现为一种间接的关系，居于次要地位。在具体的研究中，它体现为诠释者在诠释文本时，对文本中所包含的诠释传统的再度诠释。比如刘耘华将《论语》的意义生成方式总结为"问与答""迂回诠释""中庸方法"等七种，这种意义生成方式在《论语》里并没有明确表述，但确实在意义生成的过程之中显现出来，经过后人的再度诠释而予以揭示。

意义的生成是一个永不完满、无限延展的过程。即是说，对于同一文本所进行的关于诠释立场、意义生成和意义生成方式等方面的研究并非一成不变，它们同样要随着时空的变化而不断形成、不断改变。

三、文学与诠释学研究的意义、局限和发展前景

（一）意义

诠释学为中西文化的对话和交流搭建了一个新的平台，也提供了新的契机和视角。一方面，从"五四"新文学开始，文言文被白话文所取代，在古代文言文语境下产生的文学批评理论在白话文学身上已经不适用，中国的新文学面临着理论资源真空的状态，而此时西方各种各样的文学批评理论大量涌入中国，恰好为中国"五四"以后的新文学研究提供了理论资源，因此，当中国古典文论面对白话新文学处于"失语"状态之时，借用西方的各种理论来诠释中国文学似乎成了一条必然的道路，这也就是我们所说的"阐发法"。这种方法不仅适用于中国的白话文学，对中国古典文学研究也同样适用，我们可以利用新的理论视角发掘中国文化传统中没有被我们充分意识到的意义盲区，以达到对中国文化传统重新诠释的目的，比如王国维的《〈红楼梦〉评论》就是运用叔本华的思想对《红楼梦》这部古典名著进行重新诠释的范例。问题在于，这种"阐发法"很容易使中国的文学沦为西方文学理论的注脚，因此建构属于中国自己的理论话语便成为摆在中国比较文学研究者面前的迫切任务。这种理论话语的建构当然不是一步到位的，而是需要比较文学研究者在丰富的学术实践中进行不断探索和发掘。在欧洲中心主义被摒弃的今天，中西文学文化互为参照、进行双向诠释已成为比较文学发展的趋势，我们当然可以将西方诠释学理论与中国文化和文学自身的诠释学传统进行比较，以"他者"的视角来反观"自我"，充分挖掘中国传统文化中的诠释学传统，构建自己的文学诠释学理论。

（二）局限和发展前景

自 20 世纪 80 年代以来，西方诠释学被不断引入我国学界。在对西方诠释学有了较深入的了解之后，不少中国学者尝试用它作为方法或视角来重新审查中国

固有的传统文化，特别是在哲学、法律、历史等领域，成果较为突出。在文学诠释学方面，金元浦、李建盛先后撰写出版了《文学解释学》、《理解事件与文本意义——文学诠释学》，同时，有的学者开始尝试总结中国固有的诠释学方法，如蒋成瑀的《读解学引论》、李清良的《中国阐释学》、周光庆的《中国古典诠释学导论》、刘耘华的《诠释学与先秦儒家之意义生成》、潘德荣的《文字·诠释·传统——中国诠释传统的现代转化》、周裕锴的《中国古代阐释学研究》、李剑亮的《宋词诠释学论稿》等，都在这一方面做出了自己的探索。单篇的文章更是不计其数。这些都对诠释学与中国文学文化关系的研究起到了推进、深化的作用。但是，我们必须指出，我国学界在这一领域所做的各种尝试仍然存在着一定程度的局限，择要而言：一是在运用西方诠释学的概念、范畴及方法论来重新研究我国文化时尚未有效消除中西文化之间的"隔膜"，很多学者在处理中西两种不同的"诠释学"时未能做到融会贯通，因而得到的认识与概括仍然较为肤浅；二是笼统粗泛的研究多，深入精细的个案研究少，使得对于中国"诠释学"理论的发掘基本停留在抽象认识的层面。

当然，局限并不表明这一领域没有前途。相反，西方诠释学作为一种独特而强势的理论话语，自20世纪80年代以来便受到中国学者的重视和青睐，并被广泛应用到各个社科知识领域的重新探讨和研究之中，形成了一个重要而独特的人文景观。同样，在比较文学领域，以诠释学为平台，促使中西文化平等对话、相互激发，加深彼此的沟通和互动，是这个学科发展的必然趋势。正如乐黛云教授所说："在互动认知和双向诠释被广泛认同的今天，以跨文化、跨学科文学研究为己任的比较文学学科必将获得空前发展"①。

就现阶段而言，诠释学与比较文学这一课题在以下三个方面具有广阔的开掘空间：一是诠释学文论建设，即把诠释学的基本原理应用到文学理论领域，对文学诸要素（如作者、文本、读者、世界以及经验、情节、结构、语言、形象等等）之间的逻辑关系从诠释学的视角加以重新解释和解读，进一步拓宽和加深我们对文学本身的理解；二是对于跨文化的文学传播过程中所产生的变异、误读以及"错误理解"等现象进行诠释学层面的理论分析，可以加深对其演变规律的认识；三是在中国传统文论的创造性转化这一课题方面，诠释学既可用来作为一种理论基础，同时也可加深对于具体文论问题的再理解。

①乐黛云.诠释学与比较文学的发展[J].东南大学学报（哲学社会科学版），2003（4）：88-93.

第六章　比较文学的现实文化价值

第一节　比较文学与文化多元

一、文化转型概述

　　所谓文化转型是指在某一特定时期内，文化发展明显产生危机和断裂，同时又进行急遽的重组与更新，如西方的文艺复兴时期，中国的魏晋八朝时期和五四时期。

　　文化发展总是通过"认同"和"离异"两种作用来进行的。"认同"表现为与主流文化一致的阐释，是在一定范围内向纵深的发展，是对已成模式的进一步开掘，同时表现为对异己力量的排斥和压抑，其作用在于巩固主流文化已经确立的种种界限和规范，使之得以发达和凝聚。我国汉代的"罢黜百家，独尊儒术，孔子定于一尊"就是一例。"离异"则表现为批判和扬弃，即在一定时期内，对主流文化怀疑，甚至否定、打乱既成规范和界限，对被排斥和曾经被驱逐到边缘的加以兼容，把被压抑的能量释放出来，因而形成对主流文化的批判，乃至颠覆。这种"离异"作用占主导地位的阶段就是文化转型时期。在这种时期，人们要求"变古乱常"，在一定程度上削弱了纵向的聚合，而以横向开拓为特征。横向开拓也就是一种文化外求，外求的方向大致有三：第一是外求于他种文化，如文艺复兴时期西欧文化对希腊文化的借助，汉唐之际中国对印度、西域文化的吸收；第二是外求于同一文化地区的边缘文化（俗文化、亚文化、反文化），如中国文学发展史中，词、曲、白话小说的成长都包容、吸收了俗文化的因素；第三，外求于他种学科，弗洛伊德学说与达尔文进化论对文学观念的刷新就是一例。

　　20世纪后半叶，人类正在进入一个新的文化转型时期。促成这种文化转型的原因有三：第一是科学技术的高度发达给人类生活带来了前所未有的巨变；第二是殖民体系的瓦解和冷战的结束根本改变了整个世界的格局；第三是人类思维方式的新发展开辟了前所未有的新视野。

　　过去，以蒸汽机为代表的第一次工业革命和以电气机为代表的第二次工业革命已经给人类生活带来了不可估量的巨大变化，目前以电脑化和生物工程为代表的第三次工业革命所造成的世界巨变更是以往任何历史时期都无法比拟的。如果说前一个世纪之交，科学把人类引入到一个以原子能为核心的物理学世界，那么，在这一个世纪之交，科学正在把人们引入一个崭新的以信息和基因研究为核心的信息、生物学世界。目前，国际互联网已联结了全世界各方面的人群，并正以空前速度向前发展。高速发展的电脑电讯、多媒体、互联网，特别是转基因工程和遗传学的成就正在极其深刻地改变着人类的思维方式、生活方式，以至生存方式。

20世纪50年代以来，统治世界三百余年的殖民体系已经分崩离析，独立的亚、非、拉各民族国家构成了从未有过的、蓬勃发展的第三世界；发达国家为了追求资源、廉价劳动力和市场，把他们的企业管理、科学技术、名牌商标等等和平转移到发展中国家，以获取更大利润和解救自己国内的经济危机，发展中国家也可以向发达国家投资，开辟自己的特殊市场。这就形成了互相依赖、互相渗透的、新的经济体制。

另一方面，人对世界的认识能力有了极大的提高。20世纪前半叶，爱因斯坦的相对论，马克思主义的社会革命论，弗洛伊德的精神分析学分别使人类对自然、对社会、对人本身都有了全新的认识。20世纪后半叶，人类经历着认识论和方法论的重大转型，即在逻辑学范式之外，现象学范式也得到了蓬勃发展。

逻辑学范式，是一种内容分析，通过"浓缩"，将具体内容抽空，概括为最简约的共同形式，最后归结为形而上的逻各斯或黑格尔的绝对精神。从这种范式出发，每一个概念都可以被简约为一个没有具体内容、没有实质、没有时间的纯粹的理想形式，一切叙述都可以简化为一个封闭的空间，在这个固定的空间里，一切过程都体现着一种根本的结构形式。例如许多英雄神话的叙述都可归纳为"出生—入世—退缩—考验—死—地狱—再生—神化"这样一个结构。许多这样的叙述结构结合成一个有着同样结构的"大叙述"或"大文本"，体现着一定的规律、本质和必然性。

现象学范式与逻辑学范式不同，它研究的对象不是抽象的、概括的形式，而首先是具体的人，一个活生生地存在、行动、感受着痛苦和愉悦的人。现象学强调对自觉经验到的现象作直接的研究和描述，尽量排除未经验证的先入之见，强调"诉诸事物本身"，亦即对具体经验到的东西采取尽可能摆脱过去的概念前提和理性分析的态度，回到直觉和回到自身的洞察。所谓现象学范式就是首先从人的意识出发，在这个人的周围，没有什么绝对固定的客体，一切都不是固定的，都是随着这个具体人的心情和视角的变化而变化。因此，现象学研究的空间不是一个固定的空间，而是一个不断因主体的激情、欲望、意志和知识积累的变动而变动的开放的空间。

当然，在现实生活中，这两种范式往往同时存在而运用于不同的领域，正如牛顿力学和量子力学可以运用于不同的领域一样。在文化研究的范围内，第二种范式起了消解中心、解放思想、逃离权威、发挥创造力等巨大作用，但它也导致了某种离散和互不相关。

这一切都说明现在正经历着一个比以往任何时期都更深刻的文化转型时期。

二、文化转型与文化多元

伴随着深刻的文化转型，世界正在进入一个前所未有的全球化时期。全球化不等于一体化。全球化(Globalization)是指所有事物都很快地以全球的规模互相联系、互相依存；一体化(Unification)指的则是完全一样，遵守同样的规则和同样的模式。现在，经济上正在一体化，加入了 WTO，就得遵守同样的游戏规则；科技也得按照同样的规律来做。所以在经济和科技的绝大部分领域已经是一体化了。

但文化显然不可以，也不应该一体化。文化从来就是多元的，各个人类群体的生存环境不同，语言不同，传统和习惯不同，文化也就各不相同。必须有不同文化的互相启发，互相促进，构成丰富多彩的文化生态，人类才有发展前途。中国古话说："和实生物，同则不继。"孔夫子说："君子和而不同，小人同而不和。"就是说，不同，才可以互相补充，互相启发，互相发展，甚至于互相冲突，冲突以后也可以发展。如果大家都一样，不断重复，那就不能继续发展了。所以一定要保持文化生态的丰富性，决不可以让文化也变成单一化、一体化。这和自然生态一样，没有树林的覆盖，没有多样化的自然发展，没有各种生物的相生相克，那就会变成一片自然的沙漠。如果没有不同的文化之间的"和而不同"，多元并存，文化也会变成一片文化沙漠。

经济和科技的全球化为多元文化在各地区的广泛传播创造了最好的条件，但同时也蕴涵着以强势文化覆盖弱势文化，削弱多元文化的可能。这主要表现在两方面：第一方面是文化霸权主义，第二方面是文化割据主义。

所谓文化霸权主义就是指某些人总是想把他们的价值标准，他们对于人生和世界的观念强加于人，覆盖全球，形成单边统治。这种单边化相应地构筑了文化的一元化，破坏了文化生态，结果是使多种文化消亡。要抵制文化的一元化，保持文化的多元发展，最重要的就是要维持一个多极化的机制，在相互制衡的同时，大力发展不同民族的不同文化。

文化割据主义，是指有些人深恐受到外来影响，极力鼓吹"纯而又纯"的本土文化，排斥一切外来文化，拒绝交往，拒绝改变，甚至为此镇压内部改革求新的势力。其实文化割据主义也是一种文化霸权主义，他们也是要用他们所坚持的信念来覆盖别人、强制别人，只不过他们力所能及的范围很小。文化割据主义显然只会带来自己文化的覆灭，这是历史多次证明了的。

历史和现状都已证明文化霸权主义和文化割据主义之间所引起的冲突必将给人类带来极大的灾难。那么，在文化霸权主义和文化割据主义之间进行对话，达成妥协，避免战争，是可能的吗？也许希望就在于这两者之间还存在着极其广阔的空间，世界上绝大部分人是既不赞成文化霸权主义，也不赞成文化割据主义的。虽然他们往往或偏向于前者，或偏向于后者。

如上所述，新的历史时期将是一个多极制衡，多元文化并存，互相交流，互相发展的时期，而不是哪一种文化覆盖全球的时期，无论用哪一种文化覆盖全球都是错误的，都会带来人类的危机，所以这种倾向是很危险的。如果能克服以上的错误思想倾向，首先在文化霸权主义和文化割据主义之间的广阔空间里让人们逐渐接近，取得共识，文化霸权主义和文化割据主义就会被孤立起来，他们所产生的危险也就不是不可制止的。在这个过程中多元文化也就会发展起来。

三、比较文学有助于多元文化的发展

如上所述，遏止文化霸权主义和文化割据主义危机的关键之一就在于沟通生活在不同文化中的人民，通过对话使他们能互相理解，互相尊重，以至互相欣赏。正如费孝通老先生在《反思·对话·文化自觉》一文中所提出的："各美其美，美人之美，美美与共，天下大同。"从历史来看，文学从来是文化沟通和文化对话的最重要的途径之一。因为文学是研究人的，研究人和人的关系，研究人的灵魂。不管是哪一国的文学，都是研究人。只要是人，就有七情六欲，就有共同的生命形式，如人和人的关系，人和自然的关系，人和命运的关系等等。这样的生命形式对于全世界的人来说都是一样的，只是处理这些问题的方法不同，方式不同，价值观也不同；可以通过谈论文学，谈论人的关系来互相沟通，互相理解，互相宽容。人类的体验形式也是一样的，不管是什么人，都有欢乐，有痛苦，有幸福，有忧伤，有希望和绝望，有爱恨，有生死，有离合……这样的人类体验无论东方人和西方人都是有的。在这些问题上就很容易沟通。文学是可以沟通人的灵魂的，它是沟通不同文化的一个非常重要的方面。比较文学首先通过文学途径，以沟通不同文化的生命形式和不同的体验形式为己任。

要解决世界问题，首先要了解不同文化对某一问题的不同看法，否则就会引起误解和冲突，甚至诉诸武力。举例来说，中国最讲究孝，要很尊重、很爱父母。中国人讲"仁"，"仁"就是"亲亲为大"。要先爱自己的父母，然后"推己及人"，也爱别人的父母，然后是爱天下人的父母。这就是"老吾老，以及人之老；幼吾幼，以及人之幼"。不能说爱自己的父母跟爱别人完全一样，因为"爱有差等"，这是中国的一个传统。

再举一个例子。自古以来，大量文学作品表现了爱情与政治(或社会、或道德观念)的冲突：《长恨歌传》写杨贵妃和唐明皇的爱情故事。在"六军不发"的要挟下，贵为天子的唐明皇不得不亲自下令赐死杨贵妃，以至铸成了"天长地久有时尽，此恨绵绵无绝期"的绝代悲剧；日本古典名著《源氏物语》中，桐壶帝钟爱其名为更衣的宠妃，然而，政治压力、嫉妒、仇恨却使更衣不得不离开宫廷，孑然一身，悄然长逝；罗马诗人维吉尔(Publius Vergilius Maro)的十二卷史诗《埃涅阿斯纪》第四卷描写了埃涅阿斯为完成"上天交付给他的使命"，拒绝了迦太基王后黛朵的爱情致使后者终于自杀；法国作家小仲马(Alexandre Dumas fils)的名剧《茶花女》写纯洁忠贞的玛格丽特终于不能见容于门第高贵的阿芒的家庭，以至忧愤而死；英国作家高尔斯华绥(John Galswarthy)在他的巨著《福尔赛世家》中写了英国上层社会几代人在爱情方面所遭受的苦难和不幸……这样的作品还可以举出很多，它们都提出了爱情与政治、社会、道德观念冲突的共同问题，但其所蕴涵的文化内容却全然不同。

通过文学的途径，使不同文化的人们得以互相沟通是很重要的，在当前尤其如此。以跨文化文学研究与跨学科文学研究为核心的比较文学在发展多元文化，展开不同文化的对话，缓解文化霸权主义与文化割据主义的对立，促进文化多元共存等方面显然具有不同于过去的重要意义。

第二节　比较文学与人类精神发展

一、比较文学有助于扩展人们的精神世界

人类正生活在一个前所未有的进步迅速的时代，世界大范围内，人类生活水平较以往任何时代都更为富足，但伴随着经济的快速发展，人类面临的全球性问题数量之多、规模之大、程度之深也前所未有。目前，地球上20%的人霸占了80%的资源，造成了很多人的不幸和贫穷，也造成了对自然的过度开发；科学的发展

在一定程度上离开了对真理的追求，而更多的追求累积利润，满足投资者的贪欲；人们的精神世界相对贫乏，心灵被权力和金钱的欲望所蒙蔽；由于全球化对利润的追逐，权力和利润成了很多人生活的最高目标，人们的精神世界被大大压缩。

在这种情况下，扩展人们的精神世界，使之复归于丰富和美，实在是当务之急。比较文学注重在多元文化中欣赏不同的文学之美，它可以提供多种多样的欣赏的快乐。只知道中国文学，那欣赏范围就是很狭窄的，因为难于知道外国文学也提供了很多很有意义、有趣味的欣赏对象。如果把不同文化中写同样主题的作品放到一起来欣赏，就会得到不只是看一种作品的乐趣。

例如，世界上很多人都喜欢欣赏月亮。中国人对月亮很看重，有很多关于月亮的诗。中国的月亮诗多半是很富于哲理的。特别是李白的诗，他把月亮和很多哲理结合在一起，比如通过月亮把人生的短暂和自然的永恒加以对比。他写道："今人不见古时月，今月曾经照古人。古人今人若流水，共看明月皆如此。"给人很多感慨，明月依旧，月光常在，而人世沧桑短暂。

日本人写月亮，就不太一样。日本有一个获"月亮诗人"美称的大诗人明惠上人，大概是生活在宋朝这样的年代。他写月亮，从不涉及哲理，而是动情地表达与月亮无猜的亲密。他写过一首诗，是很短的俳句："山头月落我随前，夜夜愿陪尔共眠。"和月亮一起共同睡觉，这在日本人看来非常美。中国诗人通过月亮把短暂和永恒结合在一起，日本人却把自己和月亮本身结合在一起。这首诗，后面又说："心境无翳光灿灿，明月疑我是蟾光。"此时此刻，"我"的心境是那么清纯明亮，"我"和月亮是那么亲密，连明月都怀疑我就是月亮本身了。日本著名诗人川端康成在获得诺贝尔奖发表演说时，认为日本这位"月亮诗人"讲得非常好，他非常喜欢这些诗，认为它们集中代表了日本民族的审美趣味。这是另外的一种欣赏方式。

再看希腊神话里对于月亮的欣赏。在希腊神话里，月亮是一个非常漂亮的少女，是一个女神。这个女神每天驾着好几匹白马拉的金车从东边到西边，每天都是一样。月亮每天这样走来走去觉得非常孤独，后来她就爱上了一个人间的少年，她非常爱他，可是凡人是要死的，不像月亮可以永恒。她就把这个美男子放在一个山洞里，每天经过山洞，她都亲吻他，拥抱他，然后再驾车离去。这个少年由于月亮女神之爱，得到永恒，但他只能长年不醒，也不会说话，永远在睡眠中生存。这个神话告诉人们一个道理：人要得到永恒，就要付出代价，这代价就是离开尘世，永远孤独。中国的嫦娥，吃了长生不老药，就成仙升天到月亮上去。那里只有她一人，还有一只玉兔和一个砍树的吴刚，他砍的树砍下又复生，他永远在树上下不来，另外还有一个三支腿的宝蟾。所以嫦娥也很寂寞。唐代诗人李商隐的诗说："嫦娥应悔偷灵药，碧海苍天夜夜心。"日日夜夜都是一样寂寞，要想和别人不一样，要想追求永恒，它的代价就是孤独。

欧洲的近代诗歌又不相同。法国诗人波特莱尔的诗集《恶之花》中有一首非常有名的诗，题目是《月之愁》，写得很美，它的特点是月亮和人完全是两分的，诗人完全把月亮拟人化了，在诗人笔下，月亮是一个忧愁的女人。这首诗说："今晚月亮做梦有更多的懒意，像美女躺在许多垫子上。"月亮周围有许多白云，有如羽毛坐垫。诗歌描写月亮在漫不经心地抚摸着自己，在入睡之前，觉得很悲哀，她就面向地球，让她的眼泪一串串地悄悄地流向大地（隐喻月光）。这时，一位虔诚的失眠的诗人，面对着月亮，把这苍白的泪水捧在手掌上，好像乳白色的珍珠碎片，银光闪亮。他把它放在心里，那是太阳永远照不到的地方。这就和日本的月亮诗很不一样，日本的诗是人与月亮合为一体，这首诗是写人和月亮的两分。这首诗和中国的月亮诗、希腊的月亮神话也不一样，这不是对孤独与永恒的描写，而是写一种月亮和人的美好的世俗关系。由此可见，如果只欣赏中国的关于月亮的诗当然很好，但也可以用别的欣赏方式，日本的方式、希腊的方式、欧洲的方式……那么就会很丰富了。

千百年来，人类创造的精神文明实在是太丰富了。比较文学有助于找到一条在对比中欣赏各种文学的路径，能够很好地去欣赏人类所创造的各种精神财富。

二、比较文学有助于从他人观点更好地理解自己

从一种封闭的环境来认识自我，很难避免其局限性，人们要更充分地认识自己就需要跳出自身，营造一个距离的空间。

例如看山，中国著名诗人苏东坡说："横看成岭侧成峰，远近高低各不同。不识庐山真面目，只缘身在此山中。"事实上，不仅视角不同，年龄、心情不同，看到的山不同，而且要真正认识全面庐山，还需要跳出庐山，保持一段外在的距离。

英国著名诗人彭斯（Robert Burns）也说："啊！我多么希望有什么神明能赐我们一种才能，可使我们能以别人的眼光来审查自我！"

比较文学正是提供了这样一种用别人的眼光来审查文学自我的可能，当中国学者发现西方人对中国文学的特殊诠释，（如庞德之解释李白）或西方人发现中国学者对于西方文学的不同理解，往往都会形成一种启发与惊喜。尽管这种理解往往有谬误、有偏见和偏差，但它总归是一种全新的诠释，提供了赋予作品新生命

的可能。伟大的作品总能提供无穷的被"误读"的契机，使自己在从"熟悉"到"陌生"，又从"陌生"到"熟悉"的过程中得到更新。如果对作品的解读只有一种，并永远如此，作品就会失去它的生命力。

自全球化时代提出文化多元化问题以来，如何推进不同文化间的宽容和理解成为学术界十分关注的热点问题。人们开始注意到如何站在对方的立场来重新认识自己，也就是将心比心、互为主观（从对方的立场来审视自己）、互为语境（从对方的处境出发来理解问题）、互相参照（以对方为鉴比照自己）、互相照亮（借他人之光发现自己同时照亮他人）。总之，重视从"他者"反观自身的理论已逐渐为广大理论界所接受，并为多元文化的发展奠定了重要基础。

法国学者弗朗索瓦·于连(Francois Jullien)在他的一篇新作《为什么我们西方人研究哲学不能绕过中国？》中有一段话说得很好。他说："我们选择出发，也就是选择离开，以创造远景思维的空间。在一切异国情调的最远处，这样的迂回有条不紊。人们这样穿越中国也是为了更好地阅读希腊：尽管有认识上的断层，但由于遗传，我们与希腊思想有某种与生俱来的熟悉，所以为了解它，也为了发现它，我们不得不割断这种熟悉，构成一种外在的观点。"①造成一种"远景思维的空间""构成一种外在的观点"也就是从"他者"出发反观自身。要真正认识自己，除了自己作为主体，还要有这种"外在的观点"，包括参照其他主体(他人)，从不同角度，不同文化环境对自己的看法。有时候，自己长期并不觉察的东西，经"他人"提醒，往往会得到意想不到的认识和发展。弗朗索瓦·于连认为对西方来说，中国作为一个最适合的"他者"，日益为广大理论家所关注。因为中国的语言外在于庞大的印欧语言体系，这种语言开拓的是书写的另一种可能性；中国文明是在与欧洲没有实际的借鉴或影响关系之下独自发展的、时间最长的文明……中国是从外部正视他们的思想——由此使之脱离传统成见——的理想形象。

这种互动认知的思维方式使西方的汉学研究有了很大变化而且还会有进一步的更大发展。

第三节　比较文学与世界文学（史）构建

一、比较文学是参与和更新世界文学建构的重要途径

如上所述，横向开拓——文化转型是在多种文化的发展中来进行的。就举西

---

①乐黛云.跨文化对话 3[M].上海：上海文化出版社，2001：187.

比较文学的理论认知与应用研究

方文化的发展为例，无论是非洲音乐对当代通俗音乐的影响，日本绘画对梵高、莫奈的影响，中国建筑对欧洲建筑的影响……都可以充分说明当代欧洲艺术的发展确实得益于整个世界存在的文化差异。英国哲学家罗素（Bertrand Russeau）1922年在《中西文化比较》一文中说："不同文化之间的交流过去已被多次证明是人类文明发展的里程碑。希腊学习埃及，罗马借鉴希腊，阿拉伯参照罗马帝国，中世纪的欧洲又摹仿阿拉伯，而文艺复兴时期的欧洲则仿效拜占庭帝国。"①不同文化的差异构成了一个文化宝库，经常诱发人们的灵感和创造性而导致革新，促成了文化的横向开拓。如果不再有这些差异，也就不再有激发人们灵感和创造性的文化资源。

然而，世界文化的多样性发展确实正在受到多方面的威胁。最明显的威胁就是顽固存在的各种文化中心论。首先是西方中心论。西方文化界有人顽强地认为西方文化是最优越的，包含最合理的行为模式和思维方式，最应普及于全世界。在比较文学学科领域内，这种西方中心论更为突出。自从1886年英国学者波斯奈特（H.M.Posnett）第一次用"比较文学"命名他的专著，到1985年中国比较文学学会成立，这一百年来比较文学发展的历史，很大程度上就是趋向于泯灭亚、非、拉各民族文化特色的历史。在比较文学极为兴盛的20世纪20年代末，著名的法国比较文学家洛里哀（Frederic Loliée）就曾在他那部著名的《比较文学史》中公开做出结论说："西方之智识上、道德上及实业上的势力业已遍及全世界。东部亚细亚除少数山僻的区域外，业已无不开放。即使那极端守旧的地方也已渐渐容纳欧洲的风气……从此民族间的差别将渐被铲除，文化将继续它的进程，而地方的特色将归消灭。各种特殊的模型，各样特殊的气质必将随文化的进步而终至绝迹。到处的居民，将不复有特异于其他人类之处；游历家将不复有殊风异俗可以访寻，一切文学上的民族的特质也都将成为历史上的东西了。……总之，各民族将不复维持他们的传统，而从前一切种姓上的差别必将消灭在一个大混合体之内——这就是今后文学的趋势。"②不言而喻，作为核心，统治这个"大混合体"的当然是欧洲（包括美国），而在他看来，实现这样的趋势，正是比较文学的最终目的。现在看来，这样的主张自然是接近天方夜谭，但在前半个世纪，认同这种思想的比较文学家恐怕也还不在少数；今天它也还蛰伏在许多西方学者的灵魂深处。

要改变这种现象远非一朝一夕之事。意大利比较文学研究者、罗马知识大学

---

①[英]罗素著；胡品清译.一个自由人的崇拜[M].长春：时代文艺出版社，1988：8.
②洛里哀著；傅东华译.比较文学史[M].上海：上海书店，1989:352.

教授阿尔蒙多•尼兹（Armando Gnisci）把对西方中心思想的扬弃这一过程称为一种"苦修"。他在《作为"非殖民化"学科的比较文学》一文中说："如果对于摆脱了西方殖民的国家来说，比较文学学科代表一种理解、研究和实现非殖民化的方式，那么，对于我们所有欧洲学者来说，它却代表一种思考、一种自我批评及学习的形式，或者说是从我们自身的殖民中解脱的方式。这并非虚言，条件是我们确实认为自己属于一个'后殖民的世界'，在这个世界里，前殖民者应学会和前被殖民者一样生活、共存。我说的'学科'与西方学院体制的专业领域毫无关系，相反，它关系到一种自我批评以及对自己和他人的教育、改造。这是一种苦修。"[①]可见先进的西方知识分子已经觉悟到在后殖民时代抛弃西方"中心论"的必要和困难。

　　其实，也不仅是西方中心论，其他任何以另一种中心论来代替西方中心论的企图都是有悖于历史潮流、有害于世界文化发展的。例如有人企图用某些非西方经典来代替西方经典，其结果并不能解决过去的文化霸权问题，而只能是过去西方中心论话语模式的不断复制。

　　如上所述，未来文学的将是各民族文学的特点都将得到充分发挥，各种文学都将在全球性的大合唱中演奏出自己的声部，合成一个由各具特点的不同声部聚合而成的伟大的交响。比较文学在与他种文学的交往中，以"互为主观""互为语境""互相参照""互相照亮"为己任，是沟通各民族文化的重要途径。这种沟通首先要对自己的特点进行深入理解和重新诠释，这个过程不可能脱离全球化的大形势来封闭地进行，而是要针对世界现实发掘出自身悠久的文化传统和辉煌的文学宝库能够对当前世界做出怎样的贡献。这个过程将使世界文学建构因各民族文学的参与而根本改变，同时又使各民族文学因参与了世界文学的建构，获得了新的品质，而得更新。

二、比较文学视野下对世界文学史的重新构建

（一）融入中国史内容

　　在比较文学视野下对世界文学的重新构建需要适当的融入中国文学史的内容，将中国文学史的发展涌入到整个世界的发展洪流之中。通过将中国文学史融入世界文学发展中加深人们对中国文学价值和中国文学特色的认识，丰富和完善

[①]阿尔蒙多•尼兹著；罗芃译.作为"非殖民化"学科的比较文学[J].中国比较文学通讯，1996（1）：5.

东西方文学文化价值，对世界文学形成一种科学的判断，从而更科学的揭露世界文学发展的一般规律。现代意义上世界文学的发展和深化需要体现文学交流发展中的对话性质，通过不同文学(东西方文学)之间的交流对话推进世界文学史的编写深度。

（二）摆脱"去中心化"和固化写作模式

世界文学史的构建和发展需要摆脱保守狭隘的世界文学发展观念和传统通俗文学之间的对立思维，要进一步体现文学发展的层次性和完善性，避免在进行文学审美的时候出现审美观的狭隘、单一。世界文学史的重构需要将对文学史发展认识从狭隘的状态转变为一种开放化的动态状态。世界文学史的研究和重构需要提升到一种后现代的发展层次，在对文学史内容深层思考、设定的同时要严格考虑文学经典研究问题和文学史料应用问题，把握文学发展的自然规律。

三、推进比较文学与世界文学的学科研究发展

（一）中国社会科学网

近几年比较文学和世界文学基本都显现出一派繁荣发展的现状，比较文学和世界文学也恰恰成为进一步深化中国文学研究的重要角色，如此，比较文学和世界文学所倡导的两种文学交流的方式以及二者相互之间进行交流阐释其观念及方法的过程也都严重地影响到了我国的现代文学以及文学理论等领域。

（二）强调内部融合

"比较文学"和"世界文学"此两个专业术语都属于是中国语言一级学科之下包含的二级学科。很长一段时间，世界文学论坛对此两个文学学科之间的认识一直以来都存在相对的分歧及异议。像南京大学教授董晓就表示，概括起来，其中的重点应该都是主要体现在此两种文学类型之间的关系问题上，而我们在针对这一学科的具有差异的学科认同以及学科观点来讲，也会同样的导致各学科之间的认识出现差异性。他认为，即使是站在文学概念的角度上来分析，二者之间的内涵也不尽相同，但是结合各大高校的教学实际来分析，这两个角色又是从不同的方面来进行高度融合的，当然也只有将其完全融合在一起的时候，才能够尽最大可能地消除或者减轻由于两种文学因为其学科之间的差异和分歧导致的负面影响，从而促进我国比较文学得以顺利而有序的发展。

伴随着跨世纪的改革开放的加速度前进，比较文学和世界文学在这过程中亦

得到了飞速的发展，同时也已经跨越了以飞速译介国外理论为主的重要阶段。那么，在新的历史时期比较文学和世界文学又面临着新的历史挑战和发展机遇。但比较文学和世界文学的发展又必须要转变其观念，以及调整其发展思路，从而慢慢地步入一个由"文学型"逐渐走向"文学+文化型"这样的一个发展方向，抑或称之为发展模式。

（三）倡导对话意识

比较文学和世界文学都是国际性学科的一种，如此研究人员就必须要具备以世界的眼光来看发展的眼界和胸怀。所以，在实际教学过程中，必须要进一步提升其问题的意识以及现实的研究导向。那么在现实的探究过程中就要回归到原始文本中，把问题搞活、弄透。

（四）加强学科建设

在二十世纪末期和二十一世纪的初期，国际性学界涌现出针对世界文学热切关注的热潮。而就在二十一世纪的今天，研究世界文学已然成了文学界领域比较热门的话题，因此其重点指出问题就在于世界各个国家应该如何或者是怎么样来接受和认可来自世界各地的文化差异，以及具备这些文化差异的本土文化产品，换句话讲，怎么样来收获全球范围以内的文化能力，基于此，世界文学恰恰就具备培养这样的文学能力的功用。

参 考 文 献

[1] 陈惇，刘象愚．比较文学概论[M]．北京：北京师范大学出版社，2019．

[2] 乐黛云等．比较文学原理新编[M]．北京：北京大学出版社，2014．

[3] 曹顺庆．比较文学教程[M]．北京：高等教育出版社，2008．

[4] 乐黛云．比较文学简明教程[M]．北京：北京大学出版社，2003．

[5] 赵小琪．比较文学教程[M]．北京：北京大学出版社，2010．

[6] 乐黛云．比较文学原理[M]．长沙：湖南文艺出版社，1988．

[7] 商继宗．中小学比较教育学[M]．北京：人民教育出版社，1998．

[8] 冯增俊．比较教育学[M]．南京：江苏教育出版社，1998

[9] 乐黛云．中西比较文学教程[M]．北京：高等教育出版社，1988

[10] 刘献彪，刘介民．比较文学教程[M]．北京：中国青年出版社，2001．

[11] 杨乃乔．比较文学概论[M]．北京：北京大学出版社，2002．

[12] 曹明海，张秀清．语文教育文化过程研究[M]．济南：山东，人民出版社，
2005．

[13] 朱光潜．悲剧心理学[M]．合肥：安徽教育出版社，2006．

[14] [英] 特里·伊格尔顿．甜蜜的暴力——悲剧的观念[M]．南京：南京大学出
版社，2007．

[15] 赵凯．悲剧与人类意识[M]．上海：学林出版社，2009．

[16] [德] 狄泽林克．比较文学导论[M]．北京：北京师范大学出版社，2009．

[17] 乐黛云，孟华．多元之美[M]．北京：北京大学出版社，2009．

[18] 土向远．比较文学系谱学[M]．北京：北京师范大学出版社，2009．

[19] 孟昭毅，黎跃进，郝岚．简明比较文学原理[M]．北京：北京大学出版社，
2010．

[20] 陈众议．当代中国外国文学研究[M]．北京：中国社会科学出版社，2011．

[21] 尹建民．比较文学术语汇释[M]．北京：北京师范大学出版社，2011．

[22] 季羡林．佛教与中印文化交流[M]．南昌：江西人民出版社，1990 年版．

[23] 金丝燕．文学接受与文化过滤—中国对法国象征主义诗歌的接受[M]．北京：
中国人民大学出版社，1994．

[24] 李达三．比较文学研究之新方向[M] 台北：联经出版事业公司，1978．

[25] 孟华. 伏尔泰与孔子[M]. 北京：新华出版社，1993.

[26] 浦安迪. 中国叙事学[M]. 北京：北京大学出版社，1996.

[27] 曹顺庆. 中西比较诗学[M]. 北京：北京出版社，1988.

[28] 陈铨. 中德文学研究[M]. 北京：商务印书馆，1936 年.

[29] 狄兆俊. 中英比较诗学[M]. 上海：上海外语教育出版社，1992.

[30] 范存忠. 中国文化在启蒙时期的英国 M]. 上海：上海外语教育出版社，1991.

图书在版编目（CIP）数据

比较文学的理论认知与应用研究 / 王淑华著. -- 长春：吉林出版集团股份有限公司, 2021.9（2025.1 重印）
ISBN 978-7-5731-0429-8

Ⅰ. ①比… Ⅱ. ①王… Ⅲ. ①比较文学－文学研究
Ⅳ. ①I0-03

中国版本图书馆 CIP 数据核字（2021）第 192239 号

比较文学的理论认知与应用研究

著　　者	王淑华
责任编辑	齐　琳
封面设计	牧野春晖
开　　本	710mm×1000mm　1/16
字　　数	220 千字
印　　张	13.25
版　　次	2022 年 1 月第 1 版
印　　次	2025 年 1 月第 2 次印刷

出　　版	吉林出版集团股份有限公司
电　　话	010-63109269
印　　刷	北京市兴怀印刷厂

ISBN 978-7-5731-0429-8　　　　　　定价：79.00 元